KB012725

崑崙覇仙

곤륜패선

윤신현 신무협 장편소설

WISHBOOKS ORIENTAL FANTASY STORY

# 곤륜패선 9

윤신현 신무협 장편소설

초판 1쇄 찍은 날 | 2020년 8월 24일
초판 1쇄 펴낸 날 | 2020년 8월 31일

지은이 | 윤신현
펴낸이 | 권태완 우천제

기획 | 위시북스
편집책임 | 한준만
편집 | 위시북스

펴낸곳 | ㈜케이더블유북스
등록번호 | 제25100-2015-43호
등록일자 | 2015. 5. 4
KFN | 제2-49호

주소 | 서울시 구로구 디지털로31길 38-9, 401호
전화 | 070-8892-7937 팩스 | 02-866-4627
E-mail | fantasy@kwbooks.co.kr

ⓒ윤신현, 2020

ISBN 979-11-293-6123-3 04810
       979-11-293-4618-6 (set)

윤신현 신무협 장편 소설

WISHBOOKS ORIENTAL FANTASY STORY

崑崙霸仙

곤륜패선

9

Wish
Books

## ··· 목차 ···

제1장. 석가장의 삼 공자      7

제2장. 군계일학(群鷄一鶴)      35

제3장. 신성(新星)      79

제4장. 본선      127

제5장. 검후(劍后)      151

제6장. 집으로      191

제7장. 장보도(藏寶圖)      227

제8장. 꼬리      255

제9장. 오는 건 마음대로 와도 가는 건 아냐      283

제10장. 구해주세요(1)      307

··· 제1장 ···
# 석가장의 삼 공자

스윽.

대놓고 도발하는 위지건의 표정과 눈빛에도 양일우는 흥분하지 않고 담담하게 반응했다.

대신 옅은 미소와 함께 전방을 바라봤다. 네까짓 것에는 딱히 관심 없다는 듯이 말이다.

으드득!

그 기색을 위지건 역시 알아차렸는지 눈빛이 살벌해졌다.

하지만 더 이상 양일우를 노려보지는 않았다.

양일우의 옆에 벽우진이 있기에 한 차례 눈을 부라리고는 제 갈 길을 갔다.

"벌써부터 뜨겁구만."

"즐거워하시는 것 같아요."

"저런 놈이 있어줘야 부수는 맛도 있지 않겠느냐."

벽우진이 히죽 웃었다. 주제를 모르고 기어오르는 놈을 부수는 맛이 상당하다는 것을 벽우진은 알고 있어서였다. 또한 수없이 그리하기도 했고.

"분수를 모르는 것 같아요."

"직접 깨져봐야 알아. 저런 놈들은. 제 잘난 맛에 사는 놈들이니까."

담담한 양일우와 달리 심소혜는 매서운 눈빛으로 멀어지는 위지건을 주시했다. 마치 꼭 기억해 두겠다는 듯이 말이다.

"예선전에서 만나면 사부님 말씀대로 아주 박살을 내놓을게요!"

"너무 심하게 패면 안 된다?"

"규칙은 전부 다 기억하고 있어요!"

"그럼 됐다."

벽우진이 웃으며 심소혜의 머리를 부드럽게 쓰다듬었다.

그러자 심소혜가 해맑게 웃었다. 마치 아빠가 머리를 쓰다듬어 주는 것 같아서였다.

"본인 확인부터 하겠습니다."

"곤륜의 서예지입니다."

"헙! 검봉!"

잠시 후 드디어 곤륜파의 차례가 되었다.

선봉장은 바로 서예지였다.

그리고 그녀의 등장에 주변이 시끄러워졌다. 눈부신 미모에 문서를 작성하던 서기는 물론이고 근처의 감독관, 그리고 참가자들이 두 눈을 휘둥그레 떴던 것이다.

"여기 지장이요."

놀라는 서기와 달리 서예지는 담담하게 책상 위에 있는 종이에 자신의 지문을 찍었다.

그러자 서기가 어쩔 줄을 모르며 황급히 서류를 뒤적거렸다.

"무슨 검사가 필요해. 얼굴이 다 증명하는데. 그리고 뒤에 안 보여?"

"응?"

정신을 차리지 못하는 동료에게 옆에 앉아 있던 서기가 눈짓했다. 이윽고 당황하던 남자의 시선이 서예지의 어깨너머로 향했다.

"곤륜의 벽 장문인도 계시잖아."

"흐업!"

"나 신경 쓰지 말고 일 봐. 나는 출전하고 싶어도 못하니까."

"뵈, 뵙게 되어 영광입니다!"

"영광은 무슨. 내 얼굴 본다고 돈이 생기는 것도 아닌데."

벌떡 일어나서 허리를 숙이는 서기들의 모습에 벽우진이 손을 휘휘 저었다.

다른 사람들이야 좋아할지 모르지만 그는 아니었다.

"그래도……."

"자네들이 일을 제대로 해주는 것만으로도 나는 족해. 오늘은 그저 제자들을 응원해 주려고 온 것뿐이니까. 번잡스럽게 만들지 말고 할 일들 해."

"예!"

서예지에 이어 양일우, 양이추 형제를 시작으로 사 남매와 도일 수도 본인 확인 작업에 들어갔다.

그 모습을 차례대로 본 후 벽우진은 서예지를 찾았다. 철 기둥 앞에 우아하게 서 있는 제자를.

"키야!"

"한 폭의 그림이다."

"오화는 아직인가?"

"소문에는 검봉이 오화보다 더 아름답다던데?"

벽우진만 그리 생각하는 게 아닌지 여기저기에서 탄성 소리가 흘러나왔다. 단순히 서 있는 것만으로도 다들 감탄을 금치 못했던 것이다.

"검봉의 짝은 누가 될까?"

"누가 되었든 간에 부럽네. 부인이 청해일미라니."

"구양검은 아예 끝났고, 남궁세가에서 관심을 보인다고 하던데."

"어? 나는 사천당가와 그렇고 그런 사이라는 말을 들었는데?"

감탄은 잠시고 쓸데없는 말들과 음담패설이 쏟아졌다. 나름 작게 소곤거린다고 하지만 벽우진의 귀에는 다 들렸다.

"쩝."

하지만 들린다고 여기서 개판을 낼 수도 없었기에 벽우진은 입맛만 다셨다. 뒤늦게 벽우진의 심기 불편한 기색을 알아차린 것인지 다들 입을 다물기도 했고.

스윽.

한편 칠 척 가까이 되는 철 기둥 앞에 선 서예지는 감독관이 건네주는 검을 정중히 받았다. 패선의 제자이지만 예의를 지켰던 것이다.

그리고 이 사소한 예의가 벽우진의 위신과도 연관되어 있기에 서예지는 몸가짐을 바로 했다.

'확실히 흔적이 많네.'

찬찬히 철 기둥을 살펴보던 서예지가 눈을 빛냈다. 곳곳에 정말 가지각색의 흔적들이 남아 있어서였다. 몇몇은 꼼수를 노린 듯다른 이가 남긴 홈집을 교묘하게 이용하기도 했다.

'거만한 자들도 많고.'

언뜻 보기에 처절하고 간절해 보이는 검흔들 사이로 오만함이 느껴지는 흔적들이 있었다. 자신의 실력을 과시하려는 듯 손도장을 찍은 이들이 제법 많았던 것이다.

그 흔적들을 보며 서예지는 고개를 저었다.

푸욱.

감독관이 건네준 검으로 서예지는 정확히 한 치보다 살짝 깊게 검흔을 남겼다. 젓가락으로 두부를 찌르듯이 너무나 부드럽게 검극으로 철 기둥을 찔렀던 것이다.

"합격입니다!"

"수고하셨어요."

"벼, 별말씀을요!"

간결하게 딱 합격에 필요한 만큼만 검흔을 남긴 서예지를 감독관이 감탄한 눈으로 쳐다봤다. 검봉이라 불릴 정도로 서예지의 실력이 대단하다는 소문은 들었지만 이 정도일 줄은 몰라서였다. 게다가 인품 역시 훌륭했기에 감독관은 황송한 얼굴로 대답했다.

"흠."

뒤이어 양일우, 양이추 형제도 가볍게 시험에 통과했다. 서예지와 마찬가지로 딱 필요한 만큼의 공력만 사용했던 것이다. 쓸데없이 공간을 많이 사용하지 않고서 말이다.

"저는 무투가라 괜찮습니다."

"아."

심대혜에 이어 심대현이 철 기둥 앞에 섰다.

하지만 그는 감독관이 건네주는 검을 받지 않았다. 무투가였기에 검 대신 손가락을 사용했던 것이다.

꾸욱!

자신의 무력을 자랑하거나 뽐내려는 후기지수들과는 다르다는 듯이 심대현은 검지로 딱 한 치보다 살짝 깊게 구멍을 냈다. 사형제들과 마찬가지로 딱 필요한 만큼의 힘만 썼던 것이다.

"합격입니다."

"감사합니다."

심대현의 뒤로도 합격은 이어졌다. 제자들 중 누구도 탈락하지 않았던 것이다.

그 모습에 뒤에서 지켜보던 이들이 부러운 눈빛을 감추지 못했다. 어떻게 보면 벽우진의 제자들은 인생 역전의 주인공이나 마찬가지였기 때문이다.

하지만 그것을 입 밖에 꺼내는 간 큰 이는 없었다. 그저 한없이 부러운 눈빛으로 멀어져 가는 제자들을 쳐다보기만 했다. 정작 제자들이 한 노력은 조금도 생각하지 않고서 말이다.

청범객잔의 입구에서 단출한 옷차림의 한 소년이 옷매무시를 가다듬었다.

모든 준비를 끝마치고 왔음에도 긴장으로 인해 가슴이 좀처럼 가라앉지 않았다. 손바닥에서는 연신 땀이 흘러나왔고 말이다.

"공자님."

"후우. 괜찮아. 약간 떨려서 그래. 그보다 도착하신 거 맞지?"

"예. 몇 번이나 확인했습니다. 제자들이 시험에 합격하자마자 청범객잔으로 복귀했습니다. 그렇다고 지붕으로 나가는 모습도 없었고요."

"들어가자."

한 차례 심호흡을 한 말끔한 인상의 소년이 결연한 얼굴로 청범객잔의 문을 열었다.

어쩌면 오늘을 기점으로 그의 인생이 달라질 수 있었다. 그런 만큼 소년은 굳은 얼굴로 청범객잔 안으로 들어갔다.

"어서 옵셔~!"

소년과 수행원으로 보이는 청년이 객잔 안으로 들어가기 무섭게 점소이가 달려왔다. 조건 반사처럼 사람 좋아 보이는 미소를 지으며 다가왔던 것이다.

"벽 장문인을 뵈러 왔다."

"예?"

얼굴 가득 접대용 미소를 머금고서 다가왔던 소육이 순간 눈을 끔뻑거렸다. 자리가 있냐라는 질문이 아니라 대뜸 벽우진부터 거론하자 당황한 것이었다.

하지만 소년의 눈빛과 표정은 너무나 진지했다.

"곤륜의 벽 장문인을 뵈러 왔다고 말했다."

"약속이 되어 있으신 건지요?"

단출한 옷차림이었지만 소육 역시 낙양에서 오랫동안 굴러먹은 점소이였다.

그렇기에 소육은 한눈에 알아봤다. 눈앞에 있는 소년이 명문가 출신임을 말이다. 어쩔 수 없이 드러나는 귀티도 귀티지만 수행원에게서 흘러나오는 기도 역시 만만치 않았기에 소육은 자연스럽게 몸을 낮추며 물었다.

"약속은 되어 있지 않다. 하지만 말은 건네줄 수 있지 않더냐. 석가장의 삼 공자가 장문인을 뵙고자 찾아왔다고 전해다오."

"석가장이요?"

소육의 두 눈이 커졌다. 범상치 않은 인물이라고 생각하기는 했지만 석가장 출신일 줄은 몰라서였다.

강호무림에서야 크게 인정받지 못하는 가문이지만 중원상계로 한정하면 이야기가 달라졌다. 상계에 한하면 오대세가보다 더한 위세를 지닌 가문이 바로 석가장이었다.

"그래."

소년이 씨익 웃으며 소매에 손을 집어넣었다.

잠시 후 소육의 손바닥 위에는 금원보 하나가 놓여 있었다. 괜히 석가장 출신이 아니라는 듯이 배포도 어마어마했던 것이다.

"흐헙!"

객잔에서 10년 넘게 일을 했지만 금원보를 받은 적은 단언컨대 단 한 번도 없었다. 대개 철전이었고 운이 좋아야 일 년에 한두 번 받는 게 은자였다. 그런데 난생처음 보는 금원보에 소육이 자기도 모르게 괴성을 질렀다.

"너무 티 내면 좋지 않을 텐데."

"흡!"

멍한 눈으로 금원보를 쳐다보던 소육이 황급히 품 안으로 감췄다.

그가 받은 것이니만큼 당연히 그의 것이었지만 금원보 정도 되면 다른 점소이들이 욕심을 내고도 남았다.

그렇기에 재빨리 품속으로 숨긴 소육이 잽싸게 주변을 훑었다. 혹시나 본 사람이 있나 확인하는 것이었다.

"그 돈은 장문인과의 자리가 만들어지도록 너에게 '부탁'하는 돈이다. 무슨 뜻인지는 알겠지?"

"무, 물론입니다."

"난 꼭 장문인을 만나야만 해. 그러니 부탁한다."

"잠시만 기다리십시오!"

소육이 눈을 빛내며 득달같이 몸을 돌렸다. 곧장 후원으로 달려갔던 것이다. 그리고 그 모습을 소년이 딱딱하게 경직된 얼굴로 주시했다.

"가능할까요?"

"가능하게 만들라고 준 돈이야. 안 되도 되게 만들어야지. 그게 사람의 역량이고 돈의 힘이지."

수행원이자 호위무사라고 할 수 있는 청년이 침음을 흘렸다.

벽우진에 대한 소문은 워낙에 많았다.

특히 무당산에서 벌어졌던 일은 유명했다. 어떻게든 벽우진의 눈에 들고자 온갖 방법을 동원한 일화는 이미 중원 전역에 퍼져 있었다.

"안 되면 여기까지인 거고. 운명이라 생각하고 받아들여야지. 그래도 난 다른 이들보다는 낫잖아? 크게 욕심만 부리지 않는다면 돈 걱정은 하지 않고 살 수 있으니까."

"공자님……."

"불가능을 가능하게 만들 수 있는 사람은 드물다는 거, 백륜도 알고 있잖아."

여전히 긴장한 기색이 남아 있지만 그래도 조금은 후련한 얼굴로 소년이 말했다.

이렇게까지 했는데 안 되면 진짜 별수 없었다. 그렇기에 소년은 담담한 얼굴로 조용히 기다렸다.

"헉헉헉!"

일각이 지나고, 한 식경이 다 되어갈 때 멀리서 헐레벌떡 뛰어오는 소육이 보였다. 진짜 발바닥에 땀이 나도록 소년을 향해 전력 질주를 해왔던 것이다.

"왔습니다, 공자님."

"나도 보여."

"고, 공자님!"

잠시 후 땀범벅이 된 모습으로 소육이 소년의 앞에 섰다.

그런데 그의 얼굴이 패나 밝았다.

'좋은 소식인가?'

안 좋은 소식이라면 이처럼 표정이 밝을 리가 없었다. 금원보까지 받은 마당에 말이다.

그래서 소년은 살짝 기대하는 눈빛으로 소육을 쳐다봤다.

"결과는?"

"따라오시지요."

소육이 심호흡을 크게 한 후 입을 열었다. 얼굴 가득 득의양양한 표정을 지으면서 말이다.

그 모습에 소년의 얼굴에도 미소가 맺혔다.

"그래. 가자."

○

소육을 따라 이동하던 소년이 별채의 앞에 섰다.

그러고는 작게 심호흡을 했다. 널뛰듯이 뛰는 가슴을 조금이라도 가라앉히기 위해서였다.

하지만 벽우진을 오래 기다리게 할 수는 없기에 소년은 다시 한번 자신의 의복을 빠르게 확인하고는 소육을 쳐다봤다.

"그럼 열겠습니다."

준비가 다 되었다는 듯이 쳐다보는 눈빛에 소육 역시 긴장한 얼굴로 천천히 문을 열었다.

다른 이들에 비해 벽우진을 자주 상대한 소육이었지만 그럼에도 긴장되는 건 어쩔 수 없었다. 워낙에 대단한 인물이었기에 벽우진은 신경 쓰지 않는다고 해도 그는 달랐다.

끼이익.

이윽고 낡은 경첩 소리와 함께 문이 서서히 열리며 안쪽의 풍경이 눈에 들어오기 시작했다. 마치 기다리고 있었다는 듯이 가장 상석에 앉아 있는 벽우진의 모습이 말이다.

좌우로는 곤륜파의 장로인 청민과 벽우진의 제자들이 나란히 앉아 있었다.

꿀꺽!

삽시간에 집중되는 시선에 소년이 마른침을 삼켰다. 왠지 모르게 목이 바짝 말라왔던 것이다.

그러나 침을 삼켰음에도 갈증은 조금도 가시지 않았다.

"들어가시죠."

"……그래."

석상처럼 멍하니 서 있기만 하는 소년을 향해 소육이 조심스럽게 말했다.

그러자 뒤늦게 정신을 차린 소년이 천천히 건물 안으로 들어갔다.

'역시 분위기가 장난 아니네.'

겉모습은 호위무사인 백륜보다도 더 어려 보였지만 흘러나오는 기도는 비교하기가 민망할 정도였다.

딱히 그를 압박하려는 것도 아닌데 이상하게 소년은 몸이 절로 굳어졌다. 그저 지그시 바라보기만 하는 게 전부였는데 말이다.

"날 만나러 왔다고."

"처음 뵙겠습니다. 석가장의 석정후라고 합니다, 장문인."

벽우진에게 다가간 석정후가 공손하게 포권을 하며 고개를 숙였다. 나름 무림인의 방식으로 인사한 것이다.

그런 그의 뒤로 백륜 역시 존경심을 담아 포권을 했다.

"내 소개는 안 해도 되겠지?"

"물론입니다."

"그래, 무슨 일로 보자고 했어?"

벽우진이 특유의 심드렁한 표정으로 물었다. 들이기는 했으나 딱히 관심은 없어 보이는 태도였다.

하지만 그 모습에 석정후는 오히려 자세를 바로 했다.

"장문인께 드릴 말씀이 있어서 찾아왔습니다."

"석가장의 삼 공자가 나한테 할 말이 있나? 본 파와 석가장은 접점이 따로 없는 것으로 아는데?"

의자에 비스듬히 누우며 벽우진이 고개를 갸웃거렸다. 적어도 그가 알기로 석가장과 연관된 것은 없어서였다.

그래서 청민을 쳐다봤는데 청민도 고개를 저었다.

"맞습니다. 하지만 앞으로도 그러라는 법은 없지 않습니까."

"그렇긴 하지."

"저는 장사꾼입니다. 그래서 저를 걸고 장문인과 거래를 하고 싶습니다."

"후후후."

당돌하게도 자신과 거래를 하고 싶다는 말을 내뱉는 석정후의 모습에 벽우진이 실소를 흘렸다.

그리고 그건 청민도 마찬가지였다. 벽우진을 앞에 두고서 이렇게 당돌하게 말하는 이가 있을 줄은 몰라서였다. 그것도 이제 열두어 살 정도 되어 보이는 아이가 말이다.

"결코 장난으로 이런 말씀을 드리는 게 아닙니다. 오랜 숙고 끝에 결단을 내리고 장문인을 찾아온 것입니다. 사실 이 자리가 만들어진 것조차도 저는 믿기지 않습니다. 문전박대를 당할 수도 있다고 생각했거든요."

석정후가 진심으로 감격한 표정을 지었다.

사실 그는 막무가내로 찾아온 만큼 이렇게 벽우진을 대면할 가능성이 희박하다고 생각했다. 아무나 다 만나주는 성격이 아니란 것을 너무나 잘 알아서였다.

하지만 석정후로서는 모험을 할 수밖에 없는 상황이었다.

"원래는 이런 자리를 싫어하는데 갑자기 궁금해지더라고. 본 파와 아무런 연관이 없는 석가장의 삼 공자가 찾아왔다는 말에. 보통은 서신 먼저 보내서 약속을 잡는데 완전 무작정 찾아왔잖아. 분명히 거절할 확률이 높다는 걸 본인 스스로도 알 텐데."

"예, 하지만 저로서는 이렇게 찾아올 수밖에 없었습니다. 가슴한편에는 한 가닥 기대도 있었고요. 지레짐작하고 포기하면 그대로 끝이지만 그래도 시도를 하면 일말의 가능성이 생기니까요."

"맞아. 그 점이 내게 변덕을 일으켰지. 물론 이렇게 당돌하게 나올 줄은 몰랐지만."

"기분이 상하셨다면 죄송합니다."

석정후가 다시 한번 고개를 숙였다. 말로만 하는 사과가 아니라 진정을 담아서 하는 사과였다.

그 모습에 벽우진은 물론이고 청민도 의외라는 표정을 지었다. 명문가의 자제답지 않은 모습에 놀란 것이었다.

"상하진 않았다. 다만 놀랐을 뿐. 내 앞에서 그런 식으로 말한 이는 아직 없었거든. 더구나 너와 같은 어린아이가 말이야."

"열셋이면 적은 나이는 아니라고 생각합니다."

"살짝 능구렁이 같기는 해. 의젓함보다는 가슴 속에 구렁이를 품고 있는 듯한 느낌이랄까."

벽우진의 심유한 눈동자가 석정후를 살폈다.

그런데 놀랍게도 석정후는 벽우진의 눈빛을 피하지 않았다. 동공이 흔들리기는 했어도 벽우진의 시선을 온전히 받아냈다.

"살아남으려면 어쩔 수가 없었습니다."

"그쪽 집안도 만만치 않은 모양이야."

"명문세가라는 곳이 대개 그렇지 않습니까."

"그래, 만난 것도 인연인데 한번 얘기해 봐. 네가 꺼낸 거래에 대해서."

석정후가 눈을 빛냈다. 두 번째 큰 산을 넘었다는 생각에 속으로 안도한 것이었다.

하지만 그렇다고 해서 마음을 놓지는 않았다. 지금은 그저 말할 수 있는 기회를 얻은 것에 불과했다.

"저의 후원자가 되어주십시오. 제가 석가장의 주인이 되면 곤륜파를 천하제일문파로 만들어 드리겠습니다."

한없이 진지한 얼굴로 석정후가 입을 열었다. 벽우진을 똑바로 직시하면서 말이다.

"후원자가 되어 달라. 즉 나라는 뒷배가 필요하다는 뜻이렷다?"

"예."

벽우진의 눈빛을 피하지 않으며 석정후가 고개를 주억거렸다.

그런 그의 얼굴에는 결연함이 가득했다.

한번 내뱉은 말은 다시 주워 담을 수 없었다. 즉 기호지세나 마찬가지였기에 석정후는 오히려 더욱 당당하게 대답했다.

"당돌하다고 생각했는데, 착각이었군. 미친놈이었어."

"미치지 않고서 어찌 정상에 오를 수 있겠습니까."

"근데 너는 삼 공자라며? 셋째가 장주에 오를 수 있나?"

비웃음을 감추지 않으며 벽우진이 물었다.

하지만 그런 벽우진의 표정에도 석정후는 흔들리지 않았다. 이정도는 충분히 예상한 바였기 때문이다.

"다른 명문세가들과 달리 본가는 능력 제일주의입니다. 장남이 꼭 장주에 올라야 한다는 법은 없습니다. 제 아버지이자 지금의 장주님도 둘째셨습니다."

"호오."

"그러니 저도 될 수 있지 않겠습니까."

석정후가 패기 넘치는 얼굴로 대답했다.

패선이라는 든든한 후원자가 있다면 벌어진 격차를 따라잡는 건 금방이었다. 아니, 오히려 빠른 시일 내에 뛰어넘을 자신이 있었다.

"하지만 반대로 말하면 나에게 매달릴 정도로 석가장에서의 너의 위치가 보잘것없는 것으로 보이는데."

"맞습니다."

"심지어 나이 차이도 제법 나고, 정실의 자식도 아니지."

"예."

하나같이 가슴에 콕콕 박히는 말이었지만 석정후는 흔들리지 않았다.

애초에 그 모든 것을 다 알고도 도전하기로 마음먹었다. 때문에 석정후는 순순히 인정했다.

"그런데도 자신이 있다?"

"예, 그리고 반대로 생각해 보면 상황이 이런 만큼 성공한다면 더 제 능력이 두드러져 보이지 않겠습니까."

"후후!"

자신감을 가지고 있되 거만하지 않았다.

오히려 시종일관 공손한 태도를 보이는 석정후의 모습에 벽우진이 재미있다는 표정을 지었다. 처음에는 변덕이었다면 지금은 흥미가 조금씩 생기고 있다고나 할까.

-아직 본격적으로 후계 전쟁에 참여하지는 않았지만 상재는 나쁘지 않다는 게 석가장 내의 평가입니다. 나이가 어리다는 것도 장점 중 하나이고요.

-배짱은 확실히 있어. 무작정 나를 찾아오기란 쉽지 않은데 말이지.

연락책 겸 은밀히 벽우진을 보필하기 위해 따라온 서진후의 수제자가 계속해서 전음을 보내왔다. 석가장에 대해서 알고 있는 바를 상세히 설명해 주었던 것이다.

-하지만 아직 자신의 재능을 제대로 보여준 적은 없습니다.

-일부러 감춘 것일 수도 있지.

벽우진의 시선이 딱딱하게 굳어 있는 석정후에게로 향했다.

표정은 나름 자연스럽게 꾸민다고 꾸민 것 같았지만 몸은 달랐다. 두 손은 긴장으로 인해 미약하게 떨리고 있었고, 두 다리는 지면과 붙은 것 마냥 꼼짝도 하지 않았다.

태연해 보이려고 노력했지만 안타깝게도 벽우진의 눈에는 다 보였던 것이다.

"중원상계를 주름 잡는 석가장이 가세한다면 천하제일이라는 이름을 보다 빨리 곤륜파가 차지할 거라고 생각합니다."

"잘못 짚었어."

"예?"

"내 목표는 곤륜파를 천하제일로 만드는 게 아냐. 재건하고 복수하는 게 목표지. 그리고 천하제일이라는 칭호는 내가 있는 한 자연스럽게 곤륜파로 올 것이다. 굳이 석가장의 지원 없이도."

석정후가 자기도 모르게 마른침을 꿀꺽 삼켰다.

너무나 광오한 말이었지만 이상하게도 설득이 되었다. 벽우진이라는 존재가, 패선이라는 이름이 얼마나 무거운지는 누구보다 그가 잘 알아서였다.

"안타깝게도 거래는 결렬이야."

"잠시만요. 아직 드릴 말이 더 남아 있습니다!"

이어지는 벽우진의 말에 석정후가 다급하게 소리쳤다. 이대로 끝낼 수는 없어서였다.

"내가 보기에는 없는 것 같은데?"

"아닙니다. 있습니다."

"그래? 그럼 해봐. 안 그래도 나도 할 말이 있었는데."

"복수라고 하심은 천년마교를 말씀하시는 거라고 생각합니다."

"맞아."

바짝 마른 입술을 혀로 적시며 석정후가 빠르게 말을 이었다. 본능적으로 자신에게 주어진 시간이 그리 많지 않다는 걸 그는 느꼈던 것이다.

"다른 곳도 아니고 천년마교와의 전쟁인 만큼 많은 물자가 필요할 것입니다. 기본적으로 전쟁에는 돈이 많이 들어가니까요. 그 부분을 제가 맡겠습니다. 청하상단이 있지만 청하상단 하나만으로는 버거울 것입니다. 애초에 규모 자체가 다를 테니까요. 물론 절대로 청하상단을 비하하는 것은 아닙니다."

"그 짧은 시간에 머리를 굴린 건가?"

"절박하면 무엇이든지 다 하게 되는 법이지 않습니까. 그 정도로 저는 절박하고 간절합니다. 또한 단 한 번이라도 기회를 얻고 싶습니다."

"끝까지 장사꾼이로구나."

청산유수처럼 쏟아지는 말에 벽우진이 피식 웃었다. 임기응변이 제법이라는 생각이 들어서였다.

"핏줄이 어디 가는 것이 아니니까요. 또한 제가 가장 잘하는 것이기도 하고요."

"근데 너무 한 곳만 파는 경향이 있어. 가끔은 발상의 전환이 필요한데 말이지. 잘 찾아보면 더 쉬운 길도 있는데."

"쉬운 길이요?"

석정후가 눈을 끔뻑거렸다. 말의 저의를 파악하기 위해 머리를 빠르게 굴렸던 것이다.

하지만 아무리 궁리해 봐도 좀처럼 떠오르는 게 없었다.

"응, 너 내 제자가 되는 건 어때?"

"예에?"

석정후의 두 눈이 화등잔만 하게 커졌다. 생각지도 못한 말에 진심으로 놀란 것이었다.

얼마나 놀랐는지 입까지 쩍 벌리는 모습에 벽우진이 씩 웃었다.

"석가장주가 되겠다는 놈이니 본산제자는 힘들 테고, 속가제자라면 나쁘지 않을 것 같은데. 네가 그토록 바랐던 후원자 문제도 자연스럽게 해결되고."

"저, 저, 저, 정말이십니까?"

지금까지 나이에 어울리지 않게 조숙한 모습을 보여주었던 석정후가 말을 더듬었다. 그 정도로 지금 그는 해연히 놀랐다.

설마하니 벽우진에게서 이런 말을 들을 줄은 몰랐기에 석정후는 표정 관리가 전혀 안 되는 얼굴로 반문했다.

"왜? 농담 같으냐?"

"어 ……."

장난인지 진담인지 구분이 가지 않는 벽우진의 모습에 석정후가 아리송한 표정을 지었다.

실없는 농담을 할 것 같아 보이지는 않지만 원체 벽우진은 괴짜로도 유명했다. 그렇기에 석정후는 섣불리 믿지 않았다.

"내가 장난을 좋아하기는 해도 이런 걸로 농담을 하지는 않아."

"……제게 재능이 있습니까?"

여전히 개구쟁이 같은 표정을 하고 있지만 벽우진의 두 눈은 진지했다. 또한 처음부터 지금까지 그만을 오롯이 주시했다.

그걸 뒤늦게 깨달은 석정후가 흥분을 가라앉히며 물었다.

"근골은 나쁘지 않아. 다른 이들이야 시작하기에 늦은 나이라고 하지만 난 그런 말에 크게 연연하지 않고, 그 이유에 대해서는 설명하지 않아도 알고 있겠지? 그 정도 조사는 했을 거라고 생각하는데."

"맞습니다."

석정후의 시선이 양일우와 도일수에 한 번씩 닿았다.

둘 모두 무공에 정식으로 입문한 시기는 상당히 늦었다. 대부분의 무문과 무가들이 너무 늦었다고 판정을 내릴 정도로 말이다.

하지만 벽우진의 제자가 된 후 둘은 최고의 후기지수라 불리는 구룡과 비교해도 크게 뒤떨어지지 않는 무인으로 성장했다.

"둘에 비하면 넌 한참 어리지. 게다가 출발선 자체가 완전히 다르고."

"출발선이라고 하심은……."

"좋은 집안에서 태어난 덕분에 몸에 좋은 걸 많이 먹었잖아?"

"아!"

석정후가 탄성을 내질렀다. 출발선이라는 단어가 무엇을 뜻하는지 바로 알아차렸던 것이다.

"1할은커녕 1푼도 제대로 활용을 못 하고 있지만. 그래도 뭐 건강을 위해서라고 하면 이해가 안 가는 건 아니지. 어차피 무가도 아니고 상가인데."

"제가 장문인의 명성에 누를 끼치지 않을까 걱정입니다."

"싫지는 않다는 말이네?"

"어느 누가 이런 제안을 거절할 수 있겠습니까? 다른 사람도 아니고 장문인께서 직접 하시는 제안인데요."

석정후가 격하게 손사래를 쳤다.

막말로 벽우진의 바짓가랑이라도 붙잡아야 하는 게 바로 그였다. 그런데 그보다 쉽고 확실한 방법이 생겼는데 거절할 이유는 어디에도 없었다.

"내 제안을 받아들이겠다는 것으로 이해해도 되겠지?"

"예! 그런데 조금 걱정이 됩니다. 제가 과연 잘할 수 있을지가요."

아까 전의 당당함은 어디로 갔는지 석정후는 조심스럽게 벽우진의 눈치를 살폈다.

벽우진의 안목에 대해 의심하지는 않지만 걱정이 되는 부분도 있었기에 그는 말끝을 흐렸다.

"왜? 무공을 익히면 상인이라는 정체성이 흔들릴까 봐?"

"맞습니다. 장사라는 게 생각보다 하는 일이 많습니다. 바쁠 때는 몇 날 며칠 동안 밤을 새며 일해야 하는 게 장사꾼인데 제가 잘할 수 있을지 자신이 없습니다."

"그럼 포기하게?"

"그럴 수는 없지요."

석정후가 즉각 대답했다.

염려가 되는 건 사실이지만 그렇다고 이 기회를 놓치기도 싫었다. 벽우진의 제자가 되는 걸 거절한다면 후원 역시 날아가는 것이었기에 석정후는 황급히 고개를 저었다.

"그럼 밑밥을 까는 거네. 제자도 되고 무공도 익히겠지만 열심히 수련하지는 않겠다. 이런 거지?"

"아닙니다. 불가피한 사정이 생길 수도 있다는 점을 미리 말씀드리려는 것이었습니다."

"말은 참 잘해."

"이런 점에 대해서 미리 말씀드리는 게 옳다고 생각해서요. 나중에 장문인을 실망시켜 드리는 것보다는 이게 낫다고 생각합니다."

"만약 내가 방금 전의 말을 철회하더라도?"

석정후의 눈동자가 순간 흔들렸다. 너무나 좋은 기회라는 걸 그 역시 잘 알고 있어서였다.

하지만 모든 걸 다 가질 수 없는 상황이라는 게 존재했다. 그리고 이 자리에서 갑은 누가 뭐래도 벽우진이었다.

"……예."

"아쉬움이 덕지덕지 묻어 있는 대답이야."

"그럴 수밖에 없지 않겠습니까."

"솔직하기도 하고. 근데 쓸데없는 걱정이다. 내가 그런 것도 모르고 말했을 것 같더냐?"

석정후의 두 눈이 다시 빛나기 시작했다. 명석한 두뇌의 소유자답게 벽우진의 말을 바로 이해한 것이었다.

"그, 그럼!"

"네가 생각해야 할 것은 한 가지다. 장사를 하면서도 무공을 수련할 각오가 있는지. 난 그것을 묻는 것이다."

"최선을 다하겠습니다. 절대 허투루 수련하지 않겠습니다."

"그거면 되었다."

벽우진이 고개를 주억거렸다. 지킬 수도 없는 말을 일단 내뱉고 보는 것보다는 차라리 이게 나았다.

"저어 궁금한 것이 몇 개 있습니다."

"몇 개나 되는데?"

"일단 지금 생각나는 것은 두 개입니다."

"적당하네. 물어봐."

석정후가 표정을 가다듬으며 입을 열었다. 개인적으로 궁금한 것이 몇 개 있어서였다.

"왜 저를 허락하셨는지가 궁금합니다. 저의 무재 때문이라고 하기에는 조금 부족한 것 같아서요."

"궁금해졌거든. 과연 네가 어디까지 갈 수 있을지. 호언장담했던 대로 석가장주가 될 수 있을지 말이야. 진짜로 네가 석가장주가 된다면 나로서도 나쁘지는 않으니까."

"궁금증입니까."

"기대한다는 뜻이기도 하고. 두 번째는?"

"곤륜산에 머물러야 하는지요?"

첫 번째 질문이 순수한 궁금증에서 나왔다면 두 번째는 현실적인 문제였다.

패선을 사부이자 후원자도 둔 지금 시점에서 곤륜산에 머무는 것은 썩 좋은 선택이 아니어서였다. 가뜩이나 격차가 벌어져 있는데 곤륜산에 머무른다면 가문에서 그의 영향력을 넓히기가 쉽지 않을 터였다.

"아주 현실적인데?"

"저에게는 중요한 문제이니까요."

"걱정하지 마. 기초를 다질 시간은 충분하니까. 시간은 한정적이지만 어떻게 쓰느냐에 따라 결과는 얼마든지 달라지니까."

벽우진이 씩 웃었다.

그런데 그 미소를 마주한 순간 석정후는 왠지 모르게 전신에 소름이 돋았다. 마치 지옥문 앞에 선 느낌이 들었던 것이다.

게다가 앞으로 사형제가 될 이들의 표정 역시 심상치 않았다.

"충분하다는 말씀은?"

"비무 대회를 치르는 동안 죽어라 기초를 다져야 한다는 뜻이지. 석가장으로 돌아가려면 말이야."

"……."

"자신 없느냐?"

"해보겠습니다."

잠시 겁먹은 표정을 지었던 석정후가 이내 고개를 흔들었다. 자신이 얼마나 배부른 투정을 부리고 있는지 뒤늦게 깨달아서였다.

남들은 배우고 싶어도 배우지 못하는 게 곤륜파의 무공이었다. 근데 그걸 두려워하다니.

'내가 정신이 나갔지.'

벽우진을 앞에 두고서 석정후가 양손으로 자신의 뺨을 때렸다. 이렇게라도 해야 정신을 차릴 수 있을 것 같아서였다.

"이제야 좀 눈빛이 마음에 드는군."

"최선을 다해 배우겠습니다. 어디에서도 못난 꼴을 보이지 않도록."

"그래, 그 각오면 되었다."

"구배지례를 올리겠습니다."

처음 별채 안으로 들어왔던 그 표정으로 석정후가 벽우진에게 절을 하기 시작했다. 결정된 이상 머뭇거릴 필요는 없다고 생각해서였다.

"따라오너라."

"예."

빠르지도, 그렇다고 느리지도 않게 구배지례를 마친 석정후를 쳐다보며 벽우진이 자리에서 일어났다. 쇠뿔도 단김에 빼랬다고 바로 시작하려는 것이었다.

그러자 다른 제자들도 자연스럽게 그 뒤를 따랐다.

··· 제2장 ···
# 군계일학(群鷄一鶴)

철 기둥 시험이 있었던 평야에 다시 한번 사람들이 모여들었다. 바로 오늘 합격자들의 조 추첨이 있어서였다.

그런데 천하무림 비무 대회에 참여하는 무인들 말고도 사람들이 엄청나게 많았다. 조 추첨을 구경하러 다들 모인 것이었다.

"엄청나군."

"오랜만의 축제잖아. 오히려 적은 감이 없지 않아 있지."

수많은 인파 속에서 시험에 합격한 참가자들만 들어갈 수 있는 통제선 안을 쳐다보며 두 사람이 말을 주고받았다.

언뜻 보기에 조손지간처럼 보이는 둘이었는데 이상하게도 서로에게 말을 편하게 하고 있었다.

"축제라기보다는 경고의 의미가 더 크지."

"그런 의미도 있고."

꾸부정하게 서 있는 백발노인의 말에 이십 대 중반으로 보이는 여인이 고개를 주억거렸다. 어째서 구파일방과 오대세가가 주도해서 비무 대회를 열었는지 그녀는 알고 있어서였다.

"하지만 그 말은 곧 전력이 많이 약해졌다는 것을 뜻하기도 하지. 이번 비무 대회는 어떻게 보면 숨어 있던 전력을 모조리 다 긁어모으려는 것이잖아."

"그래 봤자 달라지는 것은 없지만."

노인이 혀를 끌끌 찼다.

중원무림의 저력에 대해서 모르지는 않았다. 하지만 그 저력도 끝은 있었다.

더구나 북해빙궁과 오독문, 사왕성에 의해 적지 않은 피해를 입은 게 현재의 중원무림이었다.

"내 생각도 마찬가지야."

"근데 왜 우리가 여기에 와 있어야 하는 건지."

"난 좋은데? 오랜만에 바람도 쐬고. 언제 또 이렇게 마음 편히 중원에 와보겠어?"

여인이 히죽 웃었다.

귀찮은 기색이 완연한 노인과 달리 그녀는 지금의 상황이 썩 나쁘지 않았다. 피가 튀고 죽음이 난무하는 전장도 좋았지만 지금처럼 마음 편하게 돌아다니는 것도 괜찮았다.

"너야 목적이 따로 있으니까 그렇겠지."

"흐흥. 그럼 너도 좀 즐기지 그래? 중원 여인들 속 맛은 너도 못 봤을 거 아냐? 아, 이제는 힘드나?"

여인이 은근한 눈빛으로 노인의 하반신을 쳐다봤다. 정확하게는 남자의 그곳을 말이다.

하지만 적나라한 그녀의 시선에도 불구하고 노인은 눈 하나 깜짝이지 않았다.

"내 물건 걱정은 안 해도 된다."

"흐응. 안 설 것 같은데? 이제는 나이가 적지 않잖아? 몸뚱이도 망가질 대로 망가졌고."

"내게 나이 가지고 뭐라 할 처지는 안 된다고 생각하는데."

"어머. 지금 여자에게 나이로 공격한 거야?"

여인이 새치름한 표정을 지었다. 살짝 기분 나쁘다는 기색을 띠었던 것이다.

하지만 그런 여인의 모습에도 노인은 오히려 코웃음을 쳤다.

"먼저 시작한 쪽이 누군데?"

"너무 뻐딱하게 나오니까 그렇지. 그냥 마음 편히 구경해도 되는데. 언제 또 이렇게 편하게 구경할 수 있겠어?"

"약해 빠진 놈들을 봐서 어디에 쓰겠다고. 잊은 모양인데 우리는 놀러 온 게 아니다. 엄연히 임무를 받고서 낙양에 온 거다."

"알고 있어. 근데 꼭 그렇게 빡빡하게 안 해도 되잖아. 내가 마냥 노는 것도 아니고. 나름 열심히 일하고 있다고."

"네 딴에는 그렇겠지."

노인이 다시 한번 코웃음을 쳤다. 아무리 봐도 그에게는 농땡이 피우는 것으로밖에는 보이지 않아서였다.

"진짜라니까? 아마 보고서는 내가 제일 많이 보냈을걸?"

"보내긴 했겠지. 얼마나 쓸모가 있을지는 모르겠지만."

"아마 내께 더 심도 깊을걸?"

여인이 자신만만한 표정으로 말했다.

놀 때도 화끈하게 놀지만 일도 열심히 하는 게 바로 자신이었다. 게다가 기웃거리고 엿듣는 게 다인 노인과 달리 그녀는 상당히 밀도 높은 정보도 얻어냈다.

"그건 두고 보면 알겠지."

"수박 겉핥기식 정보 수집과는 비교할 수 없지. 내 방식이."

"흥."

"근데 패선이 아직 안 보이네. 유독 제자들을 챙긴다고 해서 오늘 볼 수 있지 않을까 했는데."

더 이상 신경전을 벌이고 싶지 않다는 듯이 여인이 주변을 두리번거렸다.

사람들이 많지만 패선 정도 되는 무인이라면 보는 순간 알 수 있을 터였다. 또한 알게 모르게 주변에 사람들이 모여 있을 수도 있었고.

"너무 티 내지 마라. 염탐도 중요하지만 들키지 않는 것 역시 그 못지않게 중요하니까."

"작업 하루 이틀 하나. 걱정하지 마. 찾아도 가까이 다가갈 생각은 없으니까. 근데 확실히 구룡들이 잘생기긴 했네. 곱상하게 생긴 게 딱 내 취향인데."

여인이 입맛을 다셨다. 맛있는 음식을 눈앞에 둔 것처럼 연신 침을 삼켰던 것이다.

"쯧쯧! 또 딴 데 정신 파는군."

"찾는 김에 보는 거야. 자연스럽게 눈에 들어온 거라고."

"그나저나 이해할 수가 없군. 굳이 그렇게 할 필요가 없다고 생각하는데."

"주군의 변덕이라고 생각해. 그게 마음 편하지. 그리고 난 재미있을 거 같은데?"

못마땅한 기색의 노인과 달리 여인의 미소는 짙어졌다.

원래 그들의 방식과는 많이 다르지만 효율적인 것은 사실이었다. 그리고 재미도 있을 터였고.

"재미?"

"그냥 죽이는 것보다는 지들끼리 싸우는 걸 보는 것도 나쁘지 않겠어? 후후!"

살벌하기 짝이 없는 대화를 나누고 있었지만 근처에 있는 누구도 둘을 이상하게 생각하지 않았다. 기막으로 소리를 차단했기에 주위에 있는 사람들이 볼 수 있는 건 둘의 입 모양뿐이었다.

게다가 다들 온 정신이 비무 대회 참가자들에게 향해 있어 둘에게는 딱히 관심이 없었다. 주변 사람들이 하도 시끄럽게 떠들고 응원하는 것도 한몫했고.

"나는 별로."

"비무 대회보다는 훨씬 박진감 넘칠 게 분명한데. 여기서는 살인이 안 되잖아. 하지만 그곳에서는 다르지. 인간의 온갖 욕심과 이기심이 판을 칠 텐데. 얼마나 재미있겠어?"

여인이 상상만 해도 흥분된다는 듯이 몸을 부르르 떨었다.

하지만 여인과 달리 노인은 고개를 저었다.

차라리 때려죽이는 게 그는 훨씬 더 재밌었다. 두개골을 박살내고 척추를 뽑아내는 게 말이다.

"내 취향은 아니야."

"하긴. 넌 직접 손맛을 봐야 쾌락을 느끼는 쪽이니까."

"넌 아닌 것처럼 말하는군."

"그래도 난 다양하게 즐기니까. 하나만 파지는 않지. 후후!"

묘하게 색기 넘치는 얼굴로 대답한 여인이 다시 한번 주변을 훑었다. 혹시나 패선이 있을까, 아니면 구파일방이나 오대세가의 수장이 있을까 싶어서였다.

하지만 어디에서도 원하는 이들은 보이지 않았다.

"아무래도 오늘은 하루 종일 자리를 지켜야 할 것 같군."

"어쩔 수 없지. 그게 우리의 임무이니까. 그래도 심심하지 않은 게 어디야?"

"하긴."

여인과 마찬가지로 노인 역시 지팡이에 몸을 의지한 채로 주변을 살펴봤다. 잡담은 그만두고 일에 집중했던 것이다.

백륜과 함께 걸어가면서도 석정후는 지금의 상황이 믿기지가 않았다. 다른 사람도 아니고 벽우진과 함께 이동한다는 게 여전히 실감나지 않았던 것이다.

"괜찮으십니까?"

"으응."

"……불편해 보이시는데요."

"너도 그래."

백륜이 쓴웃음을 지었다.

안 그래도 그 역시 잔뜩 긴장한 상태였다. 석정후처럼 벽우진과 함께 걸어간다는 사실이 그도 믿기지 않았던 것이다.

"뭘 그렇게 긴장해?"

"하하. 아직도 믿기지가 않아서요."

"네가 바라 마지않던 그림 아냐?"

고개만 살짝 뒤로 돌린 벽우진이 장난기 가득한 얼굴로 말했다. 마치 석정후의 속내를 훤히 들여다보고 있는 것처럼 말이다.

"맞습니다. 백 마디 말보다 이렇게 직접 보여주는 게 더 확실하니까요."

단지 걸어가는 것뿐인데도 수십, 수백 쌍의 눈들이 자신에게로 향했다.

특히 그를 알아보는 이들이 발산하는 감정은 너무나 격렬했다. 하나같이 경악한 눈으로 그를 쳐다봤던 것이다.

어째서 그와 벽우진이 같이 있는 것인지 의문이 가득한 눈빛들에 석정후는 어깨가 으쓱해졌다.

"동시에 형들의 견제가 본격적으로 시작되겠지."

"예전이었다면 전전긍긍했겠지만 이제는 다릅니다. 오히려 부담감을 느껴야 하는 쪽은 형들이지요."

"둘이 손잡고 널 찍어 누를 수도 있는데?"

"그럴 수도 있겠지요. 하지만 전 그걸 다 알면서도 사부님을 찾아간 것입니다."

석정후의 두 눈이 강렬하게 빛났다.

아직은 혼자서 두 형을 상대하는 게 힘들겠지만 견디기만 한다면, 자리만 제대로 잡는다면 상황은 많이 달라질 터였다.

"날 너무 의지하는 거 아냐?"

"그 정도인 분이기에 제가 도박 아닌 도박을 한 것이지요."

"너무 일찍 무너지진 마."

"제가 태어나자마자 배운 게 악착같이 살아남는 법이었습니다. 그리고 어디에나 틈새시장은 존재하는 법이지요."

벽우진이 피식 웃었다. 누가 장사꾼의 핏줄 아니랄까 봐 말발은 정말 끝내주는 것 같아서였다.

물에 빠져도 주둥이만 둥둥 떠 있을 것 같은 느낌에 벽우진은 고개를 살짝 저었다.

"도움이 필요하면 말하고. 그래도 제자인데 내가 가만히 있을 수는 없지."

"저의 스승님이 되어주신 것만으로도 이미 많은 걸 받았습니다. 아마 조마조마한 것은 두 형들일 겁니다."

"둘 다 나름 줄 닿은 곳이 있다며?"

"그래 봤자 사부님의 이름에 비빌 곳은 없습니다. 즉 뒷배의 힘이 전혀 통하지 않는다는 점이지요. 자세히 말씀드릴 수는 없지만 지켜보시면 알게 되실 겁니다."

석정후가 자신만만한 어조로 대답했다. 언뜻 보면 어린아이가 허세를 부리는 것처럼 보였지만 두 눈빛만큼은 누구보다 진지했다.

"그 배짱대로의 결과가 나왔으면 좋겠구나. 물론 수련도 빼먹지 않고 열심히 해야 하는 것도 잊지 말고."

"각골명심하겠습니다. 이제 저는 상인이되 무인이니까요."

석정후가 다부진 얼굴로 말했다.

이제 막 입문한 단계이기에 스스로 무인이라고 말하기가 어색했지만 그래도 틀린 말은 아니었다. 더구나 사사하는 게 벽우진인 만큼 석정후의 얼굴에는 자부심이 가득했다.

"저 녀석 석가장의 삼 공자 아냐?"

"어떻게 곤륜파와 같이 있는 거지?"

"저거 무슨 상황이야?"

한편 제자들의 조 추첨을 기다리며 서 있는 벽우진에게로 수많은 시선들이 집중되었다.

원래부터 시선을 끌고 다니기는 했지만 오늘은 유달리 많은 이들이 벽우진 일행을 쳐다봤다. 새로운 얼굴의 등장에 다들 궁금증을 감추지 못했던 것이다.

특히 석정후를 아는 이들은 하나같이 두 눈을 부릅뜨며 그와 벽우진을 번갈아 쳐다봤다.

"석가장이랑 인연이 있나?"

"그런 말은 못 들었는데."

"설마…… 패선의 제자가 된 건가? 기준이 까다롭지만 일단 마음에만 들면 무조건 제자로 들이는 게 패선이잖아."

"에이, 설마. 다른 곳도 아니고 석가장인데 무재가 있었다면 진즉에 고수들이 데려갔겠지. 근데 지금까지 그런 말은 단 한 번도 없었잖아?"

쑥덕거림은 점차 확대되었다.

하지만 누구도 속 시원하게 말해주는 이가 없었다. 의문에 의문만 더해갔던 것이다.

그리고 그럴수록 석정후의 미소는 짙어져 갔다.

"좋으냐?"

"예, 관심이 많아진다는 건 그만큼 제 이름과 가치가 높아진다는 걸 뜻하니까요."

"동시에 적들도 많아지지. 아무 이유 없이 너에게 악의를 품는 이들도 생길 거고."

"감당해야지요. 그게 두려웠다면 애초에 시작하지 말아야 하는 게 맞고요."

"녀석."

피하지 않겠다는 듯이 눈을 빛내는 석정후의 모습에 벽우진은 쓸데없이 조숙하다는 생각을 하며 머리를 쓰다듬었다.

그러고는 멀리 보이는 대진표를 쳐다봤다. 두 개의 장대에 커다란 천을 말아서 세운 대진표였는데 정확히 서른두 개가 평야에 박혀 있었다. 각 조의 숫자만 적혀 있는 채로 말이다.

"애들이 겹치지 말아야 할 텐데요."

"무작위 뽑기이니 운에 빌어봐야지. 겹치면 어쩔 수 없고."

"아침 식사 때 대화하는 걸 들어보니 다들 각오는 한 것 같더라고요."

"조가 서른두 개나 되지만 겹칠 가능성도 꽤 크니까."

청민의 시선이 한곳에 모여 있는 제자들에게로 향했다. 사뭇 긴장한 다른 참가자들과 달리 벽우진의 제자들은 담담한 얼굴로 순서를 기다리는 중이었다.

"어디까지 오르실 거라고 예상하십니까?"

"나한테 지금 객관성을 바라는 거야? 그건 불가능하다고."

"그럼 어디까지 기대하시는지요?"

"본선에는 모두 다 올랐으면 하는데, 쉽지 않겠지."

벽우진의 시선이 구룡을 비롯해서 몇몇 후기지수들에게로 향했다. 구룡 못지않은 강자들이 제법 있었던 것이다.

"복병들이 존재할 테니까요."

"맞아. 그래서 재미있는 게 비무 대회이기도 하고."

"……와 있을까요?"

청민이 목소리를 내리깔았다.

이 수많은 인파들 속에 어쩌면 그들이 와 있을지도 몰랐다. 의외로 가까운 곳에 있을 수도 있고.

"있지 않을까 싶은데. 비무 대회를 개최한 의도를 그들이 모를 리 없을 테니까."

"꼬리를 잡을 수 있으면 좋을 텐데요."

"쉽지 않을 거야. 잡힐 거였으면 진즉에 잡혔겠지."

"하긴."

은밀함과는 거리가 먼 곳이었지만 그렇다고 그런 쪽의 실력이나 기술이 모자란 것은 아니었다. 단지 주로 활용하지 않을 뿐.

그래서 더 무서운 곳이 바로 그곳이었다.

"이제 시작한다."

"뿔뿔이 흩어졌으면 좋겠어요!"

"우리들끼리 붙는 건 질리도록 봤으니까?"

지금껏 얌전히 있던 배혁문이 소리치자 벽우진이 부드럽게 머리를 쓰다듬어 주었다.

사부를 닮은 건지 평소에는 말수가 드문 배혁문이 지금은 두 눈을 초롱초롱하게 빛내며 조 추첨을 구경했다.

"예! 그리고 본선에 형, 누나들이 다 올라가면 그것 또한 명예이자 기록이잖아요. 서른두 개뿐인 자리에 일곱 명이나 올라간 것이니까요."

"나도 그랬으면 좋겠구나."

"다음번에는 저도 지원해서 한 자리를 더 늘릴게요!"

배혁문이 주먹을 불끈 쥐었다.

나이만 아니었으면 그도 비무 대회에 지원했을 텐데 안타깝게도 나이 제한에 걸려 함께하지 못했다.

"나도 그랬으면 좋겠구나."

"헤헤헤!"

이제 열두 살이 된 배혁문이 야무진 얼굴로 웃었다. 다음번에는 반드시 자신도 출전하겠다고 다짐하면서 말이다.

"너무한 거 아냐? 어떻게 한 번을 안 찾아오냐? 매정하다, 매정해!"

"이제는 그만 어울릴 때도 되지 않았나?"

등 뒤에서 들려오는 익숙한 목소리에도 벽우진은 고개를 돌리지 않았다. 알아서 옆에 설 것임을 잘 알아서였다.

"이제 진짜 우리 둘밖에 없는데."

"십 년 후에는 조용해지려나."

"말을 해도!"

예상대로 옆에 선 당민호가 눈을 부라렸다. 그러나 그의 눈빛에도 벽우진은 눈 하나 깜빡이지 않았다.

"뭐 하러 여기까지 왔어? 가족들이랑 같이 있지."

"거기보다는 너랑 있는 게 더 재미있을 것 같아서?"

"오늘은 그냥 대진표 뽑는 날인데."

"그래도 와야지. 애들이 처음으로 출전하는 비무 대회인데."

당민호의 시선이 멀리 삼 남매가 서 있는 곳으로 향했다.

의외로 긴장해 있는 삼 남매의 모습에 당민호가 입맛을 다셨다.

"언제부터 그렇게 손주들을 챙겼다고."

"너만큼이나 신경 쓰고 챙기거든? 근데 이 녀석은 뭐야?"

"뭐긴, 새로 들인 제자지."

"제자?"

벽우진의 뒤에 서 있던 석정후가 당민호의 시선에 황급히 인사를 올렸다. 누구인지 충분히 예상이 갔기에 공손하게 포권을 했던 것이다.

"처음 뵙겠습니다. 석정후라고 합니다."

"석 가? 강호에 석 씨는 드문데. 혹시?"

"예, 석가장 출신입니다."

"방계?"

강호와 아예 연관이 없지는 않지만 그렇다고 깊은 것도 아니었다. 게다가 가주직에서 물러난 후 강호정세에 딱히 신경을 안 썼기에 당민호가 고개를 갸웃거렸다.

"직계야. 석가장주의 셋째 아들."

"호오. 그럼 승계권이 있는 거 아냐?"

당민호가 의미심장한 눈빛으로 벽우진을 쳐다봤다. 마치 그의 속내가 훤히 보인다는 듯이 말이다.

그런데 벽우진은 그런 당민호의 눈빛을 피하지 않았다.

"있지."

"이거 봐라. 음흉한 속내가 너무 훤히 보이는데."

"자기 발로 찾아왔어. 내가 데려온 게 아니라."

"응? 스스로 널 찾아왔다고?"

당민호의 두 눈에 놀란 기색이 떠올랐다.

그러고는 아직 굳어 있는 석정후를 쳐다봤다.

"어. 당돌하게도 거래를 하자고 하더라고."

"푸하하하!"

상상만 해도 웃긴 모양인지 당민호가 파안대소를 터뜨렸다.

반대로 석정후는 고개를 들지 못했다. 당시야 죽기 아니면 까무러치기로 달려들었다지만 다시 생각해 보면 아찔하기 그지없는 상황이었다.

그렇기에 석정후는 붉어진 얼굴로 고개를 푹 숙였다.

"근데 그게 마음에 들었어."

"너도 참 취향이 독특하다니까. 정신세계가 특이하다고 해야 하나."

친구지만 간혹 벽우진이 이해가 안 될 때가 있었다. 그런데 재미있는 건 그런 벽우진의 결정이 기대가 되기도 한다는 점이었다.

"이상한 사람으로 만들지는 말고."

"너도 솔직히 인정하잖아? 네가 정상은 아니라는 걸."

"아닌데. 난 지극히 평범한데?"

"너 혼자만 그리 생각할걸?"

당민호의 시선이 청민에게로 향했다.

하지만 선택이 잘못되었다. 벽우진의 사제인 청민이 그의 편을 들어줄 가능성은 매우 희박했다.

"아참. 여기에 내 편은 없지."

"그러니까 네 편이 잔뜩 모여 있는 곳으로 가."

"안타깝게도 거기는 대신 재미가 없어. 통통 튀는 맛이 없다고나 할까."

"네가 불편해서 그래."

"우리 서로의 명치는 때리지 말자."

당민호가 키득거렸다. 그러면서 역시 이 맛에 벽우진을 찾아온다고 생각했다. 가솔들은 그를 너무 어려워하고 조심스러워했기에 이런 맛이 없었다.

"난 다른데? 내 명치 때리는 이가 적어도 곤륜파에는 둘 이상 있어."

"그건 좀 부럽네."

당민호가 진심으로 부러운 표정을 지었다.

여기 있는 청민만 하더라도 벽우진에게 직언을 할 수 있는 존재였다. 서진후 역시 마찬가지였고.

"그래도 외롭진 않잖아?"

"병 주고 약 주기냐?"

"사실만을 말했을 뿐."

"곤륜파와 석가장이라. 생각지도 못한 조합이기는 하네."

달리 황금세가라 불리는 곳이 석가장이었다.

물론 그 석가장이 석정후의 손아귀에 들어온 것은 아니지만 중요한 건 곤륜파와 이어졌다는 점이었다.

그리고 지금껏 벽우진의 선택 중에 실패한 것은 없었다.

'만약 이 녀석이 석가장의 주인이 된다면……'

당민호의 두 눈이 번뜩였다.

그때는 곤륜파가 다시 한번 도약할 게 분명했다. 무력과 금력을 다 같이 손에 쥐고서 말이다.

'그렇게 된다면 진짜 무섭겠는데.'

이미 무력만으로 무섭게 치고 올라가는 게 바로 곤륜파였다. 거기에 금력이 더해진다면 천하제일이라는 칭호를 손에 넣는 것도 불가능하지만은 않았다.

'딱히 그 칭호에 신경은 안 쓸 것 같지만 말이지.'

당민호의 시선이 제자들에게 향해 있는 벽우진에게로 향했다.

예전에도 그랬지만 그의 친구는 딱히 명성에 관심이 없었다. 그렇다고 거절하는 것도 아니었지만.

"형님께서는 아이들이 어디까지 올라갈 것 같습니까?"

"너희? 아니면 우리 아이들?"

"사천당가 쪽이요."

"그래도 본선은 무난하게 올라갈 수 있지 않을까 싶은데. 대진 운만 있으면. 구룡만 피해도 서른두 개의 자리를 차지하는 건 어렵지 않지."

당민호가 호언장담했다. 운만 조금 따라준다면 본선에 오르는 게 그리 어렵지만은 않다고 생각해서였다.

그런데 질문했던 청민이 묘한 미소를 머금었다.

"힘들겠는데요?"

"왜?"

청민의 말에 당민호가 미간을 좁혔다.

그러자 청민이 손가락으로 어느 한 곳을 가리켰다.

"시작부터 흥미진진하겠는데요. 남궁세가와 사천당가의 격돌이라니."

"하필이면!"

당민호가 버럭 소리를 질렀다. 본선도 아니고 예선에서, 그것도 첫 시합에서 마주치게 되어서였다.

하지만 그의 노발대발에도 불구하고 조 추첨은 계속해서 이어지고 있었다.

"역시 내 제자들이라서 그런가. 운빨 하나는 있다니까."

"그러게요."

반면에 벽우진의 얼굴에는 미소가 맺혔다. 다행히 최악의 상황은 피해서였다.

서른두 개의 조 중 한 조에 겹친 아이들은 다행스럽게도 없었다.

○

조금은 서늘하게 느껴지는 아침 바람을 맞으며 양일우가 심호
흡을 했다.

그런데 평소와 달리 그의 주변에는 아무도 없었다. 침상에서 눈
을 뜰 때부터 함께 있던 사형제들이 지금은 단 한 명도 남아 있지
않았던 것이다.

대신 그의 주변에는 순서를 기다리는 참가자들로 바글거렸다.

"어휴."

답답한 마음에 양일우는 대기실처럼 사용하는 천막에서 나왔
다. 바깥 공기도 쐴 겸 분위기를 살피기 위해서였다.

"크긴 크단 말이지."

마치 산 하나를 통째로 깎아낸 것처럼 분지는 넓었다. 지름이
육 장이나 되는 정방형의 비무대가 무려 서른두 개나 있었음에도
그리 좁아 보이지 않을 정도로 말이다.

게다가 계단처럼 깎여진 가장자리에는 벌써부터 구경하러 온
관중들로 가득 차 있었다.

"이런 곳은 또 어떻게 찾아낸 건지. 아니, 만든 건가?"

자연미와 인공미가 어울려진 분지를 둘러보며 양일우가 고개
를 저었다. 동원된 인력도 인력이지만 자금 역시 엄청나게 들었을

것 같아서였다.

"첫 번째 시합에 출전하는 분들은 준비하십시오!"

주변을 둘러보며 뛰는 가슴을 가라앉히던 양일우의 귓가로 진행관의 목소리가 들렸다. 음성에 공력을 가득 실어 크게 외쳤던 것이다.

그러자 다시 한번 주변의 기운이 들썩였다. 잠시 후면 비무 대회가 시작한다는 걸 뜻했기에 다들 흥분했던 것이다.

"후우!"

그리고 그건 양일우도 마찬가지였다. 다른 사형제들과 달리 그는 첫 경기에 출전해서였다.

17조 1번.

팔뚝에 묶여 있는 자신의 번호를 내려다보며 양일우가 발걸음을 옮겼다.

"준비되셨습니까?"

"예."

"다시 한번 규칙에 대해서 설명해 드리겠습니다. 독이나 독이 발라져 있는 무구는 사용이 불가하며 살인 역시 안 됩니다. 대결은 한 쪽이 패배를 시인할 때까지 계속되지만 심판께서 봤을 때 전투 불능의 상처를 입었다고 판단되면 비무를 멈출 수 있습니다. 그때 심판의 지시를 무시하면 안 되며 불복 또한 안 됩니다. 이해하셨습니까?"

"예."

속사포처럼 이어지는 진행관의 설명에 양일우는 고개를 주억거렸다.

이미 몇 번이나 들었던 내용이었지만 양일우는 성실하게 들었다. 특별히 주의해야 할 부분은 없지만 그래도 들어서 나쁠 것은 없어서였다.

"그럼 올라가시죠."

진행관의 말이 끝나기 무섭게 양일우가 비무대 위로 올라갔다.

지면보다 3척 정도 높게 만들어진 비무대였는데 바닥에 떨어지면 실격패였다. 그렇기에 비무 중에 떨어지지 않는 것도 중요했다.

'늘 공간을 생각해야 한다는 뜻이지.'

공간이 좁지 않은 만큼 경신술도 펼칠 수 있었다.

하지만 거리 계산을 까딱 잘못하면 어이없게 떨어질 수 있기에 대결을 하면서도 공간을 늘 신경 써야 했다.

저벅저벅.

그러는 사이 어느새 양일우는 비무대의 중앙에 서 있는 심판의 앞에 섰다. 상대 역시 마찬가지였고.

찌릿찌릿!

특히 눈빛이 장난 아니었다. 마치 잡아먹을 것처럼 노려보는 눈빛에 피부가 따끔거릴 정도였지만 정작 양일우는 다른 곳을 보고 있었다.

'사부님.'

관중석과는 거리가 상당했지만 양일우는 단번에 벽우진을 찾을 수 있었다. 워낙에 고고한 기도를 뿌리는 벽우진이었기에 찾는 게 어렵지 않았던 것이다.

이윽고 벽우진과 눈이 마주치자 양일우는 빙그레 웃었다.

'곤륜파의 제자로서 부끄럽지 않은 대결을 펼치겠습니다.'

고개를 돌린 양일우의 표정이 달라졌다.

사형제들과 함께 있을 때 티를 내지는 않았지만 그 역시 목표는 우승이었다. 고작 본선 진출에 만족할 생각은 눈곱만큼도 없었다.

'곤륜파의 위상을 다시 한번 높인다.'

양일우는 우승으로서 벽우진에게 받은 은혜를 조금이라도 갚을 생각이었다. 물론 동생들도 같은 생각이겠지만 말이다.

'그래도 양보는 없어.'

양일우의 시선이 빠르게 상대방을 훑었다. 이제야 상대를 살펴보기 시작했던 것이다.

그리고 그때 심판이 시작을 알렸다.

"시작!"

호쾌한 목소리와 함께 심판이 뒤로 물러났다. 두 사람에게 방해되지 않게 적당한 거리를 벌렸던 것이다.

그와 동시에 상대방의 유엽도가 양일우의 어깨를 노리고서 벼락처럼 쇄도했다.

'사부님께서 말씀하셨지. 단순히 이기는 게 전부가 아니라고.'

선수필승을 외치는 듯이 시작하자마자 돌진해 오는 상대의 공격을 보면서 양일우는 어젯밤 벽우진이 해주었던 말을 떠올렸다. 우승을 노린다면 단순히 이기는 것에 만족하면 안 된다고 말이다.

이기는 것은 기본이고 다치지 않고 체력 소모를 최소화해야 우승을 논할 수 있다고 했다.

'그리고 운조차도 깨부술 실력이 있어야 우승할 수 있다고 하셨지.'

쩌어어엉!

양일우가 거칠게 검을 휘둘렀다.

전초전이니 간 보기니 그런 것 없이 처음부터 전력으로 참격을 뿌리자 상대방의 유엽도가 산산조각이 났다.

"큭!"

예상치 못한 거력에 유엽도가 박살 나자 상대방의 동공이 지진이라도 난 것처럼 격렬하게 흔들렸다. 이런 상황은 상상조차 못 했기에 당황한 것이었다.

스스슥!

심지어 자신의 진기를 가득 머금은 유엽도의 조각들이 몸을 향해 날아오자 청년은 깜짝 놀라며 몸을 비틀었다. 반사적으로 회피했던 것이다.

그런데 그때 거대한 그림자가 그를 덮쳤다. 일격에 유엽도를 산산조각 낸 양일우가 어느새 그의 지근거리까지 접근한 것이다.

'이대로 무너질 것 같으냐!'

곰처럼 거대한 덩치를 가진 양일우가 순식간에 접근했지만 청년은 조금도 기죽지 않았다. 신체 조건의 차이는 내공으로 얼마든지 뒤집을 수 있어서였다.

지금의 일격도 순간의 방심으로 당한 것이었지 제대로 붙었다면 정반대의 결과가 나왔을 터였다.

부우웅!

매섭게 검을 찔러오는 양일우의 공격을 자연스럽게 흘려내며 청년이 장심을 내밀었다. 강맹한 일장으로 양일우를 단숨에 날려 버리려는 것이었다.

투웅.

그런데 강맹한 기세와 달리 들려오는 소리는 너무나 미약했다. 북이 찢어지는 듯한 소리와 함께 되레 그의 손이 튕겨졌던 것이다.

"쿨럭!"

심지어 청년의 입에서는 피가 뿜어져 나왔다. 무지막지한 반탄력에 오히려 내상을 입고 피를 토해냈던 것이다.

하지만 청년은 놀랄 새가 없었다.

덥석!

뒤로 튕겨져 날아가는 그의 목을 양일우가 우악스럽게 붙잡았기 때문이다.

마치 날아가는 것을 허락하지 않겠다는 듯이 청년의 목을 단숨에 낚아챈 양일우는 그대로 위로 들어 올렸다.

"크윽!"

순식간에 두 발이 뜨게 된 청년이 버둥거렸다. 그러면서 두 손으로 목을 움켜쥔 양일우를 손을 떨쳐내려고 했지만 아무리 용을 써도 두꺼운 손가락은 조금도 미동을 하지 않았다.

스윽.

발작하듯 온몸을 비트는 청년의 이마를 향해 양일우는 조용히 검을 밀었다. 미간의 바로 앞에 검극을 댔던 것이다.

그와 동시에 심판의 낭랑한 외침이 비무대를 갈랐다.

"1번 승!"

"켁! 케헥!"

누가 봐도 승자가 결정된 상태였기에 심판은 망설이지 않았다. 양일우가 일부러 천천히 검을 움직였음을 그는 알고 있었던 것이다.

"수고하셨습니다."

"젠장! 젠자앙!"

심판의 판정이 나오자마자 양일우는 상대의 목을 잡고 있던 왼손을 풀었다. 그리고 정중히 인사했다.

하지만 상대방은 그의 말을 듣지 않았다. 무엇이 그리 분한지 대답은커녕 땅바닥만 다친 손으로 내리쪽었다.

"그럼."

그 모습에 심판이 눈살을 찌푸렸지만 양일우는 담담히 몸을 돌렸다. 심판에게도 인사하는 여유를 보이며 비무대를 내려왔던 것이다.

"속전속결이네."

"누구 제자인데."

"아, 애들한테 저걸 말해줬어야 했는데."

깔끔하게 승리한 후 뒤도 돌아보지 않고 비무대를 내려가는 양일우의 모습에 당민호가 탄식을 흘렸다. 어째서 초반에 승부를 봤는지 그는 알아차렸던 것이다.

동시에 손주들에게 조언을 해주지 못했다는 사실에 안타까운 표정을 지었다.

"지금이라도 찾아봐. 거리가 제법 되지만 전음을 보낼 정도는 되잖아?"

"천막 안에 있는데 어떻게 찾아."

"몇 조인지도 몰라?"

"어……."

당민호가 벽우진의 시선을 피했다.

당연히 본선에 오를 거라 생각했기에 예선전은 신경 쓰지 않았던 것이다. 아들이 잘 관리할 거라고 생각하기도 했고.

"완전 놓았네. 손주들 챙긴다고 말할 자격이 없는 것 같은데?"

"끄응! 예선전 정도는 당연히 이길 거라고 생각했으니까."

"뭐, 잘하겠지. 애들도 이제는 경험이 적지 않은데."

벽우진의 시선이 11조의 비무대로 향했다. 두 번째로 경기에 나서는 이가 바로 11조에 있어서였다.

"완전 멋있었어요."

"그래?"

"예, 첫 일격에 승부를 낸 것이잖아요. 상대방의 허를 찔러서."

"무인들의 싸움도 재미있지?"

"재미있다기보다는 좀 살벌하죠. 하하!"

배혁문과 나란히 앉아서 비무대를 지켜보던 석정후가 머쓱하게 웃었다.

구경하는 입장에서야 박진감 넘치고 흥미진진했지만 막상 저 비무대 위에 자신이 서 있을 걸 생각하자 벌써부터 오금이 저려왔다. 갑자기 소변도 마려웠고 말이다.

"아직은 경험이 없어서 그래. 질리게 구르고 구르면 네 몸이 먼저 반응할 거야."

"으아! 크!"

벽우진이 씩 웃으며 온갖 감탄사를 내뱉는 배혁문을 가리켰다.

마치 자신이 참가자라도 된 듯 한껏 이입해서 괴상한 자세를 취하는 배혁문의 모습에 석정후는 어색한 표정을 지었다.

"아오!"

한데 그때 뒤쪽에서 안타까운 탄성이 흘러나왔다. 그것도 그에게 너무나 익숙한 목소리가 말이다.

"백륜?"

"아, 죄송합니다. 저도 모르게 그만."

배혁문만큼이나 피가 끓는지 잔뜩 상기된 얼굴로 소리를 지르던 백륜이 멋쩍게 웃으며 고개를 숙였다. 자신이 지나치게 흥분했다는 사실을 뒤늦게 깨달은 것이었다.

"괜찮아. 그럴 수도 있지."

"자제하겠습니다."

"아냐. 편하게 봐, 편하게."

석정후는 웃으며 고개를 저었다.

아직 십분 이해되지는 않지만 그렇다고 저 모습이 싫은 건 아니었다. 무공에 대해 잘 모르는 자신만 하더라도 두 손에 땀이 나는데 백륜은 오죽할까 싶어서였다.

"잘 봐둬. 다른 이들의 대결을 보는 것만으로도 공부가 되니까. 뭐, 아는 만큼 보이는 법이라 크게 얻는 건 없겠지만 그래도 안 보는 것보다는 나으니까."

"육안으로 좇기 힘들 정도의 속도는 드문 것 같아요."

"이제 시작했으니까. 아마 중간중간 격이 다른 녀석들을 볼 수 있을 거야."

"사형들이나 사저들처럼 말이죠?"

"맞아. 구룡도 있고."

벽우진이 석정후의 머리를 쓰다듬었다. 그러고는 11조의 비무대를 쳐다봤다.

"사저가 나왔어요!"

"나도 봤다."

"흐음. 상대가 낭인 같은데? 그것도 산전수전 다 겪은 닳고 닳은 낭인."

들뜬 석정후와 달리 당민호는 턱을 쓰다듬었다. 한 자루 창을 등에 멘 사내에게서 상당히 위험한 냄새가 풍겨서였다.

사나운 맹수와도 같은 기도에 당민호가 걱정스러운 눈빛으로 비무대를 오르는 심대혜를 쳐다봤다.

"좋은 상대가 되겠네."

"걱정 안 되냐고 묻기에는, 대혜도 만만치 않지."

"암."

벽우진이 고개를 주억거렸다.

그런 그의 얼굴에는 짙은 신뢰가 서려 있었다. 누구보다 심대혜가 흘린 땀방울을, 쏟은 노력을 잘 알아서였다.

"……이러다가 진짜 서른두 개 중 여덟 자리 차지하는 거 아냐."

그럼 안 되는데."

당민호가 미간을 좁혔다.

뿔뿔이 흩어진 곤륜파의 제자들과 달리 사천당가는 한 조에 세 명이 모두 모이는 불운이 닥쳤다. 본선에 진출하기 위해서 셋 중 둘은 탈락해야 하는 상황에 처했던 것이다. 그리고 그 말은 아무리 잘해도 사천당가가 차지할 수 있는 본선의 자리는 하나뿐이라는 걸 뜻했다.

"그건 모르지. 비무 대회는 워낙에 변수가 많으니까. 하루 내내 경기가 계속 치러지니까."

"근데 얼굴에는 왜 자신감이 서려 있어?"

"난 우리 아이들을 믿거든."

"쳇!"

말은 저렇게 해도 당민호는 알았다. 벽우진이 얼마나 자신만만해 하고 있는지를 말이다.

게다가 벽우진의 제자들은 이미 용봉회에서 한 차례 자신들의 실력을 증명한 바 있었다.

'하필이면 왜 같은 조를 뽑아서!'

당민호가 이를 갈았다. 무작위로 번호표를 뽑았음에도 왜 같은 조에 걸렸는지 그는 이해할 수가 없었다.

하지만 아무리 그래도 이미 완성된 대진을 무효로 만들 수는 없었다.

"후우!"

"힘내. 그래도 한 자리를 차지하는 게 어디야."

"약 올리는 거냐?"

"한 자리 차지하는 것도 대단하다는 거다. 이번 비무 대회에는 진짜 난다 긴다 하는 애들 다 나온 거 너도 알잖아."

벽우진이 눈짓했다.

지금만 하더라도 황보세가의 대력장룡(大力掌龍)이 한껏 맹공을 펼치며 상대를 몰아붙이고 있었다.

"그럼 뭐 해. 너한테 밀릴 것 같은데."

"내기도 아닌데 뭘 그렇게 신경 써? 그냥 즐겨. 어쩌면 이게 네 인생의 마지막 비무 대회일지도 모르는데."

"이걸 때릴 수도 없고."

당민호가 진지하게 고민했다. 얄밉기 그지없는 벽우진을 때릴지 말지 주먹을 불끈 쥐고서 진심으로 고민했던 것이다.

하지만 그 모습에도 벽우진은 오히려 웃었다.

"누가 맞아주기는 한대?"

"아오!"

"그만 흥분하고 지켜봐. 우리가 할 수 있는 건 지켜보는 것밖에는 없으니까."

"크흠!"

당민호가 콧방귀를 뀌었다.

더 이상 대화하지 않겠다는 듯이 고개까지 돌리는 모습에 벽우진은 피식 웃으며 심대혜에게로 시선을 옮겼다.

"이제 시작하려나 봐요."

"그런 것 같구나."

심대혜가 비무대에 올랐을 때부터 시선을 떼지 않고 있던 배혁문이 엉덩이를 들썩거렸다.

양일우가 첫 경기를 깔끔하게 승리로 장식한 것처럼 심대혜 역시 그랬으면 하는 바람으로 응원했던 것이다.

"사저가 이겨야 될 텐데!"

"지켜보자꾸나."

벽우진의 말에 배혁문이 잔뜩 긴장한 표정을 지었다.

이윽고 11조의 심판이 손을 번쩍 들어 올리며 시작을 알렸다.

'후우.'

비무대에 올라온 심대혜는 가볍게 심호흡을 했다.

전투와 전쟁은 제법 많이 겪어봤지만 이처럼 많은 관중들 앞에서 비무를 치르는 것은 처음이었다.

수많은 사람들의 응원과 야유를 동시에 받으며 대결을 치러야 했기에 심대혜는 살짝 긴장이 되었다.

'사부님께 못난 모습을 보여줄 수는 없어.'

평소와 달리 조금은 빠르게 뛰는 심장을 천천히 다독이며 심대혜가 마음을 바로잡았다.

그러면서 그녀는 앞에 선 상대를 빠르게 살폈다.

싸우기 전에 상대를 파악하는 것은 기본 중의 기본이었다.

더구나 기이하게도 그녀와 마주치는 무인들은 묘한 적대감을 품고 있었다.

'마치 타도 곤륜파를 외치는 것처럼 말이지.'

아무리 용봉회 때 실력 발휘를 했다고 하지만 지나치게 견제하는 것 같았다. 그렇다고 자신들이 남들을 핍박하거나 위협을 가한 적은 없었는데 말이다. 거만한 모습은 더더욱 보이지 않았고.

'이유 없는 악의도 있는 법이니까.'

관심이 높아질수록 비례해서 커지는 견제에 처음에는 당황했지만 이제는 그러려니 했다. 알 수 없는 것에 굳이 연연할 필요는 없다고 생각해서였다.

대신 심대혜는 한 가지만 생각했다.

'목표는 우승.'

막내가 노래를 부르듯이 끊임없이 흥얼거린 그 단어를 심대혜는 곱씹었다.

출전한 이상 목표는 우승이었다. 물론 쉽지는 않겠지만 그래도 불가능하다고 포기할 생각은 없었다.

'할 수 있는 만큼, 최선을 다하자.'

심대혜에게 있어 이번 비무 대회는 보여주고 증명하는 자리였다. 벽우진에게 제대로 무공을 전수받았음을 만천하에 알리는 자리였기에 심대혜는 각오를 다졌다. 적어도 못난 모습은 보이지 않겠다고 말이다.

"시작!"

그러는 사이 심판이 시작을 알렸다. 두 사람 다 준비가 된 듯하자 망설이지 않고 비무를 진행시켰던 것이다.

스윽.

하지만 비무가 시작되었음에도 상대방은 먼저 공격하지 않았다. 등에 메고 있던 창의 중단을 잡고서 날카로운 눈으로 심대혜를 주시했다.

'신중한 성향인가.'

대개 지금까지는 심판이 시작을 알림과 동시에 공세를 취하는 이들이 많았다. 선수필승이라는 말이 괜한 말이 아니라는 걸 다들 알고 있어서였다. 더구나 오늘 몇 경기를 치러야 할지 누구도 알 수 없었기에 최대한 서둘러 승부를 내는 게 유리했다.

그런데 지금 눈앞에 있는 사내는 달랐다.

'일격필살? 아니면 거리를 재는 건가?'

천천히 오른쪽으로 반원을 그리며 움직이는 사내를 주시하며 심대혜 역시 몸을 틀었다. 사내를 정면에 두고서 움직임을 주시했던 것이다.

특히 심대혜는 사내의 발에 특히 집중했다. 아무래도 상대방의 무기가 창이다 보니 거리에 신경 쓸 수밖에 없어서였다.

'승부는 거리에서 난다.'

사형제 중에 창을 다루는 이는 없지만 거리 싸움에는 익숙했다. 또한 실전 역시 적지 않게 겪었기에 심대혜는 이 승부가 어디에서 갈릴지 깨달았다.

파아앗!

그런데 그때 사내가 움직였다. 신중하게 거리를 재면서 심대혜의 움직임을 살피던 그가 느닷없이 창을 찔러 넣었던 것이다.

스슥!

기습처럼 심장을 노리고서 쇄도하는 창격이었지만 심대혜는 침착했다. 예상하고 있었기에 당황하지 않고 자연스럽게 옆으로 이동해 상대의 공격을 피해냈던 것이다.

촤르륵!

한데 상대의 반응도 기민했다.

마치 심대혜가 피할 것을 예상이라도 한 것처럼 찌른 상대에서 창을 휘둘렀다. 그것도 피하기 어렵게 사선으로 내리그으면서 말이다.

'이건 피할 수 없을걸!'

뱀처럼 영활하게 움직이는 창대의 모습에 사내가 비릿한 미소를 머금었다. 실전으로 다져진 그의 연격인 제아무리 곤륜파의 제자라고 하더라도 피하지는 못할 거라고 생각해서였다.

게다가 상대는 패선의 제자들 중에서도 크게 알려진 게 없는 여제자였다. 그런 만큼 사내는 이번 대결이 그리 어렵지 않을 거라고 생각했다.

'너를 잡고 내 이름을 알린다!'

용봉회 이후 마치 구룡의 대항마처럼 떠받들려지고 있는 게 곤륜의 제자였다.

하지만 그는 그 사실을 인정할 수 없었다.

중원무림에는 구룡과 곤륜파의 제자들만 있지 않았다. 그들보다 더 뛰어난 후기지수들도 존재했다.

'내가 그 사실을 알릴 것이다!'

심장을 노렸던 창극이 단숨에 단전을 향해 내리그어졌다. 제대로 맞는다면 허리가 사선으로 양분되고도 남을 위험한 공격이었다.

　하지만 사내는 그런 공격을 펼침에도 조금의 망설임도 보이지 않았다. 살인은 안 되지만 그렇다고 대충 봐주면서 비무에 임할 생각은 눈곱만큼도 없었다.

　"어?"

　비무에서 부상은 빼놓을 수 없는 부분이었다.

　게다가 소문대로라면 이 정도 공격은 크게 무리 없이 막아낼 수 있을 터였다. 조금 다칠 수는 있겠지만 말이다.

　그런데 그의 예상과 달리 금속음은 들려오지 않았다.

　퍽!

　대신 그의 창날이 비무대에 박히며 불똥을 튀겼다. 놀랍게도 심대혜가 그의 일격을 완벽하게 피해냈던 것이다.

　쌔애액!

　그뿐만 아니라 순식간에 그와의 간격을 좁히며 검을 찔러왔다. 군더더기라고는 전혀 없는, 그야말로 간결한 움직임을 선보이며 그의 명치를 노렸던 것이다.

　'똑같이 나오겠다?'

　심장도 아니고 명치를 노리는 일검에 사내의 두 눈매가 매서워졌다. 방금 전 자신이 펼친 공격과 똑같은 방식을 준비하고 있음을 알 수 있어서였다.

　'그렇다면 역으로 이용해 주지!'

　사내의 두 눈이 형형하게 빛나는 순간 그의 신형이 허공으로 솟구쳤다. 땅에 박힌 창대의 탄성을 이용해 예상치 못한 순간에 허공으로 붕 떠올랐던 것이다.

'이대로 등 뒤를 잡아서……!'

순식간에 반원을 그리며 심대혜의 뒤로 넘어갔던 사내가 두 눈을 부릅떴다. 갑자기 심대혜의 신형이 흐릿해져서였다.

동시에 오른쪽 옆구리가 서늘해졌다. 수많은 실전으로 벼려진 그의 본능이 위험을 감지하고 알려주었던 것이다.

퉁!

그 경고를 사내는 무시하지 않았다. 아니, 곧바로 받아들여 창대를 다시 한번 튕겼다. 이번에는 다른 방향으로 몸을 날렸던 것이다.

휘리리릭!

하지만 방향 전환이라면 심대혜도 일가견이 있었다. 운룡대팔식을 극성으로 펼치며 벌어진 간격을 순식간에 좁혔다.

"치잇!"

창을 다룰 거리를 절대 주지 않겠다는 듯이 달려드는 심대혜의 모습에 사내가 얼굴을 일그러뜨렸다.

만만하게 봤는데 의외로 직접 붙어보니 예상외로 까다로웠다.

'그렇다면!'

몸의 탄성을 이용해 황급히 바닥에 착지한 사내가 창대의 상단을 잡았다. 거리를 주지 않는다면 짧은 거리에서 싸우면 될 일이었다. 그러면서 차차 자신의 간격을 찾아가도 되었다.

'간격을 좁힌 걸 후회하게 만들어주지!'

개싸움에도 일가견이 있는 그였다.

창을 쓰기에 근접전에 약할 거라 생각하는 이들이 많지만 실상은 달랐다. 그는 전신이 무기이며 흉기였다.

쉬이익!

그것을 증명하겠다는 듯 사내는 창을 짧게 잡았음에도 불구하고 조금의 어색함도 없이 심대혜의 단전을 노렸다. 피하면 그대로 공격을 이어서 심장이나 허벅지를 노리겠다는 심산이었다.

카아앙!

그런데 그때 처음으로 금속음이 울려 퍼졌다. 유려한 보신경을 보여주던 심대혜가 처음으로 검신을 비틀어 그의 찌르기를 흘려냈던 것이다.

'걸렸다!'

그 순간 사내의 눈이 번뜩였다.

창과 검이 맞닿은 순간 심대혜는 무방비 상태나 마찬가지였기에 망설이지 않고 득달같이 달려들며 좌장을 찔러 넣었다. 치졸하게도 그 짧은 순간에 일부러 가슴을 노렸던 것이다.

'피할 수밖에 없을걸!'

남자의 손이 다가오는데 피하지 않을 여자는 없었다. 그게 본능이었고, 웬만큼 경험을 쌓지 않는 한 이런 공격을 대부분 피했다.

때문에 사내는 확신했다. 심대혜가 뒤로 물러날 것이고 그 순간 이어서 준비한 자신의 치명적인 일격에 대결은 끝을 맺을 것이라고 말이다.

터엉!

하지만 심대혜의 선택은 그의 예상과는 전혀 달랐다. 정확히 유방을 노리고서 파고드는 사내의 공격을 심대혜는 피하지 않았던 것이다. 오히려 정면으로 맞서서 좌수를 뻗었다.

"큭!"

유려한 수영(手影)과 함께 펼쳐지는 태청산수(太淸散手)에 오히려 사내가 뒷걸음질 쳤다. 막강한 내력이 실린 일격에 속수무책으로 밀린 것이었다.

그러나 그의 위기는 여기서 끝나지 않았다.

투두둑.

발뒤꿈치에서 느껴지는 섬뜩한 감각에 사내가 화들짝 놀랐다. 어느새 비무대 끝까지 자신이 밀려나 있어서였다.

'도대체 어느 틈에?'

경기가 시작되고 고작 몇 합 주고받은 게 다였다. 그런데 어느새 비무대 끝에 서 있자 사내의 동공이 흔들렸다.

우우우웅.

하지만 심대혜는 사내가 놀랄 틈조차 주지 않았다.

비틀거리는 그 순간 최후의 일격을 날렸다. 전방과 좌우, 삼면을 가득 채우는 검세로 사내를 몰아붙였던 것이다.

비록 서예지처럼 화려하거나 양일우처럼 신력을 타고나지는 못했지만 대신 심대혜에게는 꼼꼼함이 있었다. 그 장점을 그녀는 여지없이 보여주며 그대로 사내를 비무대 밖으로 밀어버렸다.

"허!"

수십 개의 검기에 사내는 속절없이 밀려날 수밖에 없었다.

공간이 여유로웠다면 어찌어찌 피해낼 수 있었겠지만 안타깝게도 그에게 허락된 공간은 뒤쪽뿐이었다.

즉 선택지는 하나뿐이었기에 사내는 허망한 얼굴로 비무대 아래로 착지했다.

"수고하셨습니다."

"……수고했소."

별다른 상처 없이 그저 공간만 차지하는 방법으로 자신을 밀어 낸 심대혜를 사내가 멍하니 쳐다봤다.

별거 아닌 것처럼 보일 수 있지만 그는 알았다. 처음부터 심대혜가 이것을 노렸음을 말이다.

'완패로군……'

복기하면 복기할수록 모든 게 이미 다 짜여 있었다는 것을 깨달은 사내가 쓴웃음을 지으며 몸을 돌렸다. 패자답게 조용히 물러났던 것이다.

반면에 비무대 위에 있던 심대혜는 정말 환하게 웃으며 벽우진을 쳐다봤다. 그를 향해 두 팔을 번쩍 들어 올렸던 것이다.

스윽.

그런 심대혜를 향해 벽우진은 말없이 엄지를 들어 보였다.

다른 말이 필요 없었다. 그저 행동 하나면 충분했다.

"수고하셨습니다."

"예."

벽우진의 칭찬에 기분이 한껏 좋아진 심대혜가 심판에게도 정중히 인사한 후 비무대를 내려갔다. 다음 대결이 있을 때까지 대기하기 위해서였다.

〇

시간이 흐를수록 비무 대회의 열기는 더욱 뜨거워졌다. 쉴 새 없이 이어지는 비무에 참가자들은 물론이고 관중들 역시 눈을 떼지 못했던 것이다.

하지만 역시나 가장 살판난 사람들은 장사꾼들이었다.

등에 큼지막한 나무 상자를 짊어지고서 음식을 파는 이들의 얼굴에서는 미소가 좀처럼 떠나질 않았다.

"오늘 하루 만에 끝나지는 않겠지?"

"알려진 일정으로는 용봉전과 태성전이 격일로 진행된다고 하니까 적어도 내일까지는 구경할 수 있겠지."

"용봉전이고 태성전이고 하루 만에 끝내기는 힘들 것 같은데. 아무리 비무대가 서른두 개라고 하더라도."

두 청년 중 한 명이 고개를 갸웃거렸다. 대결이 빠르게 진행되는 조도 있었지만 그렇지 않은 조도 있어서였다.

피투성이가 되어서도 결판이 나지 않는 경우도 종종 있기에 백의경장의 청년이 힘들 거라는 표정을 지었다.

"그럼 모레 이어서 하겠지. 대신 일찍 끝낸 조는 그만큼 더 쉬는 거고."

"빨리 이기는 게 장땡이네."

"그렇지. 근데 그게 또 달리 말하면 실력이 좋거나 아니면 대진 운이 좋다는 뜻이니까."

"둘 다 있으면 금상첨화겠네."

두 사람이 대화하는 중에도 결과는 속속들이 나오고 있었다.

그런데 의외인 점은 비무대에서 떨어져 실격패하는 이들의 숫 자가 제법 많다는 점이었다.

"저거 괜찮은 거 같아. 은근히 긴장감도 있고."

"시야가 좁은 순간 그냥 떨어지는 거니까. 근데 곤륜파는 지금 까지 단 한 명도 안 떨어지지 않았나?"

멀리 보이는 9조의 비무대를 바라보며 청년이 입을 열었다.

그 대단하다는 소림사와 무당파, 화산파의 제자들도 심심찮게 탈 락한 마당에 곤륜파는 아직까지 떨어진 이가 없는 것 같아서였다.

"에이. 규모를 생각해야지. 많게는 스무 명 넘게 참가한 곳도 있 는데 곤륜파는 달랑 여덟 명이 전부잖아."

"근데 그 여덟 명이 다 패선의 제자들이잖아. 무공에 입문한 지 3년도 안 된."

"네가 그렇게 말하니까 진짜 부럽긴 하다. 아니, 엄청. 왜 나에 게는 그런 천운이 닿지 않은 건지."

남자가 깊은 한숨을 내쉬었다.

3년 만에 저 정도의 고수가 되었다고 하자 그렇게 부러울 수가 없어서였다. 누구는 십 년 넘게 아등바등대도 제자리인데 말이다.

"너만 부러운 줄 아냐. 나도 부럽다."

"곧 떨어지겠지. 아직 경기 많이 남았잖아."

"만약이긴 한데. 여덟 명 전부 본선에 오르면 대박이긴 하겠다."

"구룡 중에 떨어진 이가 있으면 더더욱."

아직은 실현되지 않은, 말 그대로 상상에 불과하지만 만약 정말로 그렇게 된다면 여파가 상당할 터였다.

하지만 쉽지 않은 것도 사실이었다. 괜히 전통의 강호라는 말이 있는 게 아니었다.

"확실히 구경하는 재미는 있어."

"우리도 합격했으면 저 비무대를 밟아봤겠지."

"지금 보면 차라리 일찍 탈락한 것도 나쁘지 않은 것 같아."

"내일이라도 한번 찾아가 볼까? 내일은 태성전이라 참가하는 이는 없잖아."

남자가 은근한 어조로 물었다.

혹시 모르는 게 세상일이었다. 특히 벽우진은 배경이나 나이, 성별도 전혀 보지 않았기에 가능성이 마냥 낮다고는 볼 수 없었다.

"나도 그러고는 싶은데, 우리만 그런 생각을 하겠어? 참가하는 제자도 없으니 숙소에서 아예 안 나올 수도 있어."

"그럼 발품을 팔아봐야지. 내일 낙양의 대로는 한산할 거 아냐. 죄다 여기로 구경 올 테니."

청년이 턱을 쓰다듬었다. 확실히 일리가 있는 말이어서였다.

그리고 고수가 되어 강호를 호령하고 싶은 건 그도 마찬가지였다.

또 꼭 제자가 될 필요는 없었다.

'다른 방법도 있지. 후후후.'

청년의 시선이 그리 멀지 않은 대기 천막으로 향했다. 그곳에는 급격하게 남자 무인들의 관심을 받는 심대혜가 있었다.

··· 제3장 ···
신성(新星)

첫 번째 대결을 승리로 장식한 심대현이 위풍당당하게 비무대 위로 올랐다.

그런데 그의 표정이 심상치 않았다.

긴장한 기색이 아니라 마치 잘 걸렸다. 라는 표정으로 비무대의 반대편을 주시하고 있었다.

"9조 44번!"

미리 와 있는 심대현과 달리 순서가 되었음에도 머리카락 하나 보이지 않는 44번의 모습에 심판이 버럭 소리를 질렀다. 심판이기 이전에 어떻게 보면 강호의 선배인데 이렇게까지 시간을 지키지 않자 화가 난 것이었다.

"갑니다."

다시 한번 목소리에 공력을 담아 소리치려고 할 때 천막 안에서 건들거리는 음성이 들려왔다.

잠시 후 자다가 깼는지 눈곱을 떼며 나오는 44번의 모습을 볼 수 있었다.

"꺄아아악!"

"위지 공자님!"

"기다렸어요!"

느릿하게 비무대로 향해 오는 귀공자를 향해 엄청난 환호성이 쏟아졌다. 대부분이 여자들이었는데 환호성이 얼마나 컸는지 다른 비무대에서 격전을 치르던 참가자들마저 깜짝 놀랄 정도였다.

"흐아암."

하지만 그런 엄청난 환호성에도 불구하고 정작 당사자인 위지건은 심드렁했다. 이런 상황이 익숙하다는 듯 건들거리며 비무대 위로 올라왔던 것이다.

"일찍, 일찍 못 다니나?"

"아, 예에."

"⋯⋯."

눈살을 잔뜩 찌푸린 심판이 차갑게 말했지만 위지건은 건성으로 대답했다.

그러고는 그제야 앞에 선 심대현을 쳐다봤다.

"잘 지냈냐, 애송이?"

"언제 봤다고 애송이야?"

"용봉회 때 봤잖아? 말은 안 섞었어도 눈은 마주친 것으로 기억하는데."

"그랬었나?"

심대현이 귀를 후벼 팠다. 딱히 그때나 지금이나 관심 없다는 투였다.

그 모습에 위지건의 눈썹이 꿈틀거렸다.

"역시 못 배운 녀석들이라 그런가. 예의를 모르는군."

"그건 그쪽이 들어야 할 말 같은데? 누가 누구한테 지적질을 하는지 모르겠군."

"이 자식이⋯⋯!"

한마디도 지지 않는 심대현의 모습에 위지건의 눈빛이 달라졌다. 매서운 살기를 뿌렸던 것이다.

그런데 그때 심판의 손이 파고들었다.

"신경전은 그만. 둘 다 준비하도록."

"⋯⋯."

"예."

심판의 주의에도 위지건의 눈빛은 달라지지 않았다. 오히려 공력을 끌어올리는 듯 전신에서 강렬한 기파가 뿜어져 나왔다.

"둘 다 준비되었나?"

"예."

이번에도 대답하는 이는 심대현뿐이었다. 위지건은 심판이 말하거나 말거나 시선 한 번 주지 않았다. 오직 살벌한 눈빛으로 심대현만 뚫어져라 노려봤다.

"그럼 시작!"

"내 앞에서 언제까지 그렇게 시건방을 떨 수 있을지 궁금하구나."

"그대로 돌려주고 싶은 말인데?"

"건방진 새끼!"

위지건이 입술을 비틀었다.

처음 봤을 때부터 그는 곤륜파의 제자들이 마음에 안 들었다. 하나같이 비천한 신분을 가진 녀석들이 선택받은 이만 참석할 수 있는 용봉회에 함께 있다는 게 용납되지 않았던 것이다.

그래서 그는 내심 벼르고 별렀다. 기회가 되면 반드시 태생과 신분의 차이를 알려주기로 말이다.

'그 시작이 네놈이다.'

버러지는 버러지일 뿐이었다. 비천한 근본은 어디 가지 않았다.

그렇기에 위지건은 알려줄 작정이었다. 아무리 발버둥을 쳐도 달라지지 않는 게 있다는 사실을 말이다.

츠츠츠츠!

순식간에 뽑혀진 위지건의 검에서 서늘한 검기가 솟구쳤다. 뽑는 즉시 예리한 검기가 폭발적으로 솟구쳤던 것이다.

"흥."

하지만 위지건과의 만남을 기다린 건 심대현도 마찬가지였다. 어제의 그 재수 없는 눈빛이 아직도 뇌리에 선명하게 남아 있었기에 심대현은 코웃음을 치며 땅을 박찼다.

피할 수 있었지만 심대현은 그렇게 하지 않았다. 정면 대결을 피한다면 위지건이 기고만장해질 걸 너무나 잘 알아서였다.

'그 꼴은 절대 못 보지.'

다음 경기를 생각하면 최대한 충돌을 피하고 부상을 입지 않는 게 좋았다. 비무 대회는 장기전이었으니까.

하지만 심대현은 이번 경기만큼은 그런 걸 생각하지 않기로 했다.

'곤륜파의 제자가 되기 전 내 별명이 왜 싸움닭이었는지 보여주마.'

진짜 살기를 품고서 목을 찔러오는 위지건의 검극을 향해 심대현이 몸을 날렸다.

그러자 위지건의 입술에 조소가 맺혔다. 위지건의 눈에는 자만이 지나쳐 만용을 부리는 것으로 보였던 것이다.

'호기도 적당히 부려야 한다는 걸 내 친히 알려주마. 원래 그런 건 윗사람이 알려주는 것이니까.'

쌔애애액!

백색의 검기가 일순 더욱 빨라졌다. 검속이 더 빨라진 것도 있지만 검극에서 검기가 갑자기 늘어난 것이었다.

콰직!

달려드는 입장에서는 더 빠르게 느껴질 수밖에 없는 공격이었는데 놀랍게도 심대현은 그 검기를 박살 냈다.

피하지도, 그렇다고 튕겨내지도 않고 그냥 단순히 주먹으로 부숴 버리자 위지건의 눈매가 꿈틀거렸다. 이런 결과는 조금도 생각하지 않았었기에 놀란 것이었다.

그러나 아직 놀라기는 일렀다.

까드득!

검기가 서려 있는 검신을 심대현이 아무렇지 않게 움켜잡았던 것이다. 그것도 찌르는 와중의 검을 말이다.

"무슨!"

솟구치는 검기를 부순 것도 모자라 단숨에 자신의 애검을 붙잡는 심대현의 모습에 위지건의 두 눈이 휘둥그레졌다.

하지만 아무리 검을 잡아당겨도, 휘둘러도 붙잡힌 애검을 좀처럼 빼낼 수가 없었다.

"고작 이 정도로 놀라면 쓰나?"

"이 새끼가!"

심대현의 이죽거림에 위지건의 얼굴이 일그러졌다.

동시에 검에 주입하던 공력을 배로 늘렸다. 회수할 수 없다면 이대로 손가락을 잘라 버릴 작정이었다.

규칙에도 살인만 안 된다고 했지 다른 주의사항은 없었기에 위지건은 망설이지 않고 검강을 일으켰다.

키이이잉!

이윽고 막대한 공력이 주입되자 검이 울부짖었다. 갑작스러운 진기에 검이 비명을 지르는 것이었다. 하지만 정작 위지건이 바랐던 심대현의 비명 소리는 들려오지 않았다.

대신 기이한 소리가 울려 퍼졌다.

"한심하긴. 생각해 낸 게 겨우 검강이냐?"

"⋯⋯!"

위지건의 두 눈이 부릅떠졌다.

검강이 제대로 펼쳐졌음에도 여전히 그의 애검은 심대현의 손아귀에 붙잡혀 있었다. 손가락을 잘라 버리기는커녕 오히려 부서지려는 듯 기괴한 마찰음을 내고 있는 모습에 위지건이 황당한 표정을 지었다.

"거들먹거리기에 뭔가 있는 줄 알았는데, 완전 허당이네?"

퍼억!

심대현이 히죽 웃었다.

그와 동시에 그의 오른발이 시원스럽게 위지건의 복부를 강타했다. 말하는 순간 기습적으로 공격했던 것이다.

"크헉!"

벼락처럼 쇄도한 발차기에 위지건의 몸이 새우처럼 휘었다. 그래도 꼴에 검객이라고 손에서 검을 놓지 않은 것이다.

"헤에."

고통이 부들부들 떨면서도 악착같이 검병을 붙잡고 있는 모습에 심대현이 의외라는 표정을 지었다.

마음먹고 날린 발차기인 만큼 당연히 꼴사납게 나뒹굴 줄 알았는데 예상했던 것과는 결과가 다르게 나와서였다.

"개새끼가 감히!"

반면에 위지건의 분노는 극도로 치솟았다. 버러지라 생각했던 심대현에게 농락당하자 얼굴이 시뻘겋게 변하며 노성을 토해냈던 것이다.

동시에 그의 좌수에서 강기가 솟구쳤다. 권장각에는 그 역시 일가견이 있기에 좌수로 공격한 것이다.

콰아앙!

하지만 화려하게 솟구쳤던 수강은 심대현의 투박한 주먹질에 산산조각 났다. 심대현 역시 권강으로 위지건의 일수를 맞받아쳤던 것이다.

"큭!"

그 충격으로 위지건의 신형이 다시 한번 크게 흔들렸다. 거대한 파도에 휩쓸리는 일엽편주(一葉片舟)처럼 속절없이 휘청거렸던 것이다.

"너무 실망스러운데. 좀 더 분발해 보라고. 어제의 거만했던 모습을 다시 한번 보여주라고. 그래야 나도 좀 상대하는 맛이 있을 거 아냐?"

"닥쳐라!"

비아냥거리는 심대현의 말에 위지건이 결국 폭발했다.

검은 붙잡혀 있고 왼손은 피투성이가 되었지만 그럼에도 위지건은 고통을 느끼지 못한다는 듯 악을 쓰며 달려들었다. 끝까지 잡고 있던 검까지 놓으며 쌍권을 내질렀던 것이다.

쿠아아앙!

공력을 모조리 끌어 올렸는지 위지건에게서 흘러나오는 기세가 심상치 않았다. 무지막지한 공력이 쌍권에 집중되었던 것이다.

하지만 심대현은 그것을 보고도 히죽 웃었다. 검객이 스스로 검을 놓은 것만큼 쪽팔린 것도 없어서였다.

"온갖 허세란 허세는 다 부리더니."

"죽여 버리겠다!"

"어이, 살인은 안 돼. 실격패라고."

쑤아아앙!

심대현의 이죽거림이 들리지 않는 건지, 아니면 분노에 눈이 돌아간 건지 위지건은 대답 없이 주먹부터 내질렀다.

애초에 팔을 뻗으면 닿을 거리였기에 두 개의 권강은 순식간에 심대현의 얼굴 앞까지 다가왔다. 말 그대로 압사시켜 버리겠다는 듯이 무지막지한 크기로 심대현을 찍어 눌렀던 것이다.

'다른 녀석들에게는 이런 방식이 통했겠지만.'

살벌한 백광을 번뜩이는 두 줄기의 거대한 권강을 보며 심대현은 입술을 비틀었다.

남들이 보기에는 위험천만한 상황이었지만 그에게는 아니었다. 오히려 너무나도 허술한 공격이었기에 심대현은 헛웃음이 나왔다.

'공력만 많은 멍청이의 공격에 맞아줄 정도로 나는 어설프게 무공을 배우지 않았으니까.'

심대현의 두 눈이 차갑게 가라앉았다.

첫수를 교환했을 때부터 심대현은 알아차렸다. 위지건이 전형적인 만들어진 무인이자 후기지수라는 사실을 말이다.

지금까지는 압도적인 공력으로 인해 손쉽게 참가자들을 쓰러뜨렸겠지만 안타깝게도 그에게는 통하지 않았다.

쩌저저적!

"무, 무슨……!"

피할 수 없는 거리였기에 자신만만한 얼굴로 쌍권을 내지르던 위지건의 두 눈이 화등잔만 하게 커졌다. 자신의 전력이 담긴 권강이 너무나 허무하게 박살 나서였다.

심지어 심대현은 별로 어렵지 않게 그의 권강을 부숴 버렸다. 딱히 큰 힘을 쓰지 않았다는 듯한 얼굴로 말이다.

쌔애액!

게다가 심대현의 반격은 그게 다가 아니었다.

오른손으로는 두 개의 권강을 산산조각 냈고 나머지 왼손으로는 여전히 붙잡고 있던 검을 던졌다. 마치 비검술이라도 익힌 것처럼 너무나 정확히 그의 단전을 향해 검을 날렸던 것이다.

"큭!"

단전이 꿰뚫린다고 해서 즉사하지는 않았다.

하지만 무인으로서의 생명은 끝난 것이나 다름없었다. 심대현 역시 그걸 노리고서 검을 던진 것이었고.

때문에 위지건은 얼굴을 잔뜩 일그러뜨리고서 황급히 옆으로 이동했다.

턱!

"어딜 가시나."

절묘한 순간에 파고드는 검을 피했을 때 그의 귓전으로 뜨끈한 김이 느껴졌다. 언제 다가온 것인지 심대현이 그의 지근거리까지 접근한 것이었다. 권강이 충돌하면서 분명 상당한 거리가 벌어져 있었는데 말이다.

그러나 그의 생각은 거기서 더 이어지지 않았다.

쫘아악!

말을 마침과 동시에 심대현의 우장이 위지건의 뺨을 시원스럽게 타격했던 것이다.

"끄아악!"

멀리서도 들릴 정도로 너무나 찰진 소리와 함께 위지건이 비무대의 끝까지 날아갔다. 따귀도 따귀지만 손에 실린 힘이 상당했기에 비무대 끝까지 날아간 것이다.

"처음 봤을 때부터 느끼긴 했는데, 역시 손맛이 있네. 때릴 맛이 있는 면상이야."

"이, 이 버러지 새끼가……!"

"발음이 새니까 더 병신 같아서 좋은데?"

"크아아앙!"

순식간에 부어오른 볼로 인해 발음이 미묘하게 샜다.

그리고 그걸 심대현은 놓치지 않았다. 자연스럽게 소재로 이용해서 위지건을 더욱 도발했던 것이다.

결국 위지건은 눈이 뒤집히며 심대현에게 달려들었다.

"어이구 무서워라."

똑같이 심대현의 **뺨**따귀를 날리겠다는 듯이 위지건이 수강을 줄기줄기 내뿜었다.

따귀를 날리는 것을 넘어 머리통을 날려 버리겠다는 심보가 눈에 훤히 보였다.

하지만 그럼에도 심대현은 오히려 웃었다. 위지건의 얼굴에 떠오른 속내처럼 어떻게 공격하려는지 그의 눈에는 너무나 훤히 보였던 것이다.

짜아악!

괜히 명문세가의 자제가 아니라는 듯이 위지건은 순식간에 심대현과의 간격을 좁혔다.

하지만 살벌한 기세와 달리 성과는 없었다.

허망하게 허공을 가르는 손과 함께 그의 고개가 반대로 돌아갔다.

이번에는 반대쪽 뺨에 따귀를 맞았던 것이다.

"끄헉!"

정신이 번쩍 들다 못해 머리가 새하얗게 변하는 고통에 위지건이 몸을 부르르 떨었다.

그러나 그의 고통은 아직 끝난 게 아니었다.

짜악! 짝!

허공에 붕 떠올라 있는 위지건을 심대현이 마치 장난감 다루듯이 양쪽 뺨을 번갈아 때렸던 것이다.

두 발이 땅에 닿는 것을 허락하지 않겠다는 듯이 연거푸 날리는 따귀에 위지건의 얼굴이 순식간에 퉁퉁 부어올랐다.

하지만 심대현은 두 손을 멈추지 않았다.

"그, 그마……!"

입술은 진즉에 터졌고 두 눈 역시 보기 흉할 정도로 부었다. 양쪽 뺨은 시퍼렇게 변한 지 오래였고.

그러나 심대현은 그것을 알면서도 따귀를 때리는 것을 멈추지 않았다.

"뭐라고? 잘 안 들리는데?"

"켁!"

모욕적일 정도로 따귀를 날리던 심대현이 끝까지 이죽거렸다.

그를 얕잡아 보고 무시하는 것은 참을 수 있었다. 하지만 사형제들을 깔아 보는 것은 참을 수 없었다.

더구나 벽우진까지 같이 있던 자리이지 않았나.

'이 정도에서 멈출 수 없지.'

심대현의 시선이 빠르게 심판의 위치를 살폈다.

일방적인 폭력에 심판이 다가오고 있었다. 승패가 결정되었다고 판단한 것인지 그를 말리러 접근했던 것이다.

퍼퍼퍼퍽!

다가오는 심판의 기척을 느끼며 심대현은 더욱 빠르게 손을 움직였다. 왼손으로는 위지건의 멱살을 붙잡고서 오른손으로 쉴 새 없이 양쪽 뺨의 따귀를 날렸던 것이다.

"그, 그만……!"

"심 소협."

더욱 거세지는 따귀에 위지건이 퉁퉁 부은 얼굴로 입을 열었다.

하지만 심대현은 멈추지 않았다. 오히려 더 빠르게 따귀를 날렸다.

그러자 결국 다가오던 심판이 그를 불렀다.

"아, 예."

말리는 기색이 완연한 그 목소리에 심대현은 아쉽다는 표정으로 움직이던 오른손을 멈췄다.

마음 같아서는 딱 일각, 아니, 반각만이라도 더 때리고 싶은데 안타깝게도 심판은 그에게 더 이상의 시간을 허락하지 않았다.

스윽.

대신 심대현은 멱살을 놓기 전에 위지건의 얼굴에 자신의 얼굴을 가져갔다. 정확하게는 위지건의 왼쪽 귀에.

"운이 좋았네. 다른 곳이었으면 반병신을 만들었을 텐데. 아니, 숨도 못 쉬고 있었겠지."

부르르르!

서늘하다 못해 스산한 말에 위지건이 몸을 떨었다.

이상하게도 살기 하나 서리지 않은, 담담하기 짝이 없는 음성이었는데 위지건은 모골이 송연해졌다.

"분하면 언제라도 찾아와. 대신 목숨은 걸어야 할 거야. 네 목숨과 네 가문을 함께 말이지. 그렇게 못할 거면, 앞으로는 그따위로 깝치지 마라."

위지건의 동공이 격렬하게 흔들렸다. 무슨 말인지 너무나 명료하게 이해되었기에 위지건은 마른침을 삼켰다.

동시에 그의 뇌리로 본가를 찾아오는 패선의 모습이 상상되었다.

'그것만은 안 돼!'

북해방궁주와 사왕성주를 홀로 때려잡은 절대고수가 패선이었다.

또한 알게 모르게 구파일방과 오대세가가 그를 따르고 있는 만큼 벽우진이 나선다면 그 어떤 곳에서도 위지세가를 도와주려 하지 않을 터였다.

"승부는 났네. 그만 떨어지게."

가능성은 희박했지만 그래도 귓속말을 할 수 있을 정도로 두 사람이 붙어 있었기에 심판이 손을 까딱였다. 그만 떨어지라는 뜻이었다.

"예."

심대현 역시 할 말은 다 한 상태였기에 머뭇거리지 않고 뒤로 물러났다. 굳이 과한 행동으로 심판에게 밉보일 필요는 없어서였다.

"판박이네, 판박이야."

"당연하지. 내 제자인데."

승자를 발표하는 심판의 모습이 아닌 비무 시작 전과 조금도 다를 바가 없는 심대현을 쳐다보며 당민호가 헛웃음을 흘렸다.

평소에는 그렇게 예의 바르고 고분고분하던 심대현이 위지건을 때려잡자 자연스레 옆에 앉은 친구가 생각나서였다.

"굳이 저런 것까지 닮을 필요는 없는데 말이지."

"만만하게 보이는 것보다는 차라리 두려워하는 게 낫다."

"그건 아는데 너무 과해. 굳이 저렇게까지 하지 않아도 되는데."

당민호가 아쉬운 얼굴로 입맛을 다셨다. 굳이 저렇게까지 할 필요는 없다고 생각해서였다.

하지만 그건 어제 그가 위지건을 보지 못해서 그런 것이었다.

"다 그만한 이유가 있어."

"이유가 있다고?"

"응, 시작은 저 녀석이 했거든. 대현이가 아니라 다른 애들이랑 만났어도 상황은 비슷했을 거야."

"도대체 무슨 이유인데?"

몸은 비교적 멀쩡했지만 얼굴은 그야말로 걸레짝이 되어 있었다. 잘생긴 얼굴은 사라지고 불어터진 찐빵처럼 변해 버린 위지건의 모습을 보며 당민호가 물었다.

"우리 애들한테 제대로 도발을 했거든. 보아하니 비무대 위에서도 뭐라고 지껄인 거 같기도 하고."

"그래도 그렇지 애 얼굴을 저리 만드는 건 심했지."

"저 정도면 양호하지. 팔다리를 잘랐어, 단전을 박살 냈어? 기껏해야 외상 좀 입은 것뿐인데. 자존심에 상처를 입었을 수는 있지만, 그건 지가 이겨내야지. 무인의 길을 걸으면서 매번 이길 수 있는 것만은 아니니까."

벽우진은 대수롭지 않다는 듯이 말했다. 어디 하나 잘려 나간 것도 아니고 무인으로서의 삶이 끝난 것도 아닌데 너무 심각하게 생각하는 것 같아서였다.

"그것도 맞는 말이기는 한데."

"자업자득이야. 대현이가 괜히 그러겠어?"

"근데 궁금하긴 하다. 마지막에 뭐라고 귓속말했을까?"

"하고 싶은 말 했겠지."

벽우진이 그다지 궁금하지 않다는 투로 말했다.

쓸데없는 일을 벌이지 않는 성격이니 꼭 필요한 말을 했을 거라 생각해서였다.

"무심한 척하긴. 방금 전까지 엄청 싸고돌았으면서."

"싸고돌기는. 난 그냥 있는 그대로 말한 것뿐인데."

"뭐, 무인에게 성깔이 있는 게 나쁜 건 아니니까. 그런데 좀 반전이긴 하네."

"그게 우리 애들 매력이지."

"요놈은 겁을 잔뜩 집어먹었는데?"

당민호가 씩 웃으며 석정후를 시선으로 가리켰다.

흥분하는 배혁문과 달리 석정후는 겁에 질린 눈으로 심대현을 보고 있어서였다.

"지금까지 상인으로 살아왔잖아. 감안해 줘야지."

"애 하나 버리는 거 아닌지 모르겠네."

"사천당가 사람에게 그런 말을 들을 줄은 몰랐는데."

"본가가 어때서?"

당민호의 주름진 이마에 핏줄이 두툼하게 올라왔다. 말투가 그의 심기를 건드렸던 것이다.

"왜 흥분할까? 너 스스로도 알고 있으니까 그런 것 같은데."

"전혀! 난 그저 어이가 없어서 그런 것뿐이다!"

"나도 별 뜻 없었어."

묘하게 말리는 듯한 느낌에 당민호가 입을 다물었다.

여기서 더 따져봤자 인정하는 꼴밖에는 되지 않을 것 같아서였다.

하지만 여전히 얼굴에는 노기가 서려 있었다.

"네 손녀 나왔다."

"끄응!"

벽우진이 자연스럽게 화제를 돌렸다.

하지만 시선은 당소윤이 올라간 비무대가 아닌 다른 곳에 향해 있었다.

천하무림 비무 대회의 둘째 날이 밝았다. 용봉전에 이어 태성전의 예선전이 열렸던 것이다.

어떻게 보면 진짜 고수들의 대결이라고도 할 수 있는 태성전이었기에 이른 시간임에도 모여든 인파는 어마어마했다. 대충 눈대중으로 봐도 어제보다 더한 인원이 모여들었던 것이다.

"사람들이 점점 더 느는 것 같습니다, 사형."

"내가 보기에도."

옆에 앉아 있던 청민이 질린 표정을 지었다.

어제보다 많은 걸 넘어 정오가 다 되어가는 시간임에도 인원이 계속 늘어나는 것 같아서였다.

심지어 나무 위에 올라가서 보는 이들도 꽤나 많았다.

"자리를 따로 마련해 주지 않았다면 저희들도 저기 어딘가에 있었겠죠?"

"그랬겠지. 어제와 달리 알아보는 이들도 엄청 많았을 테고."

의외로 자신이나 청민을 알아보는 이들이 적었던 어제를 떠올리며 벽우진이 대답했다.

오히려 그나 청민보다 석정후를 알아보는 이들이 많았다.

대외적으로 활동이 그리 많지 않고, 아는 사람만 벽우진을 알다 보니 일반 양민들이나 평범한 무인들은 벽우진을 알아보지 못했던 것이다.

긴가민가하기는 해도 확신하지는 못한다고나 할까.

"아무래도 저희들 때문에……."

"그런 말은 하지 말고. 왜 너희들 때문이야. 그리고 시간이 지나면 당연히 알려질 일이기도 했어."

심대혜가 송구스러운 얼굴로 입을 열자 벽우진이 단호하게 고개를 저었다.

아무래도 혼혈인 데다가 눈동자의 색이 다르기에 사람들 속에 있으면 유독 두드러져 보일 수밖에 없었다.

게다가 어제 예선전의 활약으로 사람들의 시선을 확 끌기도 했고 말이다.

"오히려 늦은 감이 있다고 생각합니다. 사부님의 위치를 생각하면요."

"위치는 무슨. 똑같은 사람인데."

"사부님은 그렇게 생각하시지만 다른 사람들은 다르니까요. 그리고 다른 사람들에게 피해를 주지 않기 위해서라도 이런 대우는 당연하다고 생각합니다."

석정후가 조심스럽게 둘의 눈치를 살피며 입을 열었다. 자신이 끼어들어도 되는지를 확인하며 말했던 것이다.

아직은 낯선 것이 사실이기에 석정후는 입을 여는 것조차도 조심할 수밖에 없었다.

"말투와 눈빛이 너무 다른 것 아니냐?"

"하하하."

"편하게 해, 편하게. 버릇없는 것만 아니면 괜찮으니까."

"예."

석정후가 머쓱하게 웃었다.

나름 표정 관리를 한다고 했는데 역시나 귀신같이 알아채는 모습에 석정후가 뒷머리를 긁적였다.

"장문인."

"저도 왔습니다, 허허."

쉼 없이 이어지는 비무 대회를 지켜보는데 벽우진의 곁으로 두 사람이 다가왔다. 제갈현과 개왕이 슬그머니 다가와서는 인사했던 것이다.

"둘 다 웬일이야?"

"여기가 가장 객관적으로 비무 대회를 구경할 수 있을 것 같아서 말이지요."

"저도 비슷한 이유입니다."

넉살 좋게 대답하는 개왕과 달리 제갈현은 담담히 미소 지으며 입을 열었다.

벽우진과 마찬가지로 제갈세가와 개방 역시 태성전에 참가한 인원은 없었다. 인재가 없는 건 아니지만 자제했던 것이다. 이유가 사뭇 다르기는 했지만 말이다.

"하긴. 세 곳 다 태성전에 출전하는 인원은 없네."

"그러니 순수하게 구경할 수 있지 않겠습니까."

"근데 내가 원하지 않는데?"

벽우진의 시선이 개왕에게 닿았다. 그가 오기 무섭게 주변에 있던 인원들이 눈살을 찌푸렸던 것이다.

"험험! 금세 적응될 겁니다. 후각의 적응력이 오감 중 가장 뛰어나지 않습니까."

"왜 군이 적응해야 하는지 의문이 들기는 한다만."

"크험!"

할 말이 없어진 개왕이 헛기침을 했다.

그러나 몸을 일으키지는 않았다.

"실외라서 금세 날아갈 겁니다."

"그치! 여기는 실내가 아니니까!"

제갈현의 도움에 개왕이 반색하며 소리쳤다.

하지만 주변 사람들의 얼굴은 좀처럼 퍼질 기미를 보이지 않았다. 바람이 불기는 했지만 집중되는 영역만 달라졌을 뿐 악취가 아예 사라지지는 않아서였다.

"크흠! 큭!"

"쿨럭!"

특히 개왕을 처음 마주한 석정후와 백륜은 좀처럼 기침을 멈추지 못했다. 콧구멍을 찌르는 듯한, 소변을 수백 배 응축시킨 것 같은 냄새가 연신 콧속을 찌르는 것 같아서였다.

"에구."

그 모습에 심대혜가 안쓰러운 표정을 지으며 석정후의 등을 쓰다듬어 주었다. 자신 역시 겪었던 것이었기에 석정후가 얼마나 괴로울지 너무나 잘 알아서였다.

그래도 그녀는 내공이라도 있었지만 석정후는 아니었다. 이제 막 내공심법에 입문한 상태였기에 보통 사람과 다를 바가 없었다.

"허허. 이거 참."

다른 이들과 달리 유독 괴로워하는 석정후의 모습에 개왕이 민망한 표정을 지었다. 어째서 힘들어하는지 그 역시 너무나 잘 알아서였다.

하지만 여기까지 왔는데 바로 일어날 수는 없기에 개왕은 헛기침을 하며 딴 곳을 바라봤다.

"은근히 사람을 피곤하게 만든다니까."

점점 더 영역을 넓혀 나가는 악취에 벽우진이 손을 휘저었다.

그런데 귀찮다는 듯이 흔든 그의 손짓에 악취가 감쪽같이 사라졌다. 바람을 일으켜 하늘 위로 날려 보낸 것이었다.

"흐읍!"

한순간에 상쾌해진 공기에 여기저기에서 이제야 제대로 숨을 쉬었다.

그러나 모두가 알고 있었다. 이 상쾌한 공기도 잠시뿐이라는 사실을 말이다.

"안 씻는 건 이해하는데 뭐라도 덮어. 주변에 피해는 주지 말아야 할 거 아냐."

"그래도 방주라 1년에 한 번은 씻습니다만."

"안 씻은 지 넉 달 넘게 지났다는 말이잖아."

벽우진의 면박에 개왕이 슬그머니 고개를 돌렸다.

그리고 제갈현은 부하를 시켜 모포를 가져왔다. 후각을 차단할 정도의 실력이 있지만 주변의 다른 사람들을 생각해 개왕의 몸을 덮어버릴 작정이었다.

"이걸 덮으시지요."

"끄응!"

"싫어도 덮어. 그마저도 싫으면 가고."

"하겠습니다."

둘 중 하나만 선택하라는 벽우진의 말에 개왕이 순순히 모포를 몸에 감았다.

수십만 거지들의 우두머리인 그였지만 벽우진에게는 한낱 후배에 불과했다.

"머리카락도."

"……예."

머리카락에서 뿜어져 나오는 냄새도 장난이 아니었기에 벽우진은 추가적으로 주문했다.

그러자 지독했던 악취가 확연히 줄어들었다.

"다른 사람이 보면 의심하겠는데요. 몸을 죄다 가리고 있어서."

"제갈가주도 있고 나도 있는데 이상하게 생각하겠어? 일단 주변을 봐봐. 다들 안도하고 있잖아."

"그렇긴 하죠."

몸을 죄다 감춘 개왕을 보며 제갈현이 옅게 웃었다. 저 꼴만 보면 누가 봐도 수상한 모습이어서였다.

"그리고 여기에 신경 쓸 정신이 있겠어?"

벽우진이 비무대를 향해 눈짓했다.

어제와 마찬가지로 서른두 개의 비무대 위에서는 살벌한 격전이 치러지고 있는 중이었다.

괜히 고수라 불리는 게 아니라는 듯이 비무대 위에서 펼쳐지는 대결의 수준은 어제와 비교할 수 없었다. 강기가 드문드문 보였던 어제와 달리 오늘은 기본이 강기였던 것이다.

퍼퍼펑!

게다가 화려함도 비교할 수 없었다. 얼마나 격렬한지 비무대가 남아나질 않았던 것이다. 구덩이가 생기는 것은 예사고 반 가까이가 박살 나는 경우도 있었다.

"우와."

"역시 달라."

"이래서 무인들이 비무 대회에 열광하나 보다."

눈을 떼지 못하는 것은 제자들도 마찬가지였다.

나름 큰 전투와 실전을 많이 겪은 제자들이었지만 이처럼 비무 대회를 보는 것은 처음이었다. 또한 순수하게 제삼자로서 지켜볼 수 있었기에 느끼고 깨닫는 것도 적지 않았다.

"근데 인부들은 많이 힘들 것 같아."

콰앙!

심소혜의 말이 끝나기 무섭게 8조의 비무대가 폭삭 무너졌다. 검강과 권강의 충돌에 비무대가 남아나질 않았던 것이다.

정육면체 모양의 석재가 넉넉히 준비되어 있기는 했지만 중요한 건 그걸 나르고 정리해야 한다는 점이었다.

그렇기에 심소혜가 안쓰러운 얼굴로 석재가 실린 우마차를 끌고서 8조로 향하는 인부들을 쳐다봤다.

"저게 일이니까 어쩔 수 없지. 어쩌면 좋아할 수도 있어. 일거리가 없는 것보다는 있는 게 나으니까. 게다가 임금도 확실하게 지불하고."

"혼자 하는 것도 아니니까."

심대현과 심소천이 웃으며 막내의 머리를 쓰다듬었다. 다 같이 우르르 몰려가서 했기에 힘들기는 해도 그렇게 무리하는 것처럼 보이지는 않아서였다.

"눈에 들어오는 사람은 좀 있으십니까?"

곳곳에서 터져 나오는 폭발과 함께 굉음이 울려 퍼졌다.

대문파와 명문세가는 물론이고 각 지역에서 방귀깨나 뀐다는 군소방파와 중소세가의 수장들이 대거 출전한 게 바로 태성전이었다. 그렇다 보니 비무의 수준이 상당히 높았다.

"아직은. 근데 확실히 중원이 넓기는 한가 봐. 오독문과 북해빙궁에 입은 피해가 꽤나 크다고 생각했는데 저걸 보면 아닌 거 같아."

"모두가 나서서 싸운 것은 아니니까요. 직접적으로 두 곳과 부딪치지 않은 지역도 있고요."

제갈현이 살짝 씁쓸한 기색을 띠우며 말했다.

전력이 남아 있는 것은 분명 좋은 일이었다. 하지만 중요한 것은 저들이 중원의 전력이라고 확신할 수 없다는 점이었다. 북해빙궁과 오독문이 침공했을 때 자진해서 두 곳의 휘하로 들어간 문파도 적지 않았다.

"박쥐 같은 놈들이야 어디에나 있으니까."

"비밀리에 접촉은 해볼 생각이지만 장담은 못 하겠습니다. 사람이라는 게 꼭 생각했던 대로, 단순하게 움직이지만은 않으니까요."

"맞아. 그래서 예측하기가 쉽지 않지."

"욕심이지만 믿을 수 있는 은거고수가 많이 나왔으면 좋겠습니다."

구파일방과 오대세가의 아성은 여전히 건재했다.

하지만 실질적으로 그 전력은 북해빙궁과 오독문이 침공하기 전에 비하면 반 이상이 깎여 나간 상태였다.

각 파와 각 가문이 계속해서 전력 복구를 위해 노력하고 있었지만 아직은 시간이 제법 필요했다.

"그게 꼭 좋은 것만은 아니지. 대화가 안 되면 오히려 더 위험할 수도 있어."

"아예 절망적인 것보다는 낫지 않을까 생각합니다. 그래도 여지는 있으니까요."

"우와아아!"

"기다렸다!"

그때 한곳에서 어마어마한 함성이 터져 나왔다. 어제 구룡이나 오화가 등장했을 때보다 더한 환호성이었다.

"무슨 일이지?"

"그 사람이 나온 모양이군."

제갈현마저 시끄러운 곳을 향해 고개를 돌릴 때 잠자코 있던 개왕이 입을 열었다. 마치 자신은 이유를 알고 있다는 듯이 말했던 것이다.

"누군데 그래?"

"태성전이 유력한 우승 후보입니다. 개인적으로 준결승전까지는 무난히 오르지 않을까 생각합니다."

"호오, 준결승까지?"

확신하듯 말하는 개왕의 모습에 벽우진의 눈동자에 호기심이 서렸다. 그리고 그건 제갈현도 마찬가지였다.

잠시 후 벽우진의 시야에 비무대 위로 오르는 한 여인이 잡혔다. 말끔한 흑의 무복 차림이었는데 흑단 같은 머리카락 때문인지 새하얀 피부가 더욱 도드라져 보였다.

"저 사람은……."

"제법인데?"

제갈현이 말끝을 흐렸다. 그도 알고 있는 인물이어서였다.

반면에 벽우진은 살짝 놀란 표정을 지었다. 상당한 고수임을 한눈에 알아봤던 것이다.

"보타문주입니다. 대대로 검후(劍后)를 배출하는 문파이지요. 문도들의 숫자는 그리 많지 않지만 한 명 한 명이 모두 실력자들입니다."

"이십 년이 지났는데도 여전하네요."

개왕에 이어 제갈현이 살짝 놀란 표정을 지었다. 혼자만 세월을 비껴간 것 같아서였다.

"검후라."

"후기지수 시절부터 유명했던 분입니다. 보타문 역사상 최고의 재능이라 불리기도 했고요."

"그런 것 같네."

벽우진이 순순히 인정했다.

그저 서 있는 게 전부였지만 벽우진에게는 보였다. 보타문주가 얼마나 대단한 고수인지 말이다.

"참고로 나이가 저와 비슷합니다. 아마 저보다 한 살 아니면 두 살 많을 겁니다."

"맞아. 제갈가주 또래지. 다른 이들은 잘 모르겠지만."

"밖과 교류를 잘 하지 않는 곳이니까요."

불혹이 한참 지났음에도 여전히 이십 대 초반과 같은 미모에 제갈현과 개왕이 놀란 기색을 띠었지만 정작 벽우진은 관심이 없었다. 이른 나이에 환골탈태를 하면 저렇게 노화가 늦게 진행된다는 걸 잘 알아서였다.

"재능만 있는 게 아니라 노력도 엄청 했나 보군. 젊은 나이에 환골탈태를 하기가 쉽지 않은데."

"어쩌면 보타문 역사상 역대 최고의 검후일지도 모르니까요."

"끝났네."

개왕이 실소를 흘리며 말했다. 비무가 시작된 지 얼마 되지도 않았는데 대결이 끝나서였다.

단 일 합 만에 상대방을 제압해 버리는 검술에 개왕은 역시나란 표정을 지었다.

"우승 후보네."

그리고 벽우진 역시 고개를 주억거렸다. 단 일검이었지만 검후의 경지를 엿보기에 모자람이 없었다.

"그렇죠?"

"응, 일단 한 명은 나왔네."

"그건 맞습니다만, 보타문은 예상했던 곳들 중 하나였습니다. 그곳이 준동한다면 가장 먼저 서신을 보내기로 결정한 곳이기도 하고요."

"또 나오겠지. 아직 반도 치르지 않았는데."

벽우진이 어깨를 으쓱거렸다. 기대를 버리기에는 아직 남아 있는 경기가 많이 남아 있어서였다.

게다가 어제 치러졌던 용봉전 역시 마무리가 안 된 상태였다.

"많이들 나타났으면 좋겠습니다. 천년마교가 긴장할 정도의 고수가요."

"기인이사가 모래알처럼 많다는 격언에 기대해 봐야지."

제갈현과 개왕의 시선이 다른 비무대 위로 향했다. 보타문주의 실력을 확인했으니 이제는 다른 이들을 살펴봤던 것이다.

"응?"

근데 벽우진은 그러지 못했다. 아직 비무대 위에 있던 보타문주가 그를 쳐다보는 것 같아서였다.

'잘못 느낀 건가?'

강렬한 시선에 벽우진도 보타문주를 쳐다봤다.

그런데 그가 느낀 게 잘못되지 않았다는 듯이 보타문주는 시선을 피하지 않았다. 오히려 묘한 미소를 머금고서 그를 마주 봤다.

"왜 그러십니까?"

"보타문주가 날 쳐다봐서."

"지금요?"

묘한 분위기를 느낀 모양인지 개왕이 눈을 껌뻑거렸다. 그러고는 보타문주가 서 있던 비무대를 쳐다봤다.

하지만 그가 고개를 돌렸을 때에는 보타문주가 비무대를 내려간 뒤였다.

"왜 쳐다봤지?"

"신기해서 그런 거 아닐까요? 장문인에 대한 소문은 중원 전역에 퍼져 있으니까요."

"거기에 한 손을 보탠 게 개방이잖아."

"아, 아닌데요?"

개왕이 헛기침을 하며 고개를 돌렸다. 일단은 잡아뗄 작정이었다. 엄밀히 말하면 그가 한 것은 아니니까.

물론 그렇다고 책임이 아예 없는 것은 또 아니었지만 말이다.

"나는 뭐 눈도 없고 귀도 없는지 아나?"

"정말 아닙니다. 저는 하늘에 맹세코 이상한 소문을 내지 않았습니다!"

"그렇다고 바로 잡지도 않았지."

"……."

개왕은 대답을 하지 않았다. 대신 벽우진과 눈을 마주치지 않으려는 듯이 연신 비무대만 번갈아가며 쳐다봤다.

"저도 궁금해서 쳐다봤을 확률이 크다고 생각합니다. 아시겠지만 장문인을 만나고 싶어 하는 이들은 엄청 많으니까요."

"그런 느낌이 아니었는데."

"할 말이 있으면 찾아오지 않겠습니까. 다른 곳도 아니고 보타문의 수장인 검후인데요."

"그렇겠지."

벽우진은 더 이상 생각하지 않았다. 혼자 궁리해 본다고 해서 답이 나오는 문제도 아니었고, 굳이 신경 쓰고 싶지도 않았다.

콰앙! 콰콰쾅!

그러는 사이에도 폭발은 계속해서 이어졌다. 강기가 난무하자 비무대가 남아나질 못하는 것이었다.

심지어 휘말리지 않기 위해서 심판이 호신강기를 펼쳐는 모습도 심심찮게 볼 수 있었다.

◠

동틀 무렵부터 시작된 아침 수련에 석정후가 땀을 뻘뻘 흘렸다.

단순한 달리기였지만 그게 열 바퀴가 넘어가자 숨이 턱 끝까지 차올랐다. 평소에 운동을 하던 습관이 없었기에 더더욱 힘들었지만 그럼에도 석정후는 뛰는 걸 멈추지 않았다.

"헉헉헉!"

뛰는 거라고는 보기 힘들 정도의 속도였지만 적어도 멈추지는 않았다. 사형제들이 모두 스쳐 지나가도 계속 달렸던 것이다.

"할 수 있습니다, 공자님."

"마, 말 걸지 마. 죽을 것 같으니까."

"좀 더 힘내십시오!"

"헉헥!"

그나마 백륜이 옆에서 같이 뛰어주었기에 석정후는 그나마 버틸 수 있었다. 계속 응원해 주고 힘을 북돋아주었기에 멈추지 않고 달릴 수 있었던 것이다.

'진짜 대단하네.'

얼굴은 물론이고 전신이 땀범벅이었다.

하지만 그거 가지고 생색을 낼 수가 없는 게 모두의 무복이 젖어 있었다.

뒷마당을 뛰는 사형제들 전부가 내공은 일절 사용하지 않았다. 그보다 두 살 어린 배혁문조차 아무렇지 않은 얼굴로 뛰고 있었기에 석정후는 이를 악물었다.

"마음은 알겠는데 너무 무리하지 않는 게 좋아. 숙소에서 뻗어 있을 거 아니면."

"괘, 괜찮습니다."

"너무 조급해하지 말고. 아무도 네가 서둘러야 한다고 생각하지 않으니까."

"감사합니다."

담담히 조언을 건네는 서예지의 말에 석정후가 감격한 표정을 지었다.

그러면서도 참으로 아름답다는 생각을 했다. 땀을 흘리는 모습조차도 한 폭의 그림 같았다.

"하지만 게으름을 피우는 건 용납할 수 없어. 아무리 바빠도 수련을 빼먹는 것 역시 마찬가지고."

"각골명심하겠습니다."

"걷다가 뛰어도 되니까 무리하지 마. 다쳐서 수련을 못 하게 되면 그게 더 손해이니까."

"예!"

금방이라도 터질 것처럼 시뻘게진 얼굴로 석정후가 우렁차게 대답했다.

방금 전까지 백륜의 말에 가까스로 대답한 것과는 너무나 상반된 모습이었다.

"너무 차이 나는 것 아닙니까?"

"헤헤헤. 티 났어?"

"엄청요."

할 말을 다하고 순식간에 튕겨져 나아가는 서예지의 모습을 멍하니 바라보던 석정후가 멋쩍게 웃었다. 자기가 생각해도 너무 다르다는 걸 인지할 수 있어서였다.

"근데 그럴 수밖에 없다는 거 백륜도 알잖아? 저런 분이 조언을 해주시는데."

"그것도 인정합니다. 오화보다 더 아름다우신 거 같아요. 강인하고, 검봉이라는 별호가 너무나 잘 어울린다고 할까요. 특히 검무를 추실 때는……"

백륜이 침을 꼴깍 삼켰다.

우연찮게 봤던 그 광경이 아직도 머릿속에 선명하게 남아 있었다. 마치 선녀가 검무를 추는 듯한 모습에 백륜은 숨도 제대로 쉬지 못한 채 멍하니 바라봤었다.

"쉿! 그거 들키면 큰일 나! 나야 상관없지만 백륜은 아니라고."

"알고 있습니다. 입 싹 닫고 있어야 한다는 것을요."

백륜이 손으로 입을 잠그는 듯한 행동을 취했다.

그뿐만 아니라 눈알만 굴러서 주변을 살폈다. 혹시라도 들은 사람이 있나 싶어서였다.

"근데 확실히 엄청나기는 했어. 나도 진짜 선녀가 내려온 건 아닐까 했다니까."

"비무 대회 이후로 서 소저 때문에 밤잠 설치는 이들이 엄청나게 늘 것 같습니다."

"이미 많아. 구환비룡도 들이댔다가 까였잖아."

"혹시 연심을 품고 계신 건 아니죠? 나이 차이가……."

백륜이 미심쩍은 눈빛으로 석정후를 쳐다봤다. 같은 남자로서 이해하지 못하는 건 아니지만 그래도 일곱 살 차이는 결코 적지 않아서였다.

'일단 삼 공자님을 남자로 보느냐가 가장 중요하지.'

백륜이 남모르게 고개를 저었다.

나이에 비해 왜소한 체격은 아니지만 그렇다고 성장이 빠른 것 또한 아니었다. 딱 열세 살 소년처럼 보였기에 서예지가 석정후를 남자로 볼 가능성은 희박했다.

"무, 무, 무, 무슨 소리를!"

"얼굴은 왜 붉히세요? 말도 더듬고."

"동경이야, 동경! 연심이 아니라!"

"그럼 다행이고요. 이제 하체 단련에 들어가시죠."

백륜이 달리는 것을 멈췄다. 다들 달리기를 멈추고 기초 수련에 들어가는 것을 봐서였다.

"드, 드디어!"

"힘드셨죠?"

"응, 입에서 단내가 나."

"그래도 한 번에 많이 드시면 안 좋습니다. 입을 한 차례 헹군 후 천천히 드시는 게 가장 좋습니다."

백륜의 지시대로 석정후는 입안을 가볍게 헹군 후 조금씩 물을 삼켰다.

물론 자세는 기마 자세를 취한 후였다. 하반신을 단련하는 데 이것보다 좋은 것은 없기에 석정후는 매일 기마 자세로 하체를 단련했다. 조금씩 시간을 늘리면서 말이다.

"언제쯤이면 적응이 될까?"

"적어도 1년은 고생해야 하지 않겠습니까?"

반대쪽에서 자신과 똑같이 기마 자세를 하고 있는 배혁문을 쳐다보며 석정후가 나지막하게 한숨을 내쉬었다.

지금도 가까스로 버티고 있는 거지 기마 자세를 완벽하게 취하고 있는 건 아니었다.

부들부들!

그 사실을 증명하듯 석정후의 두 다리는 사시나무 떨리듯이 크게 흔들리고 있었다.

한데 의외로 석정후는 넘어지지 않고 두 팔을 앞으로 뻗어서 나름 균형을 유지 중이었다.

"간략하게 보고드릴 내용이 있습니다."

"말해. 기마 자세 하면서 들을 테니까."

"본가의 분위기가 심상치 않은 것 같습니다."

"원흉은 나겠지?"

"예, 더불어 날아오는 서신도 상당합니다."

하루가 멀다하고 오는 서신들은 대부분 비슷한 내용이었다.

진짜 패선의 제자가 된 것인지 묻는 게 절반 이상이었다. 나머지는 앞으로의 행보에 대해서 넌지시 떠보고 있었고.

"두 형한테서 온 건 아직 없지?"

"사람도 없습니다. 하지만 누구보다 삼 공자님께 큰 관심을 두고 있을 겁니다."

백륜이 확신을 담아 말했다.

생각지도 못한 경쟁자가 갑자기 나타난 만큼 일 공자와 이 공자는 알게 모르게 진위 여부를 확인하고 있을 터였다. 물론 알려진 게 사실이라는 것도 지금쯤은 파악했을 테고.

"암살자가 올 수도 있겠지?"

"……이 공자라면 가능성이 있습니다."

백륜의 얼굴이 굳어졌다.

둘 다 피도 눈물도 없는 매정한 성격이었지만 그래도 일 공자는 나름 정도를 지키려고 노력하는 편이었다.

하지만 이 공자는 달랐다. 괜히 개차반, 망나니라 불리는 게 아니었다.

"근데 그 둘째 형도 여기에서는 아무것도 할 수 없어."

"맞습니다. 아마 중원에서 가장 안전한 곳이 바로 이곳일 겁니다. 제아무리 이 공자의 인맥이 대단하다고 하더라도 벽 장문인의 제자를 어쩌지는 못할 테니까요."

"아마도 사부님께서는 그것까지도 감안하셨을 거야."

백륜이 두 눈을 껌뻑거렸다. 아무리 그가 석정후를 따르지만 이건 아닌 것 같아서였다.

"만사에 귀찮음을 느끼는 사부님이지만 자기 사람은 엄청 아끼셔. 백륜도 그건 알 텐데."

"예."

"그리고 의외로 치밀하신 분이셔. 잘 안 드러내서 그렇지."

석정후가 확신하듯 말했다.

평소에 잘 하지 않는 것뿐이지 벽우진은 못하는 게 아니었다. 이미 몇 번이나 증명하기도 했고.

다만 그것들이 엄청난 신위에 가려졌을 뿐.

"안전하기는 하지만 단점도 있습니다."

"맞아. 지지 기반을 다지기에는 이곳이 썩 좋지는 않지. 하지만 어중간하게 설치다가 훅 갈 수도 있어. 꼭 본가에서만 지지 기반을 만들어야 하는 것도 아니고."

석정후가 눈을 빛냈다.

그는 단순히 무공만 배우는 게 아니었다. 나름 열심히 움직이고 있었다. 다른 사람들 모르게 말이다.

"저도 최선을 다해 돕겠습니다."

"이미 충분히 도와주고 있어. 그리고 일단 칼자루는 내가 쥐고 있으니까. 우리는 기다리기만 하면 돼. 낚시꾼처럼 말이지."

"경계도 확실하게 서겠습니다."

"크게 신경 쓸 필요는 없지만, 그래도 대비해서 나쁠 것은 없으니까."

기마 자세를 취한 채로 석정후가 생각에 잠겼다.

두 형들의 대응도 대응이지만 그는 부친인 석가장주의 반응이 궁금했다.

황금성이라 불리는 가문을 움직이는 자가 바로 그의 부친이었다. 또한 달라진 상황에 대해서 누구보다 빠르게 정보를 입수했을 테고.

'아직까지 별말이 없단 말이지. 사부님께도 딱히 서신이 간 게 아닐 테고.'

석정후의 머릿속이 복잡해졌다. 왔어도 진즉에 왔어야 할 부친의 연락이 아직도 없어서였다. 그렇다고 그가 먼저 서신을 보낸 것도 아니었지만.

'일단은 지켜보겠다는 건가.'

형제들과의 경쟁에서 이기고 황금성의 주인이 된 사람이 바로 부친이었다. 그런 만큼 생각하는 것 역시 남다를 터였다. 어쩌면 기대를 하고 있을지도 모르고.

'기대라……'

석정후는 왠지 모르게 가슴이 두근거렸다.

단 한 번도 부친에게서 따뜻한 눈빛을 받지 못했다. 또한 인정 역시 받지 못했다. 어쩌면 그래서 반발심에 야망을 가지게 된 것일지도 몰랐다.

"생각이 많구나."

"사부님!"

"눈빛에 욕심이 덕지덕지 묻어 있어."

"그, 그런가요?"

"근데 나쁘진 않아. 욕심이 있어야 발전도 있는 법이니까. 꿈이 없는 것보다는 있는 게 낫고 말이지."

늘 그렇듯이 뒷짐을 진 자세로 휘적휘적 걸어온 벽우진이 씩 웃었다. 욕심이 많은 게 꼭 나쁘다고는 생각하지 않아서였다.

"좋게 봐주셔서 감사합니다!"

"하지만 중요한 건 정도라는 거 알고 있지? 과유불급이라고, 과한 건 좋지 않아."

"명심하겠습니다."

"걱정이 많겠지만 무공 수련을 할 때는 다 잊어버려. 무공 수련 한 가지만 생각해. 가끔은 머리를 비우는 것도 필요하니까."

"예."

석정후를 시작으로 벽우진은 제자들의 무공을 봐주었다. 조언을 아끼지 않으며 제자들에게 필요한 부분을 아낌없이 가르쳐 주었던 것이다.

물론 가장 크게 신경 쓴 부분은 바로 대련이었다. 전부 다 본선에 진출하는 쾌거를 이룩한 만큼 벽우진은 자신의 경험을 제자들이 받아들일 수 있는 선에 한해서 모조리 가르쳤다.

낮이고 밤이고 인산인해를 이루는 낙양의 거리와 달리 한적한 곳에 숙소를 잡은 두 사람이 조용히 마주 보고 앉아서 차를 들이켰다.

그런데 스물셋, 넷 정도 되어 보이는 여인을 바라보는 노파의 눈빛이 상당히 의미심장했다. 나이에 어울리지 않게 장난기가 서려 있었던 것이다.

"직접 보니 어떻더냐?"

"상대들 말인가요?"

"다 알면서 시치미 떼기는."

노파가 눈을 흘겼다.

하지만 그런 노파의 눈빛에도 여인은 조금도 흔들리지 않았다. 시종일관 담담히 차만 들이켰다.

"무슨 말씀이신지 모르겠어요."

"마지막에 서로의 눈이 마주친 걸 다 봤건만."

"오늘 하루 동안 눈이 마주친 남자만 수백 명이에요."

"끝까지 모르쇠로 나오겠다?"

노파의 눈매가 날카로워졌다.

그러자 여인이 결국 졌다는 듯이 피식 웃었다.

"봤어요. 마침 저를 보고 있어서."

"어땠어?"

"소문대로 되게 젊어 보이던데요?"

"그거 말고 느낌말이다."

노파의 눈빛이 초롱초롱해졌다.

무언가를 기대하는 눈빛으로 여인을 쳐다봤다.

"별다른 느낌은 없었어요. 그냥 강하다 정도?"

여인의 표정이 무거워졌다. 눈이 마주쳤을 때 느꼈던 그 감각이 아직도 선명하게 남아 있어서였다.

동시에 쉽사리 인정이 되지 않았다.

'막연함과 아득함이라니.'

먼 거리였지만 서로가 서로를 인지하기에는 충분했다.

그렇기에 여인은 조금이나마 엿볼 수 있었다.

"표정을 보아하니 우리 하나뿐인 제자가 충격을 받은 모양이구나."

"……그 정도일 줄은 몰랐거든요."

"소림무제와 무당권제마저도 끌어내린 인물이다. 당연히 강할 수밖에. 북숭소림, 남존무당이라는 말이 괜히 있는 게 아니지."

노파가 피식 웃었다.

그 대단하다는 소림사와 무당파의 최고 고수마저도 한 수 접어주는 고수가 바로 패선이었다. 또한 현재 천하제일인에 가장 근접한 무인이라 평가받는 고수이기도 했고.

"그건 알지만."

"왜? 네가 최고일 거라 생각했느냐?"

"……."

여인은 대답하지 않았다. 대신 조용히 차를 들이켰다.

"네 재능은 분명 대단하다. 노력 역시 누구보다 많이 했지. 하지만 세상은 넓다. 괜히 기인이사들이 모래알처럼 많다는 말이 있는 게 아니다."

"저도 경험은 충분히 쌓았습니다만."

"좀 더 쌓아야지. 그래도 한 가지 위안이 되는 건 네가 한참이나 어리다는 것 아니냐?"

"딱히 위로가 되지 않는데요."

여인이 새치름한 표정을 지었다.

나이가 어리다고 해서 꼭 유리한 것은 아니었다. 중요한 것은 벽을 넘느냐, 넘지 못하느냐.

"그래도 간만에 호승심도 생기고 좋지 않느냐. 넘어야 할 산이 있다는 걸 직접 목도했으니까."

"사실 당장 붙어보고 싶기는 해요."

잔잔했던 여인의 눈빛에 호승심이 짙게 떠올랐다.

지루했던 오늘의 예선전과 달리 벽우진은 눈이 마주하는 순간 알았다. 이 남자라면 자신의 모든 것을 쏟아부어도 된다고 말이다.

"그게 쉽게 될까."

"우승하면 도전할 수 있지 않을까요?"

"받아줄지 말지는 벽 장문인이 결정하는 것이지. 넌 그저 도전장만 내밀 수 있을 뿐이고. 그리고 붙어보고 싶은 이가 한둘이겠느냐?"

"흐음."

여인의 표정이 심각해졌다.

당장 그녀만 하더라도 웬만한 실력자가 아닌 이상 거들떠보지도 않았다. 하수들을 상대하는 건 시간 낭비라고 생각했기 때문이다.

그리고 그건 벽우진도 같은 입장일 터였다.

"어쩔 수 없이 관심을 보이게 만들어야지. 너를 상대하도록 말이야."

"남은 시간 동안 바짝 노력해야겠네요."

"쉽지는 않을 거야."

"지금까지도 쉬웠던 적은 없어요. 하지만 결국 정복했지요."

여인, 현주혜는 눈을 빛냈다.

모두가 힘들다고, 불가능하다고 했던 것들을 그녀는 노력 끝에 손에 넣었었다. 그렇기에 이번 역시도 마찬가지라고 생각했다.

"오랜만이로구나. 네가 그렇게 도전적인 눈빛을 보이는 게."

"상대가 패선이라면 저는 도전자의 입장이니까요. 당연히 노력해야지요."

"그럼 남자로서는 어때?"

노파의 눈동자에 짙은 장난기가 서렸다.

제자로서 현주혜는 너무나 완벽한 인간이었다.

하지만 그렇기에 그녀는 아쉬웠다. 다시는 돌아오지 않을 시절인 청춘을 보타산에서 보내서였다.

심지어 보타산은 섬에 위치해 있었다.

"그게 무슨 뜻이세요?"

"무슨 말이긴, 말 그대로의 질문이지. 여자로서 본 남자 벽우진이 어떤가 묻는 거지."

현주혜가 해괴한 표정을 지었다. 그러고는 이게 무슨 말인가 하는 눈빛으로 스승을 쳐다봤다.

"여러 면에서 너와 나는 비슷하잖아. 검에 청춘을 바쳤으니 이제는 네 인생을 사는 것도 나쁘지 않다고 생각하거든."

"……또 다른 꿈을 저에게 떠넘기시는 건가요?"

"내가 걸어봤잖니. 지금 네가 걷고 있는 길을. 근데 즐거웠던 기억보다는 후회가 더 많았어. 물론 괴롭기만 했던 건 아니야. 나 역시 네가 느끼는 즐거움을 만끽했으니까. 근데 뒤돌아보니 그것뿐이었다. 그 한 가지의 즐거움만 알 뿐이었지."

"……."

과거를 회상하듯 노파가 아련한 표정을 지었다. 그런 그녀의 얼굴에는 짙은 아쉬움이 남겨져 있었다.

"지금이라도 늦지 않았어. 아니, 오히려 나보다 빠르지. 그러니 조금은 주변을 둘러보는 것도 나쁘지 않아. 어쩌면 그게 벽을 뚫는 돌파구가 될 수 있을지도 모르고."

"저는 사부님과 같이 있을 거예요."

"나처럼 꼬부랑 할머니가 되려고?"

"그게 어때서요?"

현주혜가 빙긋 웃었다.

보타문은 그녀에게 있어 집이며 안식처였다. 또한 가족들이 있는 곳이었다. 그렇기에 굳이 연애를 하지 않아도, 남자가 없어도 상관없었다.

"꼭 그게 나쁜 건 아닌데, 그래도 이왕이면 다양한 경험을 쌓는 게 좋다고 생각해서. 네 사고들도 늘 말하잖아."

"……귀에 딱지가 앉을 정도로 시도 때도 없이 말하죠. 이번에 같이 나오지 않은 게 정말 다행이라고 생각해요."

"나 하나만 감당하면 되니까?"

현주혜는 대답하지 않았다. 대신 짙은 미소로 대답을 대신했다.

"경쟁자는 좀 보여?"

"없어요. 단 하나도."

현주혜가 더 이상 그 주제로 대화하는 걸 꺼려하는 듯하자 노파가 화제를 돌렸다.

그런데 그게 특효약이었는지 현주혜의 눈빛이 달라졌다.

"우승할 수 있겠어?"

"구파일방과 오대세가의 수장들이 나오지 않은 비무 대회에 무슨 의미가 있겠지만, 적어도 경험적인 면에서는 나쁘지 않다고 생각해요."

"그러다가 의외의 복병을 만나서 본선 첫 대결에 패배할 수도 있어."

노파가 우려 섞인 눈빛을 보냈다.

제자가 강한 건 잘 알고 있었다. 하지만 세상은 넓었다. 또한 기인이사, 괴짜, 괴물들도 넘쳐났다.

"결과로 보여드릴게요."

현주혜가 자신만만하게 웃었다. 그녀가 어떤 부분을 염려하는지 알았지만 그녀는 자신 있었다.

예선전을 치르는 동안 수많은 참가자들을 살폈다. 하지만 그녀의 기준에 넘는 이는 별로 없었다.

"너무 욕심내지는 말고."

"예."

두 사제가 다시 조용히 차를 음미했다.

그러나 두 사람이 하는 생각은 너무나 달랐다.

# 제4장

# 본선

퍼퍼퍼펑!

여기저기에서 터지는 폭죽과 쉴 새 없이 펄럭이는 깃발들을 응시하며 벽우진이 고개를 저었다. 저렇게까지 열심히 응원할 필요가 있나 싶어서였다.

하지만 한편으로는 축제를 즐기는 나름의 방식일지도 모른다고 생각했다.

"예선전하고 분위기가 확실히 다른 것 같습니다."

"그러게."

"얘기를 들어보니까 잘하면 용봉전과 태성전의 본선이 오늘 하루 만에 끝날 수도 있다고 하던데요?"

"결과가 빨리 나오면 그럴 수도 있겠지. 오전에는 용봉전, 오후에는 태성전을 끝내면."

벽우진이 회의적인 표정을 지었다.

하지만 청민은 충분히 가능성이 있다고 생각하는 모양이었다.

"비무대는 하나지만 인원이 확 줄은 만큼 저는 가능성이 있다고 생각합니다."

"준비는 해놓았겠지. 네 말마따나 오늘 끝날지도 모르니까."

벽우진이 뒤를 돌아봤다. 그러자 평소와 달리 착 가라앉은 기색의 제자들이 눈에 들어왔다.

참가했던 여덟 명 전원이 본선에 진출했지만 그 말은 달리 말하면 첫 경기부터 서로 부딪칠 수도 있다는 뜻이었기에 다들 시작 전부터 긴장해 있었다.

"조 추첨이야 얼마 걸리지 않을 테고요."

"마음먹고 하면 금방 끝나겠지만, 과연 그럴까? 어떻게 보면 본선보다 더 재미있는 구경거리인데."

"그건 그러네요. 확실히 조 추첨을 하면 쫄리는 맛이 있으니까요."

"내 말이."

이제는 못 알아보는 사람보다 알아보는 사람이 훨씬 많아져서 그런지 마련된 자리로 가는 길이 그리 힘들지만은 않았다. 그냥 걸어가기만 해도 사람들이 알아서 길을 비켜주었던 것이다. 딱히 눈초리를 준 것도 아닌데 말이다.

"오셨습니다, 장문인."

"아침부터 고생이 많네. 근데 자리가 딱 열다섯 개뿐이네?"

뒷짐을 지고서 걸어가던 벽우진이 비무대에서 가장 가까운 곳에 마련된 자리를 쳐다보며 제갈현에게 물었다.

그리고 그 의미를 제갈현은 단번에 이해했다.

"열다섯 개면 충분하지요."

"어후. 저기 앉으면 물도 편하게 못 마시겠는데?"

벽우진이 피식 웃으며 말했다. 주변에 앉아 있는 군소방파와 무문들의 수장이 하나같이 뜨거운 눈빛으로 열다섯 자리를 힐끔거리는 걸 볼 수 있어서였다.

심지어 열다섯 개의 의자가 놓인 곳은 다른 곳과 차별을 두기 위해서인지 높이가 달랐다.

거의 비무대와 비슷한 높이에 벽우진은 부담스럽다는 표정을 지었다.

"특별석인데 당연히 저 정도는 해야 하지 않겠습니까? 만약의 사태를 대비하기 위해서라도 말이지요."

"심판 선에서 잘 정리될 것 같은데."

"근데 사람 마음이라는 게 또 모르니까요. 생각보다 몸이 먼저 움직이는 경우도 있고."

"이유가 있으니 저렇게 한 것이겠지만, 말이 꽤 많이 나오겠어."

"반대로 저 자리에 앉기 위해 많은 곳들이 노력하겠지요. 자리는 정해져 있으니 당연히 경쟁이 붙지 않겠습니까."

제갈현이 의미심장한 표정을 지었다. 적당한 경쟁심은 필요하다고 생각해서였다.

게다가 영원한 것은 없었다. 지금의 오대세가들 역시 위기가 아예 없었던 것은 아니었다.

"근데 제갈가주밖에 안 온 거야?"

"예, 장문인께서 두 번째입니다."

"청민이랑 아이들은?"

벽우진의 시선이 청민과 배혁문, 석정후와 백륜에게로 향했다. 자신이야 저기 준비된 자리에 앉으면 된다지만 일행이 문제였다.

"따로 준비된 자리가 있습니다."

"혹시 그 자리에 민호가 앉나?"

"예, 열다섯 개의 자리는 구파일방과 오대세가의 수장들을 위해서 마련된 자리인지라."

"잘 되었군."

벽우진이 반색한 표정을 지었다.

반면에 청민의 표정은 어두워졌다. 벽우진도 없이 당민호를 상대해야 한다고 생각하자 벌써부터 머리가 아파 왔던 것이다.

"앉자고. 애들 오려면 시간 좀 걸릴 텐데."

"예."

체면이나 위신은 딱히 신경 쓰지 않는 벽우진이 성큼성큼 계단을 밟고서 의자로 향했다. 그러자 청민 역시 제자와 석정후, 백륜과 함께 안내를 받아서 배정된 자리로 이동했다.

"처음 뵙겠습니다, 장문인."

하나둘 오기 시작하는 수장들과 두런두런 대화를 나누고 있을 때 특이한 복장의 장년인이 벽우진의 앞으로 다가왔다.

온갖 무기로 온몸을 치렁치렁 감싼 장년인이 정중하게 인사해 왔던 것이다.

"음?"

"냉하성이라고 합니다."

"아, 괴성(怪星)?"

특이한 행색과 함께 이름을 듣자 벽우진이 고개를 주억거렸다. 뇌리 한구석에 있던 인물이 떠오른 것이다.

"맞습니다, 하하."

"심판을 맡기로 했다는 이야기는 들었어. 아, 내 나이가 많으니 편하게 말해도 되지?"

"물론입니다."

다짜고짜 내뱉는 하대였지만 냉하성은 딱히 기분 나빠하지 않았다. 벽우진의 성격에 대해서는 익히 듣기도 했고, 한 명의 무인으로서 존경하는 영웅이었기에 냉하성은 호탕하게 대답했다.

"보이는 것처럼 성격도 좋네?"

"그런 말 많이 듣습니다. 대인배라는 말은 못 듣지만요, 하하핫!"

"굳이 대인배가 될 필요는 없어. 중요한 것은 내 인생이지."

"역시 듣던 대로 대단하신 분인 거 같습니다."

"유별나다는 걸 돌려 말하는 거지?"

벽우진이 피식 웃었다.

그러나 냉하성은 절대 아니라는 듯이 두 눈을 크게 뜨며 손사래를 쳤다.

"절대 아닙니다. 저 역시 그렇게 생각하기에 드린 말입니다."

"근데 괴성씩이나 되는 인물이 어떻게 심판 일을 받아들였대?"

"저도 처음에는 거절했는데 제갈가주가 엄청 찾아왔습니다. 삼고초려가 아니라 칠고초려를 하더라고요. 결국 그 정성과 노력에 넘어가고 말았습니다."

냉하성이 그때를 떠올리는 듯 헛웃음을 흘렸다.

다른 이도 아니고 제갈세가의 가주씩이나 되는 인물이 몇 번이나 자신을 찾아온 게 그는 아직도 믿기지 않았다.

제갈현은 제갈세가의 가주임과 동시에 강호에서는 기성(奇星)이라 불리는 존재였기에 더더욱 당황했었다.

"그야 본선의 심판으로서 가장 잘 어울린다고 생각해서입니다. 실력은 물론이고 가장 객관적으로 판정을 내려줄 수 있을 테니까요."

"제가 구파일방과 오대세가와는 딱히 인연이 없기는 하지요. 낭인이라고 해도 과언이 아닌 생활을 했으니."

"그래도 무공은 제대로 익힌 것 같은데? 욕심이 좀 과해서 그렇지."

벽우진의 날카로운 한마디에 냉하성이 뜨끔한 표정을 지었다.

다른 이도 이런 말을 많이 하지만 벽우진이 하니 왠지 심각하게 다가왔다.

"제가 특이한 병기에 관심이 많아서 말이지요. 하하하."

"다행인 건 중심을 잘 잡았어. 하고 싶은 대로 막 했으면 이도 저도 안 되었을 텐데."

"역시 정확하십니다."

"도움이 필요하면 나나 소림사를 찾아가. 급한 불은 꺼줄 수 있을 테니까."

"기억해 두겠습니다."

지금의 이 한마디가 상당한 선의라는 것을 알았기에 냉하성이 눈을 빛냈다. 안 그래도 전쟁 후 몸 상태가 달라졌다는 것을 요즘 느끼고 있어서였다.

"그럼 용봉전 본선의 대진 추첨을 시작하겠습니다!"

열다섯 개의 자리가 전부 채워지고 용봉전 본선에 올라온 후기지수들이 모두 모이자 진행관이 대진 추첨의 시작을 알렸다.

그러자 다시 한번 사방에서 우레와 같은 환호성이 터져 나왔다. 어떻게 보면 본격적인 천하무림 비무 대회의 시작이나 마찬가지였기에 다들 잔뜩 기대한 것이었다.

하지만 역시 누가 뭐래도 가장 긴장한 이들은 용봉전 본선에 출전하는 후기지수들이었다.

"후우."

"이제 시작인가."

하나같이 긴장한 기색이 역력한 모습들 사이에 곤륜파의 제자들이 있었다.

사형제 간이지만 한편으로는 경쟁자였기에 다들 눈빛이 심상치 않았다.

"이왕이면 16강전에서 만났으면 좋겠는데."

"다 같이 8강에 오르는 것도 나쁘지 않지."

양이추와 심대현이 입을 열었다.

그러자 주변에 있던 이들이 매서운 눈빛을 보내왔다. 말도 안 되는 헛소리에 다들 날카롭게 둘을 쏘아봤던 것이다.

하지만 두 사람도 만만치 않았다.

"일단은 최선을 다하는 데 의의를 두자. 우리 모두가 여기까지 올라온 것만으로도 운이 좋았던 것이니까."

"그렇긴 해."

양일우의 말에 양이추가 고개를 주억거렸다.

어떻게 보면 천운이 따른 것이나 마찬가지였다. 사천당가의 경우 삼 남매 중 단 한 명만 본선에 올라왔으니까.

"그럼 한 명씩 나와 주세요!"

예선전과 달리 크기부터가 달라진 비무대 위에서 진행관이 소리쳤다.

그리고 그 뒤로는 숫자만 적힌 여백이 크게 펼쳐져 있었다.

저벅저벅.

진행관의 외침이 끝나기 무섭게 하나의 발걸음 소리가 들려왔다.

동시에 진출자 모두의 시선이 그곳으로 향했다. 누가 가장 먼저 움직였는지 궁금했던 것이다.

"당 소협."

"당 공자."

놀랍게도 가장 먼저 움직인 이는 당주혁이었다.

서릿발 같은 기세를 풀풀 날리며 그는 혼자서 진행관에게 다가 갔다.

"우리도 가자."

"예."

뒤이어 양일우가 대표로 앞장섰다. 굳이 다른 이들의 눈치를 볼 필요는 없다고 생각해서였다.

인원이 적은 만큼 대진 추첨은 빠르게 진행되었다.

그리고 본격적인 천하무림 비무 대회가 시작되었다.

손에 땀을 쥐게 만드는 명장면들이 말 그대로 쏟아지는 모습에 관중들의 함성이 분지를 가득 채웠다.

그러나 비무대 한쪽에 마련된 강호명숙들이 앉아 있는 곳의 분위기는 무겁기 그지없었다.

"으음!"

자신들의 제자가, 혹은 아들이 밀리거나 쓰러질 때마다 다들 일희일비했던 것이다.

하지만 대놓고 기뻐하는 이들은 없었다. 아무래도 다 같이 앉아 있는 만큼 눈치를 볼 수밖에 없어서였다.

"아이고!"

하지만 모두가 다 그런 것은 아니었다. 유독 자신의 감정에 솔직한 이 역시 분명히 존재했다.

"할아버지!"

"이런, 내가 너무 흥분했네."

삽시간에 집중되는 시선에 당민호가 헛기침을 했다.

하지만 그렇다고 해서 민망해하거나 부끄러워하지는 않았다. 순간순간의 감정을 솔직히 표현하는 것 또한 인간이라고 생각해서였다.

"앉으세요."

"소윤이 넌 분하지도 않느냐?"

"나름 정정당당한 대결이었잖아요. 저희에게 불리한 게 없는 건 아니지만 규칙은 규칙이니까요."

큰 오라비의 패배에도 당소윤은 의외로 흥분하지 않았다. 이런 결과를 어느 정도는 짐작하고 있어서였다.

그러면서 실전이라면 다를 거라고 속으로 생각했다.

"하긴. 우리는 가장 강력한 무기를 사용할 수가 없는 상태이니. 마비 독이라도 사용할 수 있었으면 결과는 달라졌을 게야."

당민호가 입맛을 다셨다. 독을 마음대로 사용할 수 없다는 게 의외로 크다는 걸 그 역시 잘 알고 있어서였다.

하지만 그 말에 몇몇이 눈살을 찌푸렸다. 비장의 한 수를 쓸 수 없는 건 모두가 마찬가지라고 생각해서였다.

"벽 장문인께서도 속이 쓰릴 것 같아요. 본선 첫 경기에서 두 명이나 탈락했으니."

"그래도 다섯 명이나 16강에 오르지 않았느냐. 그것만으로도 대단한 거지."

당민호가 짐짓 부럽다는 기색으로 말했다. 사천당가의 대회는 끝났지만 아직 곤륜파는 남아 있어서였다.

게다가 본선에 여덟 명이나 진출시킨 곳은 곤륜파가 유일했다.

"어쩌면 결승에 오를지도 모르겠어요."

"글쎄다. 운이 따른다면 모르겠지만 객관적으로는 힘들지."

당민호의 시선이 비무대로 오르는 양이추에게로 향했다.

긴장한 기색이 완연한 얼굴이었는데 당민호는 그게 당연하다고 생각했다. 왜냐하면 양이추의 상대가 구룡 중에서도 최강으로 군림하는 남궁혁이었기 때문이다.

"그래도 또 모르잖아요. 다른 이들도 아니고 장문인의 제자들인데."

"여기까지 올라온 것만으로도 대단한 거야. 저 녀석들이 수련한 시간을 생각해 보면."

"그렇기는 한데……."

당소윤도 알고 있었다.

상대가 다른 이도 아니고 군자검룡 남궁혁이었다. 남궁세가의 소가주이자 10년 전부터 최고의 후기지수라 불리던 인물. 그런 만큼 양이추가 승리할 가능성은 희박했다.

"기적이 일어난다면 모르겠지만."

"비무 대회는 장기전이라 또 몰라요. 지난 경기에서 남궁 공자의 체력 소모도 꽤나 심했으니까요."

"그건 피차 마찬가지야."

양이추가 단단히 각오한 얼굴로 비무대의 중앙으로 걸어갔다.

도전자의 모습으로 남궁혁 앞에 서는 모습에 당민호는 내심 양이추를 응원했다. 아무래도 남궁혁보다는 양이추에게 마음이 기울 수밖에 없었으니까.

"시작하네요."

"어쩌면 다른 걸 노릴 수도 있겠는걸."

당민호의 시선이 바람에 펄럭이는 거대한 대진표로 향했다.

만약 이 경기에서 남궁혁이 승리한다면 다음 경기에서 양일우와 붙을 수 있었다. 전제 조건이 양일우가 상대를 이겨야 한다는 점이었지만 당민호가 보기에 가능성은 충분히 있었다.

지금 보이는 경기처럼 두 번째 경기는 양일우의 우세가 점쳐졌기에 어쩌면 그의 예상처럼 양이추가 그걸 노릴지도 몰랐다.

'자신이 이길 수 없다면 형을 위해 최대한 물고 늘어지겠지. 체력과 공력의 소모를 최대한 이끌어내는 식으로.'

어떻게 보면 전략이라고도 할 수 있었다.

때문에 당민호는 그게 나쁘다고 생각하지 않았다.

"남궁 공자도 알고 있을 걸요?"

"그럴 테지. 외로운 싸움은 저 녀석 역시 마찬가지니까."

"타도 곤륜파라는 말이 떠오르네요. 그 말 엄청 들었는데."

당소윤은 문득 비무 대회에 참가하면서 수도 없이 들었던 말이 떠올랐다.

마치 공공의 적인 것처럼 수많은 참가자들이 타도 곤륜파를 외쳤다. 평소라면 남궁세가나 소림사, 무당파를 집중 견제했을 이들이 말이다.

"그럴 수밖에. 본선에 가장 많은 인원을 진출시켰으니까. 또 워낙에 관심이 크기도 했고."

"그래서 더 대단한 거 같아요. 아예 대놓고 잡아먹겠다고 달려들었는데도 끝내 본선까지 올라왔으니까요."

"그 사부에 그 제자들인 게지."

당민호의 눈동자에 언뜻 부러운 기색이 떠올랐다. 개인의 무공과 명예뿐만 아니라 인복까지도 다 가진 것 같아서였다.

하지만 웃긴 건 단순히 인복이라고 치부하기가 힘들다는 점이었다.

벽우진의 제자들 중에서 특출나다고 할 수 있는 이는 양일우, 양이추 형제밖에 없었다. 그마저도 둘은 입문 시기가 다른 명문세가나 대문파에 비하면 엄청나게 늦었다.

한데 벽우진은 그 둘을 구룡 못지않은 후기지수로 키워냈다.

'아무리 비천단의 도움이 있었다고 하지만 내공만 많다고 해서 저 정도 수준에 오를 수 있는 것은 아니니까.'

공력이 많으면 유리한 건 사실이었다. 하지만 그게 고하의 절대적인 기준이라고는 할 수 없었다.

그리고 벽우진의 제자들은 공력만 많은 게 아니라 그 힘을 효율적으로, 적재적소에 사용할 줄 알았다.

그 말인 즉 각고의 노력을 했다는 뜻이었다.

'마음씨도 어찌 그리 하나같이 착한지.'

성깔은 있지만 그것을 벽우진 앞에서는 절대 드러내지 않았다. 오히려 그 누구보다 고분고분하게 말을 듣는 아이들의 모습에 당민호는 짙은 부러움을 느꼈다. 혈족으로 이루어진 사천당가에서도 보기 드문 광경이어서였다.

콰앙! 쾅!

당민호가 생각에 잠긴 사이 16강전의 첫 번째 대결이 시작되었다.

그리고 그가 예상했던 대로 경기는 시작부터 지저분하게 진행되었다. 양이추가 죽어라 남궁혁에게 달려들었던 것이다. 지더라도 쉽게 지지는 않겠다는 듯이 말이다.

"나름 재미있겠어."

"장문인은 다르겠지만요."

"어쩔 수 없지. 자기 제자인데."

당민호의 시선이 열다섯 개의 자리로 향했다. 정확하게는 자신의 오랜 친우에게로 말이다.

비무대를 바라보는 남궁진의 두 눈에 은은한 감탄이 떠올랐다.

그런데 그가 바라보는 이는 아들이 아닌 양이추였다. 속절없이 밀리면서도 끝끝내 치명적인 공격을 피해내는 모습도 모습이지만 승기가 기울었음에도 끝까지 포기하지 않는 근성이 그의 시선을 붙잡았다.

분명 스스로도 알고 있을 터였다. 하지만 그럼에도 양이추는 포기하지 않았다.

스극.

아들의 창궁무애검법(蒼穹無涯劍法)이 살갗을 갈라도, 상처에서 피가 솟구쳐도 양이추는 물러나지 않았다. 오히려 더욱 거세게 남궁혁에게 달려들었다. 애초부터 자신은 도전자였다는 듯이 말이다.

털썩!

"……졌습니다."

그러나 결과는 달라지지 않았다. 끝내 패배하고 말았던 것이다.

하지만 그 모습조차 남궁진에게는 깊은 여운을 주었다.

"수고하셨소."

"남궁 소협도요."

"그대 형제들은 나를 참 힘들게 하는 것 같소. 용봉회 때도 그러더니."

"그렇기 때문에 다음 경기가 더 재미있어지지 않겠습니다."

남궁혁이 쓴웃음을 지었다. 어째서 양이추가 자신을 죽어라 물고 늘어졌는지 모르지 않아서였다.

짝짝짝.

그때 비무대 위로 박수 소리가 흘러들어 왔다. 바로 벽우진의 박수 소리였다.

뒤이어 관중석에서 함성이 터져 나왔다. 멋진 승부를 보여준 두 사람을 응원하는 환호성이었다.

"사부님……."

하지만 양이추의 시선은 오직 벽우진에게 향해 있었다. 열심히 했지만 결국 패배했기에 눈을 제대로 마주하지 못했던 것이다.

그런 그를 향해 벽우진은 더욱더 강하게 박수를 쳤다. 지긴 했지만 정말 잘 싸워서였다.

"애썼다. 고개를 들어. 이걸로 인생이 끝나는 것도 아닌데."

거리가 상당했음에도 벽우진의 목소리는 바로 옆에서 귓속말을 하는 것처럼 선명했다.

그 소리에 양이추는 눈물이 흘러나오려는 눈가를 소매로 슥슥 비비고는 비무대 아래로 향했다.

'쉽지 않겠어.'

한편 남궁진의 얼굴은 어두워졌다.

아직 16강전의 두 번째 경기가 시작하지 않았지만 다음 상대는 양일우가 될 가능성이 높았다.

만약 그 경기에서 양일우가 체력과 공력을 상당히 보전한 다음에 남궁혁과 붙는다면 결과는 쉽게 예측할 수 없었다.

'이긴다고 해도 그 마음이 문제야.'

예선전 때도 마찬가지였지만 본선 역시 장기전이었다. 승자는 계속해서 경기를 치러야 하는 만큼 몸 상태를 관리하기가 쉽지 않을 터였다. 그걸 알고 양이추 역시 죽어라 매달린 것일 테고.

"축하해."

"저는 오히려 양 소협을 칭찬하고 싶습니다. 저런 근성은 누구나 쉽게 보일 수 있는 게 아니니까요. 게다가 다음 상대가 양일우일 가능성이 크니……."

순수한 벽우진의 축하에도 남궁진의 안색은 어두웠다.

양이추도 대단했지만 그보다 더욱 뛰어난 이가 양일우였다.

무당산에서 열렸던 용봉회 때는 남궁혁이 승리했지만 그건 과거였다. 시간이 제법 흐른 만큼 이제는 승부를 장담할 수 없었다.

"그래서 더 재미있지 않겠어?"

"……괜찮으십니까?"

"승패는 병가지상사야. 애들이 목표했던 대로 우승하면 너무나 기쁘겠지만 실패해도 괜찮아. 비무 대회가 이번만 있는 것도 아니고 실패를 함으로써 배우는 것 역시 있을 테니까."

"의외로 연연하지 않으시는군요."

남궁진이 정말 의외라는 표정을 지었다. 예상과는 많이 다른 반응이어서였다.

평소 제자들을 끔찍하게 생각하는 만큼 당연히 기대도 클 줄 알았는데 그와 정반대의 모습에 남궁진은 살짝 놀랐다.

"아직 앞날이 창창한데 뭘. 그건 남궁가주 아들 역시 마찬가지고."

"그렇게 말씀하시니 확실히 마음이 편안해지긴 하는 것 같습니다."

"너무 부담주지 말자고. 가뜩이나 긴장해 있을 텐데. 꽉 조일 때가 필요한 것처럼 살짝 놓아줄 때도 필요한 법이야."

남궁진의 동공이 크게 확대되었다. 별거 아닌 말이었는데 그에게는 이상하게 크게 다가와서였다. 느닷없이 마음속에 하나의 파문이 일었다고나 할까.

"할 수만 있다면 장문인의 그 말씀을 참가자들에게도 전해주고 싶습니다."

"말해준다고 해서 들리겠어? 지금 다 정신없을 텐데."

남궁진이 조용해지자 슬그머니 대화에 참여했던 제갈현이 어색하게 웃었다. 그가 생각해도 그럴 가능성이 높아서였다.

하지만 꼭 말해주고 싶다는 생각이 드는 말이기도 했다. 모두가 언제나, 늘 최고가 되어야 한다고만 말했으니까.

'심지어 나조차도 말이지.'

기대는 욕심이 되어 자연스럽게 강요 아닌 강요를 하게 되었다. 재능이 있다는 것을 알기에 더욱 윽박지르고 독촉했던 것이다. 정작 자식들이 원하는 것은 묻지 않은 채 말이다.

'어쩌면, 아니, 그래서였나?'

가족이라는 이름으로, 혈족이라는 단어로 묶여 있는 자신이나 남궁진보다 오히려 피 한 방울 섞이지 않은 곤륜파가 더욱 끈끈해 보였다.

그런데 재미있는 건 본산제자들뿐만 아니라 속가제자들 역시 결속력이 엄청나다는 점이었다. 정작 벽우진은 다정다감함과는 거리가 엄청나게 먼 성격이었는데 말이다.

남궁진과 제갈현이 각자 자기만의 생각에 잠겨 있는 동안에도 비무 대회는 계속되었다. 동시에 벽우진의 박수도 계속해서 이어졌다.

16강전에서 양이추에 이어 심대혜가 탈락하고, 8강전에서는 심대현과 양일우가 분전 끝에 패배했다.

그리고 이어진 4강전에서는 두 명이나 오르는 저력을 보여주었으나 안타깝게도 도일수와 서예지마저 패배의 고배를 마셨다.

짝짝짝짝!

하나같이 아쉬움에 눈물을 글썽이는 모습이었지만 벽우진은 오히려 웃으며 박수를 아끼지 않았다. 제자들이 얼마나 노력하고 처절하게 싸웠음을 그는 알고 있어서였다.

"우승자보다 곤륜파 제자들의 인상이 더욱 깊게 남겠습니다, 아미타불."

"그래도 우승자에 비할 바는 안 되지."

결승전의 두 주인공은 남궁혁과 모용휘였다.

당대 천하제일가라 불리는 남궁세가와 이제는 몰락한 모용세가의 후예가 결승에서 맞붙었던 것이다.

비록 지금은 몰락해서 잊힌 가문이지만 한때 모용세가는 남궁세가 못지않은 위세를 가졌던 가문이었다. 또한 잠시나마 천하제일가라 불렸던 시절도 있었고.

"그만!"

"크아아아!"

심판을 맡은 냉하성의 외침과 함께 비무대 위에서 포효가 터져 나왔다. 치열한 접전 끝에 모용휘가 끝내 남궁혁을 쓰러뜨렸던 것이다.

그야말로 한 끗 차이로 승부를 결정지은 모용휘는 끓어 오르는 흥분을 참지 못하고 울부짖었다. 온갖 감정이 휘몰아치자 그것을 참지 못하고 분출했던 것이다.

"제갈가주가 원하는 대로 새로운 얼굴이 나타났군. 그것도 최고의 후기지수라 불리는 남궁혁을 제압하면서 말이야."

"모용세가라면 더할 나위 없이 좋지요. 남궁가주의 기분은 좋지 않으시겠지만……."

제갈현이 말끝을 흐렸다. 아무래도 같은 자리에 앉아 있다 보니 자연스레 그도 들을 수밖에 없어서였다.

그런데 의외로 남궁진은 호쾌하게 웃었다.

"벽 장문인께서 말씀하셨다시피 승패는 병가지상사이지 않나. 게다가 이번 승부는 운이 꽤 작용하기도 했고. 그리고 너무 지지 않는 것도 좋지 않아."

아직도 충격에 빠져서 헤어 나오지 못하는 아들의 모습을 보며 남궁진은 오히려 웃었다.

자기가 최고라는 자만에 빠지는 것보다 한 번쯤은 이렇게 충격을 받는 것도 나쁘지 않았다. 게다가 말도 안 되는 격차를 느끼며 패배한 것도 아닌 만큼 남궁혁은 이번 패배를 계기로 삼아 더욱 절차탁마할 터였다.

"용봉전의 우승자는 모용세가의 모용휘입니다!"

"크흐흑!"

"장하다, 모용휘!"

"우아아아!"

세 사람이 대화하는 사이 냉하성이 용봉전의 우승자를 공표했다.

그러자 우레와 같은 환호성이 관중석에서 터져 나왔다. 모용휘의 울음소리를 한순간에 가려 버리는 어마어마한 함성이 터져 나왔던 것이다.

하지만 모두의 관심이 모용휘에게 쏠릴 때 벽우진은 조용히 본선 참가자들이 모여 있는 천막으로 향했다.

"사부님······."

"왜 울상이야? 다들 너무나 잘해주었는데."

벽우진이 한곳에 모여서 결승전을 지켜보고 있던 제자들에게 다가갔다.

하지만 그의 밝은 표정과 달리 제자들은 하나같이 고개를 숙였다. 마치 면목 없다는 듯이 말이다.

"······죄송합니다."

양일우가 대표로 입을 열었다. 모두가 입을 떼기 힘들어한다는 걸 알기에 그가 나선 것이었다.

그러나 입만 열었을 뿐 양일우도 벽우진을 쳐다보지 못했다.

와락!

"고생했다. 충분히, 아니, 다들 너무나 잘해주었어. 최선을 다한 것이면 되었다. 꼭 이겨야만 하는 건 아냐. 승리는 반드시 이겨야 할 때만 이기면 된다."

양일우를 시작으로 벽우진은 제자들을 하나하나 꽉 껴안아주었다.

그러자 심대혜와 심소혜가 결국 울음을 터뜨렸다. 진심이 담긴 위로와 격려에 끝내 눈물이 터졌던 것이다.

"으아아앙!"

"잘했다, 잘했어. 정말 잘했어."

안기기 무섭게 대성통곡을 하는 심소혜의 등을 두드리며 벽우진이 다른 제자들과도 눈을 맞췄다.

··· 제5장 ···
# 검후(劍后)

강호명숙들이 대거 출전한 태성전도 어느새 준결승까지 치러진 상태였다.

하지만 경기가 이어지면 이어질수록 점점 더 뜨거워지는 열기와 달리 벽우진의 표정은 심드렁했다.

용봉전 때는 그렇게 집중해서 보던 그가 이제는 지겹다는 얼굴로 비스듬히 앉아서 비무 대회를 지켜봤던 것이다.

"표정이 너무 다르신 것 같습니다."

"아무래도 관심이 덜할 수밖에 없으니까."

제갈현이 어색하게 웃었다. 참 거침없이, 여과 없이 말하는 것 같아서였다.

"위험한 일이 벌어질 가능성도 적고, 일단 하성이가 비무대 위에 있고, 여차하면 무제나 권제가 있잖아? 내가 나설 일은 거의 없다고 봐야지."

"그래도 많은 사람들이 지켜봅니다만."

"에이. 다들 알 텐데 뭐. 내 성격이 어떤지."

"아까 제자들과 함께 있을 때의 모습하고 너무 비교된다고 생각할 것 같습니다."

제갈현이 에둘러 비무 대회에 집중해 줄 것을 권했다. 비무 대회의 권위를 위해서라도 그런 모습을 보여줄 필요가 있어서였다.

"비교될 수밖에 없지. 본 파에서는 출전한 사람이 아무도 없는데."

"그렇기에 더더욱 객관적으로 살펴볼 수 있지 않겠습니까?"

"하성이가 잘하고 있는데 뭘. 흐아암!"

벽우진이 늘어지게 하품을 했다.

그런데 웃긴 건 벽우진이 그러거나 말거나 다들 신경 쓰지 않는다는 점이었다.

"허허허."

"안 가고 앉아 있는 걸 다행이라고 생각해. 이제 와서 하는 말인데 진짜 고민했거든. 이 자리를 민호 녀석에게 넘기고 갈까, 아니면 눈이 벌게져 있는 녀석들에게 넘겨줄까 진지하게 고민했었지. 만약 양보한다고 하면 달려들 녀석이 적어도 열 명은 넘을걸?"

"그럴 겁니다."

제갈현 역시 심심찮게 느끼고 있었다. 잊을 만하면 한 번씩 이곳으로 향하는 열망 어린 시선을 말이다.

"난 사실 이런 자리에 딱히 관심 없어. 오히려 애들이랑 구경하는 게 더 편해. 해줄 말도 많고."

비무대 위에서는 굉음과 폭발이 연이어 터져 나왔다. 그로 인해 대결하는 두 무인의 모습이 사라졌다가 나타났다가를 반복했다.

흙먼지도 흙먼지지만 워낙에 움직임이 빠르다 보니 평범한 사람들의 육안으로는 쫓기가 힘든 수준이었다.

하지만 그럼에도 관중들은 열광했다.

"장문인을 원하는 사람이 많습니다. 특히 태성전의 참가자들이요."

"도발적인 눈빛은 이미 많이 받고 있어."

"그만큼 동기 부여가 된다는 뜻이 아니겠습니까."

"왜들 그렇게 날 못 잡아먹어서 안달인지 모르겠어. 무제도 있고 권제도 있는데. 남궁가주야 무서워서 못 덤벼드는 거겠지만. 아, 내가 혹시 만만해 보이나?"

벽우진의 미간이 좁혀졌다. 문득 이런 생각이 들어서였다.

그런데 그 말에 제갈현이 황급히 손사래를 쳤다.

"그럴 리가요. 호승심이 과해서 그렇지 않을까 생각합니다."

"흠."

제갈현의 말에도 벽우진은 여전히 인상을 찌그리고 있었다. 턱을 쓰다듬으며 묘한 눈으로 비무대 위를 쳐다봤던 것이다.

"확실히 중원무림은 저력이 있는 것 같습니다. 고수들이 계속해서 나오는 것을 보면요. 모용세가도 모용휘로 인해 다시 재건될 테고요."

"오대세가의 자리를 노리던 이들이 악착같이 찍어 누르겠지. 새로운 경쟁자가 나타나는 걸 원하지 않을 테니."

"그건 어쩔 수 없는 부분입니다. 위로 올라가기 위해서는 이겨 내야 하지요. 본가 역시 그래왔고요."

"이제부터가 시작이라는 걸 저 녀석은 알까."

벽우진의 시선이 용봉전의 우승자에게로 향했다.

준우승자인 남궁혁과의 혈전으로 전신에 붕대를 칭칭 감고 있음에도 모용휘는 비무대 위에서 시선을 떼지 못하고 있었다. 더욱 더 강해지겠다는 열망이 두 눈에서 활활 불타올랐던 것이다.

"모르지만 패기로 밀어붙이는 게 또 젊음이 아니겠습니까."

"부럽다. 나도 그 패기 좀 가지고 싶다."

"……이미 충분히 가지고 계신 것 같습니다만."

"말투가 묘한데?"

벽우진이 눈살을 찌푸리며 제갈현을 쳐다봤다. 왠지 모르게 기분이 나빠졌던 것이다.

그런데 제갈현의 반응도 묘했다. 슬쩍 고개를 돌리며 시선을 피하며 화제를 돌렸다.

"개방과 협조해서 천하무림 비무 대회 기간 동안 샅샅이 수색하고 있는데 아직까지는 딱히 발견한 것이 없습니다."

"말 돌리는 걸 보니까 더욱 수상한데."

"흠흠! 장문인께 말씀을 드려야 할 것 같아서요."

"뭐 넘어가 주지. 난 사소한 걸로 질척거리는 성격은 아니니까."

벽우진이 어깨를 으쓱거렸다. 사실 그 역시 어느 정도는 인정하는 부분이기도 했었고.

"쉽게 색출해 내지 못할 거라고 예상을 하기는 했지만 그래도 혼적 정도는 찾아내지 않을까 했는데 아직까지는 별다른 성과가 없습니다."

"마교도라고 다 무공을 익힌 건 아니니까. 그리고 마공을 숨기는 방법도 많이 있을 테고."

"중원인 중에서도 마공을 익힌 이들이 적지 않으니까요."

제갈현의 이마에 주름이 많아졌다. 마음먹고 수색하는데도 정작 성과는 미비해서였다.

"아예 안 왔을 수도 있고. 그 녀석들은 일단 때려 부수는 걸 좋아하잖아. 암계나 귀계 그런 것들과는 거리가 멀지."

"과거까지는 그랬지만 지금은 또 달라질 수도 있습니다. 교주의 성향에 따라 방식은 달라지는 법이니까요."

"글쎄. 난 쉽게 달라지지 않을 거라고 생각하는데."

벽우진이 회의적인 표정을 지었다. 아무리 사람마다 성격이 다르다고 하지만 천년마교의 성향이 바뀔 거라고는 생각하기 힘들었다.

"저도 그럴 가능성은 희박하다고 생각하지만 책사는 기본적으로 변수에 신경 쓸 수밖에 없습니다. 가장 무섭고 두려운 것이 변수이니까요."

"예를 들면 저 아이처럼?"

"변수라면 변수라고 할 수 있겠지만 제 입장에서는 좋은 변수입니다."

준결승전임에도 조금도 긴장한 기색 없이 노고수를 가볍게 때려눕히는 현주혜의 모습에 제갈현이 웃었다. 저런 변수라면 그는 언제라도 두 손을 번쩍 들고서 반겨줄 준비가 되어 있었다.

"태성전의 우승자가 나온 것 같은데."

"형산파의 고수도 만만치 않습니다만. 그래도 결승까지 올라온⋯⋯."

제갈현의 말은 끝까지 이어지지 못했다. 심판의 배려에도 곧바로 결승전을 시작한 현주혜가 상대로 올라온 형산파의 고수를 단일검에 날려 보내서였다.

단 한 방으로 실격패를 만들어 버리는 광경에 제갈현이 어안이 벙벙한 표정을 지었다.

"저 녀석도 지겨웠던 모양이야. 흐흐흐!"

결승전답지 않게 너무나 싱겁게 끝난 대결에 제갈현은 물론이고 다른 이들도 멍한 표정을 지었다. 잔뜩 기대한 결승전이 너무나 허무하게 끝나서였다.

하지만 그들보다 더 충격을 받은 이는 형산파의 고수였다.

"이게, 무슨⋯⋯."

그는 그저 막기만 했을 뿐이었다. 한데 너무나 허망하게 결승전이 끝나 버렸다. 고군분투 끝에 결승전까지 겨우겨우 올라왔는데 말이다.

"시합 종료!"

허탈함에 말을 잇지 못하는 형산파의 고수를 잠시 응시하던 냉하성이 손을 번쩍 들며 시합 종료를 알렸다.

당혹스럽겠지만 어쩔 수 없었다. 규칙은 규칙이었기 때문이다.

또한 순간의 방심으로 승부가 갈리는 것 또한 비무였다.

"수고하셨습니다."

"……수고하셨소이다."

검을 집어넣은 후 정중히 허리를 숙이는 현주혜의 모습에 여전히 멍한 얼굴로 서 있던 노고수가 힘겹게 대답을 한 후 몸을 돌렸다.

어이가 없었지만 그럼에도 받아들여야 했다. 방심한 자신이 잘 못이지 그걸 노린 현주혜가 잘못한 것은 아니었으니까.

"태성전의 우승자는 보타문의 현주혜입니다!"

"까아아악!"

"최고다!"

"고맙다! 덕분에 한탕 했다!"

관중석에서 온갖 소리가 터져 나왔다.

그런데 유달리 여인들의 반응이 열렬했다. 뭇 남성들을 죄다 쓰러뜨리고 현주혜가 우승하자 묘한 감정이 드는 모양이었다.

반면에 몇몇 남자들은 눈살을 찌푸렸다.

"우승 소감을 말씀하시죠."

"딱히 할 말이 없습니다만."

"그럼 지금 보고 싶은 사람은요? 그분에게 하고 싶은 말을 해도 됩니다."

사방에서 터져 나오는 환호성에 귀가 아파 올 지경이었지만 현주혜의 얼굴은 담담했다. 시종일관 무덤덤한 얼굴로 서 있었던 것이다.

심지어 결승전까지 오면서 그녀는 상처 하나 입지 않았다.

'강해. 역시 검후라는 건가.'

오늘은 심판으로서 이 자리에 있었지만 냉하성 역시 한 명의 무인이었다. 또한 괴성이라 불릴 정도의 고수가 그랬다.

그렇기에 냉하성은 그 어떤 참가자들보다 현주혜의 무경을 가장 깊게까지 볼 수 있었다.

"누구에게나 할 수 있는 건가요?"

"예, 지금 이 순간은 현 소저를 위한 시간이니까요."

"그럼."

냉하성의 대답에 현주혜가 고개를 돌렸다. 그런데 그녀의 시선이 향한 곳은 사부가 앉아 있는 곳이 아니었다.

"어?"

갑자기 이쪽을 바라보는 시선에 제갈현의 두 눈에 의문이 서렸다. 보통은 사부나 사형제들을 찾는데 뜬금없이 이곳을 쳐다보니 의아했던 것이다.

"곤륜의 벽 장문인께 하고 싶은 말이 있습니다."

"응?"

누가 우승을 하던 관심 없다는 듯이 늘어지게 하품을 하던 벽우진이 퍼뜩 놀랐다. 아이들에게 복기를 어떻게 시켜야 하나 고민할 때 갑자기 그의 이름이 들려서였다.

"장문인께 한 수 가르침을 받고 싶습니다."

"뭐야?"

갑작스러운 현주혜의 도전장에 관중들이 술렁거렸다.

그뿐만 아니라 각 파의 수장들 역시 당혹감을 감추지 못했다. 상황이 이렇게 흘러갈 줄은 누구도 예상하지 못했던 것이다.

"이거 어떻게 되는 거야?"

"근데 보고 싶기는 하다."

"그치? 사실 나도, 언제 또 패선의 무위를 볼 수 있겠어?"

그런데 그때 분위기가 묘하게 흘러가기 시작했다. 현주혜가 던진 돌이 어마어마한 파문을 일으켰던 것이다.

걷잡을 수 없을 정도로 커지는 열기에 냉하성이 난감한 표정을 지었다.

"이것 참."

설마하니 현주혜가 이런 말을 할 줄은 몰랐기에 냉하성이 당혹스러운 얼굴로 뒷머리를 긁적였다.

그러면서 그는 옆으로 삐딱하게 앉아 있는 벽우진을 슬쩍 쳐다봤다. 암만 생각해 봐도 그의 손을 떠난 일인 것 같아서였다.

"우리도 보고 싶다!"

"패선! 패선!"

"검후! 검후!"

들불처럼 일어난 기대감이 삽시간에 관중석을 집어삼켰다. 이번이 아니면 언제 또 벽우진의 무위를 볼 수 있을지 장담할 수 없기에 다들 한마음 한뜻으로 바랐던 것이다.

동시에 다들 궁금해했다. 천하제일인에 가장 근접해 있다는 벽우진이 어떤 무공을 보여줄지 말이다.

"장문인."

제갈현이 얼굴 가득 난감한 기색으로 벽우진을 불렀다.

예상치 못한 상황에 그 역시 당황한 모습이었다.

"하지 뭐."

"예?"

예상과는 다른 대답에 제갈현이 두 눈을 크게 떴다. 그가 알고 있는 벽우진은 이렇게 쉬운 인물이 아니어서였다.

"거절하면 계속 달라붙을걸. 처음부터 날 목표로 하고 있었어."

"검후가 말씀이십니까?"

"응, 착각인 줄 알았는데, 아니더라고."

벽우진은 태성전의 예선전이 치러지던 때를 떠올렸다.

처음 현주혜를 봤을 때 그녀는 정확히 벽우진을 응시했었다. 다른 누구도 아닌 오직 그만을 말이다.

"불편하시면 따로 자리를 마련하겠습니다."

제갈현이 조심스럽게 입을 열었다. 굳이 이 많은 관중들 앞에서 벽우진이 나설 필요는 없다고 생각해서였다.

위신도 위신이지만 체면도 걸려 있었기에 제갈현은 추후를 논했다.

"뭐 하러 그래. 번거롭게. 이미 판도 벌어져 있겠다, 장소도 마련되어 있겠다. 그냥 하면 되지."

"하지만……."

"하성이도 심판을 보고 있는데. 괜찮아."

벽우진은 손을 휘휘 저었다.

이런 분위기에서 안 나서면 오히려 그게 더 이상했다. 말도 안 되는 소문이 돌 수도 있었고.

그리고 달리 생각하면 기회이기도 했다.

'본 파를 알릴 수 있는 기회 말이지. 지금까지는 소문만 무성했으니까.'

벽우진이 강한 건 모두가 알고 있었다. 하지만 실제로 그의 무공을 본 이는 드물었다. 소문으로만 전해졌기 때문이다.

그래서 벽우진은 이 상황을 기회로 여겼다.

'더 이상 몰락한 문파가 아님을 알려줄 필요가 있지.'

용봉전에서 제자들이 엄청난 대활약을 했지만 그건 후기지수들 중에서였다. 딱 후대가 기대되는 정도.

하지만 벽우진이 나서면 이야기는 달라졌다.

더구나 상대가 태성전의 우승자이자 천하무림 비무 대회의 실질적인 우승자인 검후가 아닌가.

"무례한 부탁을 받아들여 주셔서 감사합니다."

"괜찮아. 무인이 호승심을 느끼는 건 당연한 거니까. 아, 내 나이는 알고 있지?"

"예, 편하게 말씀하세요."

겉모습은 또래처럼 보였지만 실제 나이 차이는 삼십이 넘었다. 그렇기에 현주혜는 대수롭지 않게 대답했다.

"하성이는 물러나고. 오늘 하루 고생했다."

"죄송합니다, 장문인."

"네가 일부러 만든 것도 아닌데. 괜찮아. 내려가서 구경하고 있어."

"예."

면목 없다는 듯이 냉하성이 고개를 숙이며 천천히 비무대 아래로 내려갔다.

그러자 놀랍게도 주변이 거짓말처럼 조용해졌다. 두 사람이 마주 보고 서자 다들 입을 다물고서 집중하는 것이었다.

"휴식은 필요 없겠지? 힘도 별로 안 쓰던데."

"보셨나 봐요?"

현주혜가 의외라는 표정을 지었다. 결승까지 올라오면서 가장 많이 본 게 하품하는 모습이었는데 그래도 용케 자신의 시합을 본 것 같아서였다.

"아무래도 가장 잘 보이는 자리에 앉았으니까. 보기 싫어도 보이더라고."

"봐주셔서 영광이라고 해야 하나요."

"영광까지. 그럼 시작하지. 다들 기다리고 있는데."

스르릉.

현주혜는 대답 대신 검을 뽑았다.

넣은 지 얼마 안 된 검을 다시 쥐고서 날카로운 눈으로 벽우진을 주시했다.

그런데 시작하자는 말을 꺼냈음에도 벽우진의 자세는 별반 달라지지 않았다. 처음 다가왔던 모습 그대로 서 있기만 했다.

'……근데 빈틈이 없다.'

현주혜의 동공이 흔들렸다.

단순히 그냥 가만히 서 있는 것뿐인데 놀랍게도 빈틈이 없었다. 어느 곳 하나 노릴 만한 곳이 보이지 않았던 것이다. 심지어 아직 벽우진은 검조차 뽑지 않은 상태였다.

'권각술에도 일가견이 있으니 검이 있든 없든 상관은 없겠지. 근

데, 자존심은 상하네.'

벽우진이 강하다는 건 그녀도 잘 알았다. 처음 본 순간부터 본능적으로 느낄 수 있었으니까.

그런데 이렇게 앞에 서보니 더욱 확실하게 알 수 있었다.

꿀꺽.

보는 것만으로도 막막함을 느끼게 만드는 벽우진의 모습에 현주혜가 침을 삼켰다. 어렵게 얻은 자리인 만큼 흘러가는 시간조차도 아까웠지만 그렇다고 섣불리 달려들 생각은 없었다.

'말리는 순간 끝이야.'

힘들게 얻은 기회를 허망하게 날릴 생각은 눈곱만큼도 없었다.

그렇기에 현주혜는 신중하게 벽우진을 주시하며 천천히 옆으로 움직였다. 조금씩 변화를 주어 빈틈을 만들려는 것이었다.

'으음.'

하지만 벽우진은 조금의 방심도 하지 않았다.

그저 심유한 눈빛으로 그녀를 따라 천천히 방향을 틀기만 했다. 딱히 별다른 행동을 취하지 않고서 말이다.

'그렇다면.'

조금의 방심도 하지 않는 벽우진의 모습에 현주혜는 결단을 내렸다. 이대로는 쓸데없이 시간만 흐를 것 같아서였다.

파파파팟!

결단을 내린 것과 동시에 그녀의 기도가 달라졌다.

착 가라앉아 있었던 그녀의 기도가 순식간에 날카로워졌다.

동시에 벽우진에게로 예리한 기세가 쇄도했다. 의형살인강이라고도 불리는 무형강기가 사방에서 그를 노리며 쏘아졌던 것이다.

푸스스스……

그러나 맹렬한 기세로 날아가던 무형강기는 벽우진의 근처에 다가가기 무섭게 힘을 잃었다.

폭풍이 한순간에 미풍이 되어버리는 것처럼 바스러지는 광경에 현주혜가 입술을 깨물었다. 무형강기에는 무형강기라는 듯이 벽우진이 너무나 쉽게 그녀의 공격을 막아내자 분한 표정을 지었던 것이다.

하지만 그렇다고 해서 그녀는 포기하지 않았다.

우·우·우·웅!

방금 전의 일격은 시작이었다는 듯이 현주혜가 공력을 가일층 끌어 올렸다.

동시에 땅을 박찼다. 무형강기로 벽우진의 사방과 머리 위를 공격하면서 자신 역시 검을 뿌렸던 것이다.

쩌저저적!

두 사람의 무형강기가 충돌하자 비무대 바닥이 사정없이 갈라졌다. 둘의 기운을 비무대가 감당하지 못했던 것이다.

하지만 이건 시작에 불과했다.

'빈틈이 없다면, 억지로라도 만들 수밖에!'

천하무림 비무 대회에서는 우승자였지만 지금 이 자리에서 그녀는 도전자였다. 그렇기에 현주혜는 망설이지 않았다. 신중한 것은 필요했지만 그렇다고 마냥 시간만 보내기도 싫었다.

"진즉에 그렇게 나왔어야지."

무형강기로 휘몰아치면서 그 틈을 타 기습적으로 검을 찔러 넣는 현주혜를 바라보며 벽우진이 씩 웃었다. 아무리 후배라지만 마냥 기다리기만 하는 건 지루해서였다.

스슥.

뒷짐을 진 채로 서 있던 벽우진이 한줄기 섬광처럼 파고드는 검극을 힐끔거린 후 몸을 옆으로 비틀었다. 반보를 움직이지 않고 허리만 움직여서 현주혜의 찌르기를 피해냈던 것이다.

"흡!"

그러나 그 모습을 지근거리에서 봤음에도 현주혜는 놀라지 않았다.

도전자의 입장이었기에 벽우진이 무엇을 하든, 어떻게 피하든 당황하지 않고 그대로 이어서 공격을 펼쳤다. 찌른 상태에서 검을 비틀어 그대로 횡 베기를 펼친 것이다.

스웅.

예리한 현주혜의 일검이 벽우진의 몸을 갈랐다.

하지만 현주혜의 표정은 좋지 않았다. 손맛이 전혀 없다는 건 한 가지를 뜻해서였다.

쉬이익!

예상대로 갈라졌던 벽우진의 신형이 흐릿해졌다. 현주혜의 검은 잔상을 베었던 것이다.

그것을 알아차림과 동시에 그녀는 몸을 돌렸다.

쩌어어엉!

몸을 돌린 현주혜는 곧바로 검을 끌어당겼다. 검면으로 몸을 보호하듯 상반신을 가렸던 것이다.

그와 동시에 벽우진의 손등이 검신을 가격했다.

"큭!"

"감이 좋은데? 아니, 경험에서 우러나온 직감인가?"

마치 날벌레를 쫓듯이 가볍게 휘두른 손등이었지만 그 안에 실린 힘은 강대하기 그지없었다. 수십 년을 수련한 그녀의 중심을 단번에 무너뜨릴 정도로 말이다.

하지만 두 발자국의 뒷걸음질로 충격의 대부분을 흘려보낸 현주혜는 곧바로 검을 휘둘렀다. 접근한 이 상황을 놓칠 수 없어서였다.

'전력으로 간다!'

입술을 앙다문 현주혜가 보타문의 절학을 극성으로 펼쳤다.

이윽고 그녀의 검에서 새하얀 검강과 함께 수많은 검들이 솟구치기 시작했다.

"검해(劍海)인가."

벽우진이 사뭇 놀랍다는 표정을 지었다. 웬만한 이해가 아니고서는 펼칠 수 없는 검공이었기에 순수하게 감탄했던 것이다.

단순히 공력이 많다고 해서 펼칠 수 있는 게 아니었기에 벽우진은 놀란 얼굴로 우장을 활짝 펼쳤다.

콰콰콰쾅!

이윽고 벽우진의 장심 앞에서 펼쳐진 호신강기에 검해가 쏟아졌다. 노도와 같은 기세로 거칠게 벽우진을 밀어붙였던 것이다.

하지만 현주혜의 공격은 이것이 전부가 아니었다. 정면에서는 검해를 펼치면서도 무형강기를 쉴 새 없이 조종해 벽우진의 뒤를 노렸다.

'이것 봐라?'

뒤를 생각하지 않는다는 듯이 이번 공격에 모든 것을 쏟아붓는 현주혜의 모습에 벽우진이 재미있다는 표정을 지었다. 단순 무식하게 밀어붙이는 것 같지만 노리는 게 따로 있다는 것을 알 수 있어서였다.

'엉큼하긴.'

벽우진이 피식 웃었다. 그녀가 노리는 게 무엇인지 알기에 실소가 절로 나왔던 것이다.

'제대로 해볼까나. 후배가 이렇게 처절하게 달려드는데.'

벽우진은 마음을 달리 먹었다. 진지하게 자신의 모든 것을 걸고 달려드는 후배에게 예의를 다하기로 마음먹은 것이었다.

그리고 그건 곧 기세에 드러났다.

후우우웅!

단순히 마음을 달리 먹은 것만으로도 벽우진의 기세가 달라졌다.

지금껏 물에 물 탄 듯, 술에 술 탄 듯 흐릿하던 존재감이 한순간에 폭발적으로 솟구쳤던 것이다.

퍼퍼퍼펑!

단순히 기운을 일으킨 것뿐인데도 현주혜의 무형강기가 산산조각 났다.

그러나 현주혜는 그것에 신경 쓸 겨를이 없었다. 왜냐하면 그녀의 귓가로 검을 뽑는 소리가 들려서였다.

'지금부터가 진짜다.'

방금 전까지는 그저 어울려 준 것에 불과했다. 어디 한번 마음 껏 날뛰어보라는 듯이 말이다. 그래서 그녀가 마음대로 공격했던 것이고.

하지만 이제부터는 다를 터였다.

쩌어어억!

지금껏 단 한 번도 그녀의 믿음을 배신하지 않았던 검해가 갈 라졌다. 한줄기 검광에 그녀가 펼친 검해가 너무나 무기력하게 양 분되었던 것이다.

"흐아압!"

도도하게 검해를 가르며 다가오는 벽우진의 일검을 향해 현주혜 는 오히려 달려들었다. 피하기보다는 정면 승부를 걸었던 것이다.

"좋은 선택."

느리지도 빠르지도 않지만 정확하게 뻗어나가는 검격을 향해 정 면으로 달려드는 현주혜의 모습을 보며 벽우진은 작게 고개를 끄 덕였다. 피한다고 될 공격이 아니란 걸 알아차린 게 대견해서였다.

꽈아앙!

벽우진의 검과 현주혜의 검이 허공에서 충돌했다.

그러자 귀청이 찢어질 법한 굉음이 비무대에서 터져 나왔다. 두 사람의 공력을 잔뜩 머금은 검이 부딪치니 자연스레 무지막지한 폭발이 일어났던 것이다.

쩌저저적!

그뿐만 아니라 비무대도 남아나질 않았다. 잔금이 가 있던 비무대가 이번 격돌로 인해 수십 개의 깊은 고랑이 파였다.

휘이익!

하나 현주혜에게는 딱히 변수가 되지 않았다. 허공을 자유롭게 노닐 수 있는 그녀에게 지면의 상황은 크게 중요치 않아서였다.

지금만 하더라도 허공답보를 자연스럽게 펼치는 모습에 관중석에서 감탄이 터져 나왔다.

쌔애애액!

폭발에도 밀려나지 않았던 현주혜는 쉴 새 없이 검을 휘둘렀다. 그녀의 근간이라 할 수 있는 환검을 극성으로 펼쳤던 것이다.

하나하나가 허상이지만 진짜이기도 한 아홉 개의 검격이 벽우진의 전신 사혈을 노리고서 파고들었다.

까앙! 깡!

그러나 벽우진도 만만치 않았다. 단순하지만 간결하게 현주혜의 공격을 모조리 튕겨냈다.

그뿐만 아니라 무형강기로도 그녀를 끈질기게 몰아붙였다.

스극. 스그극.

보이지 않기에 더 위협적인 무형강기가 끊임없이 그녀를 노렸다.

심지어 은밀하게 스며들었기에 그녀로서는 순간순간 섬뜩할 수밖에 없었다.

'제대로 상대해 주는 건 고맙지만, 이건 너무……!'

현주혜가 몸을 비틀었다. 강맹한 검격을 피하기 무섭게 벽우진의 좌장이 그녀의 단전을 노리며 파고들어서였다.

그런데 그게 끝이 아니었다.

파파파파팡!

활짝 펼쳐진 벽우진의 좌수에서 다섯 줄기의 지풍이 뿜어져 나왔던 것이다.

그것도 지척에서 뿌려지는 공격이었기에 현주혜는 다급하게 호신강기를 펼쳤다.

"소용없어."

현주혜의 뇌리로 짧은 한마디가 들려왔다.

그리고 그 말에 그녀는 가일층 공력을 끌어 올렸다. 전력을 다해 호신강기를 펼쳤던 것이다.

쩌저적!!

그리고 그 순간 섬뜩한 소리가 들려왔다. 호신강기에 금이 가기 시작했던 것이다.

그걸 들음과 동시에 현주혜가 허공으로 솟구쳤다.

호신강기를 방패 삼아 몸을 날린 것이다.

"흡!"

그런데 허공으로 솟구치기 무섭게 검은 그림자가 그녀를 덮었다. 마치 이렇게 움직일 거라고 예상했다는 듯이 벽우진이 현주혜의 앞에 서 있었던 것이다.

콰아앙!

눈이 마주친 순간 벽우진은 망설임 없이 무상검을 휘둘렀다. 무자비하게 그녀를 내리찍었던 것이다.

"크윽!"

가까스로 검을 들어 참격을 막아내기는 했지만 충격은 어쩔 수 없었다.

워낙에 강력한 일격이었기에 현주혜는 바닥으로 곤두박질쳤다. 하지만 이내 번개같이 몸을 일으켰다. 이어질 후속 공격에 대비한 것이다.

스슥!

과연 예상했던 대로 벽우진의 신형이 순식간에 접근했다. 예의 무시무시한 검강을 일으킨 채로 그녀에게 휘둘렀던 것이다.

'이번에는 밀리지 않아!'

현주혜의 두 눈이 형형하게 빛났다.

별다른 반격조차 하지 못하고 속수무책으로 당하자 독기가 바짝 선 것이었다.

그래서인지 그녀의 검세는 더욱 예리해지고 빨라졌다.

츠츠츠츠!

다시 한번 펼쳐지는 아홉 개의 검강이 벽우진에게 날아갔다. 하나같이 치명적인 사혈을 노리며 벼락처럼 뻗어나갔던 것이다.

"아직도 깨닫지 못한 모양인데."

"……!"

쩌어엉!

현주혜가 두 눈을 부릅떴다. 부딪친 순간 너무나 허망하게 박살 나는 자신의 검강에 놀란 것이었다.

심지어 벽우진은 별다른 초식을 펼치지도 않았다. 그저 적절한 위치에서 검을 휘두른 것이 전부였다.

한데 그 검을 그녀는 막을 수가 없었다.

"못 깨달으면 여기에서 끝이야."

생사결이었다면 승부는 진즉에 갈렸을 터였다.

하지만 이건 비무였다. 게다가 현주혜가 직접 가르침을 받고 싶다 말하기도 했었고. 그렇기에 벽우진은 차분하게 기다려 주었다.

펑! 퍼엉!

물론 그렇다고 해서 가만히 있지만은 않았다.

시작된 비무는 계속 되어야 하므로 차례차례 현주혜의 검강을 박살 냈다.

울컥!

혼신의 힘을 다해 펼친 검강이었기에 하나씩 박살 날 때마다 그녀가 받는 충격 역시 적지 않았다. 이미 내상이 계속 축적되기도 했었고.

하지만 그녀는 식도를 타고 올라오는 핏물을 억지로 짓누르며 벽우진의 말을 곱씹었다.

'깨닫지 못하고 있다고? 내가?'

현주혜가 두 눈을 부릅뜨고서 벽우진의 검을 바라봤다.

단순하기 그지없는 검로. 그런데도 신기하게 피할 수가 없었다.

'거기까지는 알아. 나도 하수들을 상대로 할 수 있으니까. 하지만 장문인이 말하는 건 이게 아냐.'

쉴 새 없이 공방을 주고받으면서도 현주혜는 생각하고 또 생각했다. 악착같이 버티며 벽우진의 말을 곱씹었던 것이다.

카아앙!

그러던 어느 순간 지금까지와는 다른 충돌음이 들렸다.

동시에 벽우진의 입가에 옅은 미소가 떠올랐다.

"이제야 감을 좀 잡았나 보군."

지금까지와는 다르게 박살 나지 않은 검강을 쳐다보며 벽우진이 웃었다. 이제 좀 깨달은 것 같아서였다.

"밀도인가요."

"흔히들 말하잖아? 혼을 실어야 한다고. 그거와 비슷하게 생각하면 돼. 또한 공력이 많으면 좋지만 그렇다고 꼭 많을 필요는 없고 말이지."

"집중과 압축인가요."

"맞아."

씩 웃은 벽우진이 검을 크게 휘둘렀다. 간결하게 딱 필요한 만큼만 검을 움직이던 것과 달리 큰 동작을 펼쳤던 것이다.

하지만 그 틈을 현주혜는 노릴 수 없었다. 틈이 벌어진 순간 무지막지한 무형강기가 그녀를 덮쳐왔기 때문이다.

"크윽!"

송곳처럼 찔러대는 무시무시한 무형강기에 현주혜 역시 마찬가지로 무형강기를 일으키며 응수했다.

그러나 공력도 공력이지만 무형강기를 제어하는 실력 차이가 너무나 컸다.

마치 어른과 어린아이의 싸움과도 같은 격차에 현주혜는 속수무책으로 밀렸다.

"패선이 대단하기는 한가 보네. 상대가 안 돼."

"태성전의 우승자를 마치 어린아이 다루듯 하네."

눈에 보이지 않는 공방이었지만 그렇다고 느끼지 못하는 건 또 아니었다.

그렇기에 관중들은 입을 다물지 못했다. 태성전과는 격이 다른 수준에 연신 감탄했던 것이다.

툭.

그때 벽우진이 무상검을 손에서 놓았다. 던진 것도 아니고 그냥 놓아버렸다.

동시에 사방팔방에서 탄성이 터져 나왔다. 난생처음 보는 이기어검에 관중들이 깜짝 놀란 것이었다.

"부족한 경험을 오늘 이 자리에서 조금 채워주지."

"흡!"

손에서 놓기 무섭게 빛살처럼 쇄도하는 무상검을 현주혜는 반사적으로 막았다.

그러나 이기어검은 막는다고 해서 끝이 아니었다. 허공을 자유자재로 날아다니는 만큼 상대하기가 너무나 까다로웠다.

또한 이기어검을 처음 겪어보았기에 그녀는 더더욱 어려움을 느꼈다.

콰앙! 쾅!

정신없이 몰아치는 공세에 현주혜는 정신을 차리지 못했다.

하지만 한편으로는 그 어느 때보다 긴장한 상태로 검을 휘둘렀다. 하나하나가 치명적인 공격이기에 극도의 집중력이 발휘될 수밖에 없었던 것이다.

쿵!

하나 그것도 오래가지 못했다. 급격한 체력 소모에 끝내 무너지고 말았던 것이다.

지금까지는 정신력으로 어떻게든 버텼으나 한계는 어쩔 수가 없었다.

"후욱! 훅!"

체력은 물론이고 공력 또한 한 톨도 남아 있지 않았다.

그런데 의외로 현주혜의 표정은 밝았다. 모든 것을 쏟아부었기에 후회도, 미련도 없었던 것이다. 오히려 땀범벅이긴 해도 그녀는 미소를 짓고 있었다.

"어때? 너보다 고수와 겨뤄본 소감이."

"사부님께서 왜 그렇게 큰 세상에 나가야 한다고 말했는지 깨달았어요."

"세상도 세상 나름이야."

"새로운 세상을 보여주셔서 감사합니다."

도도하고 차가웠던 첫인상에 어울리지 않게 농담을 하는 현주혜의 모습에 벽우진이 어이없다는 듯이 웃었다. 짧은 사이에 심경의 변화가 너무 큰 것 같아서였다.

"알면 됐다."

무상검을 집어넣은 벽우진이 다시 뒷짐을 지고서 자리도 휘적휘적 걸어갔다.

갑작스러운 현주혜의 도전에 비무대 위로 올라오기는 했지만 아직 비무 대회는 끝나지 않았다. 3, 4위전이 남아 있었기에 피해 주는 것이었다.

"끝나고 식사 한 끼 대접하고 싶습니다, 장문인."

"먹은 걸로 칠게."

멀어지는 벽우진을 향해 현주혜가 다급히 입을 열었다.

그러나 벽우진은 고개도 돌아보지 않고서 대답했다. 일고의 가치도 없다는 듯이 말이다.

그 모습에 현주혜가 재미있다는 표정을 지었다.

'이렇게 대차게 까이는 건 또 처음이네.'

소녀 때부터 그녀는 뭇 남자들의 엄청난 관심을 받았다.

아니, 애기였을 때부터 남녀를 불문하고 모든 사람들이 그녀를 좋아했다.

어쩌면 그렇기에 여인들의 문파인 보타문에 들어가게 된 걸지도 몰랐다. 적어도 남자들처럼 대놓고 욕망 어린 눈빛을 보내지는 않았으니까.

"저기……."

"아, 네. 내려갈게요."

멀어지는 벽우진을 흥미로운 눈으로 응시하던 현주혜는 옆에서 들려오는 인부의 음성에 곧바로 이동했다. 벽우진과의 대결로 인해 멀쩡한 곳을 찾기 힘들 정도로 비무대가 박살이 났기에 황급히 피해주는 것이었다.

잠시 후 미리 대기하고 있던 수십 명의 인부들이 예비 석재를 이용해 비무대를 다시 멀쩡히 복구했다.

하지만 곧바로 이어진 3, 4위전은 관중들의 큰 호응을 받지 못했다. 워낙에 벽우진과 현주혜의 대결이 강렬했기에 상대적으로 시시해 보였던 것이다.

그리고 그렇게 천하무림 비무 대회는 막을 내렸다.

○

낙양의 온 거리가 불야성을 이뤘다.

짧다면 짧고 길다면 긴 천하무림 비무 대회가 끝나자 사람들이 술과 음식으로 밤을 지새우기 시작했던 것이다.

그야말로 미어터진다는 표현이 너무나 잘 어울릴 정도로 사람들로 가득한 대로의 모습에 벽우진은 고개를 절레절레 저었다. 밖의 광경을 보니 나갈 엄두가 나지 않았던 것이다.

"아이들은?"

"다들 복기하느라 정신이 없는 것 같습니다."

"그래도 밥은 먹어야 하는데."

청민의 대답에 벽우진이 입맛을 다셨다. 시간을 허투루 쓰지 않는 게 대견스럽기도 했지만 한편으로는 걱정도 되어서였다.

"음식 많이 준비했는데."

"제가 다 먹을 수 있습니다! 안 그래 백륜?"

"어, 다섯 명이서 먹기에는 양이 좀 많은데요."

아쉽다는 듯이 중얼거리는 배혁문의 말에 석정후가 호기롭게 말했다.

원탁 위에 올라온 음식이 적은 건 아니었지만 그렇다고 먹지 못할 정도는 아니라고 생각해서였다.

"천천히 먹으면 다 먹을 수 있어!"

"하하. 꼭 다 먹을 필요는 없다고 생각하는데요. 남기면 되죠."

"음식을 남기면 못 써. 이게 다 돈인데."

석정후가 단호히 고개를 저었다.

낭비라면 그 역시 일가견이 있었지만 그렇기에 더더욱 조심하고 경계해야 했다. 자고로 돈이란 버는 건 어렵고 쓰는 건 금방이었다.

"……며칠 사이에 너무 달라지신 것 같습니다."

"달라져야지. 이제부터는 돈을 벌어야 하니까. 내 능력을 증명하기 위해서라도 말이야."

"갑자기 눈앞이 캄캄해지는데요."

백륜의 안색이 어두워졌다.

후계자는 아니지만 석정후가 쓸 수 있는 돈은 제법 많았고, 덕분에 그 역시 나름 호화롭게 지낼 수 있었다. 그런데 지금의 모습을 보아하니 앞으로는 많은 게 달라질 것 같았다.

"에이. 너무 걱정하지 마. 그렇다고 내가 좀생이처럼 하겠어? 쓸 때는 평소처럼 쓸 거야. 다만 쓸데없는 지출을 줄이려는 거지. 제일 무서운 게 눈먼 돈이 나가는 거니까."

"철들었네, 우리 정후."

"확실히 입장이 달라지니까 마음도, 생각도 달라지는 것 같아요."

"일단 먹자. 애들은 나중에 따로 시켜주면 될 일이니."

창가에 서 있던 벽우진이 자리에 앉았다. 그러자 그의 주위로 청민과 배혁문, 석정후와 백륜이 앉았다.

"간단히 데워 먹을 수 있는 것들은 빼놓을까요. 너무 늦으면 숙수가 퇴근해서 따로 음식을 만들기 힘들 거예요."

"그럴 바에는 식어도 괜찮게 먹을 수 있는 음식을 빼놓는 게 나을 것 같은데."

말과 동시에 빠르게 음식들을 골라내는 석정후의 모습에 벽우진이 피식거렸다.

첫인상은 부티 나는 귀공자였는데 지금은 억척이가 따로 없는 모습에 실소가 절로 나왔다.

"일단 먹어. 한 끼 굶는다고 죽을 애들도 아니고 육포도 넉넉히 있으니까. 그리고 그렇게 오래 안 걸릴 거야."

"알겠습니다."

석정후가 움직이던 손을 멈췄다.

사형제들도 중요하지만 그래도 벽우진과 비교할 수는 없었다. 게다가 아직 벽우진이 어떤 음식을 좋아하는지 확실하게 파악되지 않았기에 석정후는 조심스럽게 음식들을 제자리에 돌려놓았다.

"그래, 결정은 내렸어?"

"사부님께서 허락하신다면 일단 본가로 돌아갈까 합니다. 본가에서 해야 할 일이 있어서요."

"예전처럼 안전하지는 않을 거야."

벽우진이 소채볶음을 입에 넣으며 말했다.

야망을 드러낸 만큼 이제부터는 두 형에게서 제대로 된 견제가 들어올 게 자명했다.

"각오하고 있습니다."

"어쩌면 암살이 있을 수도 있어. 석가장에서 곤륜산은 너무나 멀리 있으니까."

"그럴 수도 있겠지요. 하지만 피하지 않을 생각입니다. 피하기만 해서는 아무것도 얻을 수 없으니까요. 그리고 위험한 건 두 형도 마찬가지입니다."

암살 시도는 누구나 받을 수 있었다. 그렇기에 석정후는 그 부분에서는 적어도 셋 다 같은 상황이라고 생각했다.

또한 본가에서는 섣불리 시도하지 않을 거라고 생각했고.

만약 자신이 죽는다면 가장 의심받을 사람은 아무래도 두 형일 테니까.

"정면 돌파라는 게냐."

"한 번 피하면 계속 피해야 하니까요. 그리고 계획해 둔 것도 있고요. 일단 지금 급한 쪽은 두 형들이기도 하고요. 그만큼 사부님이라는 패는 강력하니까요."

"일수를 붙여주마. 함께 가라."

"감독관인가요."

석정후가 장난스럽게 웃었다. 자신에게 힘을 실어주려는 것 말고도 다른 의도가 있는 것 같아서였다.

"맞아. 난 내 제자가 어디 가서 맞고 다니는 건 보는 것도, 듣는 것도 싫거든. 일이 많겠지만 시간은 어떻게든 만들면 되는 법이다. 일이 많아서 시간이 없었다는 건 변명에 불과해."

"실망시켜 드리지 않겠습니다. 그리고 감사합니다."

"고마울 것 없다. 나도 손해만 보지는 않을 테니까. 청하상단이 곧 너를 찾아갈 거다. 너무 냉대하지 말고."

"서로에게 도움이 되도록 노력하겠습니다."

석정후가 눈을 빛냈다.

청하상단이라는 패를 잘만 활용하면 자신의 지지 기반을 다지는 데 크게 도움이 될 것 같아서였다.

"해보고 안 되겠다 싶으면 언제라도 곤륜산으로 오고. 적어도 네가 머물 자리는 있으니까."

"알겠습니다."

가슴이 따뜻해지는 한마디에 석정후가 빙그레 웃었다. 자리가 있다는 말이 그렇게 든든할 수가 없어서였다.

낙양의 거리는 수많은 사람들로 시끌벅적했지만 현주혜의 처소만은 달랐다. 비교적 외곽에 위치한 객잔의 별채를 빌렸기에 크게 시끄럽지는 않았던 것이다.

"후우우."

침상 위에서 가부좌를 틀고 있던 현주혜가 깊은 날숨을 내쉬었다.

하지만 눈꺼풀은 쉴 새 없이 움직였다. 오늘 오후에 있었던 벽우진과의 비무를 복기하는 것이었다.

특히 그녀는 벽우진의 검을 처음으로 받아냈을 때를 몇 번이고 떠올랐다.

'결국 초심인 건가.'

보타문의 검법은 빠르고 화려했다. 아무래도 여인들만 익히는 무공이었기에 힘보다는 속도를 중시했던 것이다.

하지만 벽우진은 달랐다. 환검에 현혹되기보다는 그냥 정면으로 깨부쉈다.

'어떻게 보면 참 단순한 건데 말이지. 막으면서 상대의 공격을 깨부순다.'

지극히 정론적인 공방이었지만 거기에 상대를 압도하는 힘이 실리면 얘기가 달라졌다.

굳이 변화를 추구하지도, 빈틈을 노릴 필요도 없었다. 그냥 찍어 누르면 끝났다.

'물론 그 경지까지 가기 위해서는 엄청난 경험을 쌓아야 하겠지만.'

현주혜는 보타문 최고의 고수였다.

또한 무림에서도 적수가 그리 많지 않았다. 그 대단하다는 구파일방과 오대세가의 수장들과도 딱히 큰 차이를 느끼지 못할 정도로 말이다.

하지만 벽우진은 달랐다.

'격이 다른 괴물, 정도일라나.'

소림무제와 무당권제, 제왕검은 솔직히 그녀도 승부를 장담할 수 없었다.

하지만 비벼볼 여지는 있다고 생각했다. 운이 조금 따른다면 승리하는 것도 불가능하지만은 않다고 생각했고.

그러나 벽우진은 달랐다.

'일검에 승부가 났을 수도 있어.'

벽우진이 마음만 먹었다면 단 일검에 승부가 났을 터였다.

직감과도 같은 느낌이었지만 그녀는 확신했다. 만약 벽우진이 진심으로 검을 휘둘렀다면 단 한 방에 자신은 끝났을 거라고.

'검을 휘두르지도 않았겠지.'

벽우진 정도의 고수쯤 되면 검의 유무는 크게 중요치 않을 터였다. 그래서 강호에 등장한 초반에 주먹만 사용했던 것일 테고.

'근데 그런 경험을 대체 어떻게 쌓은 거지?'

벽우진과 붙으면서 그녀는 자신에게 가장 부족한 것이 무엇인지 깨달았다.

하지만 그렇기에 의문이 들었다. 자기보다 강하거나 비슷한 상대를 찾는 건 고수가 될수록 어려운 법인데 벽우진은 이상하게 그러한 경험이 많은 것처럼 느껴졌다.

"분명히 58년 동안 혼자 갇혀 있었다고 들었는데. 혹시 은거한 분이 계셨나? 그분에게 사사한 거라면 말이 되기는 하는데."

똑똑똑.

날숨과 함께 명상을 끝낸 현주혜가 고개를 돌렸다.

마치 이때쯤 끝낼 줄 예상했다는 듯이 절묘한 순간에 찾아오는 기적에 그녀는 실소를 흘리며 문을 열었다.

"배는 안 고프니?"

"한 끼 굶는다고 죽나요."

"그래도 많이 움직여서 출출할 텐데."

"입맛이 없어요."

너무나 자연스럽게 방 안으로 들어오는 연진청에게 자리를 권하며 현주혜가 고개를 저었다. 빈말이 아니라 정말로 허기가 지지 않아서였다.

"분해서 그런 건 아니고?"

"태어나서 처음 진 것도 아닌데요."

현주혜가 어깨를 으쓱거렸다.

지금이야 보타문주이면서 검후라는 별호를 이어받았지만 그전에는 수도 없이 패배했었다. 그렇기에 패배는 익숙했다.

"근 10년 동안 진 적이 없는 것으로 기억하는데?"

"역시 정정하시네요. 마음이 놓여요."

"이것이."

자연스럽게 나이를 거론하는 제자의 모습에 연진청이 눈매를 치켜올렸다.

하지만 그럴수록 현주혜의 미소는 짙어졌다.

"늘 제가 걱정하는 거 아시죠?"

"알면 좀 잘해. 사부 말도 잘 듣고."

"지금보다 더 어떻게 잘 들어요?"

"말도 좀 고분고분하고. 그래서 남자를 만나겠어?"

현주혜가 눈을 흘겼다. 어째 요즘 들어 자꾸 남자를 거론하는 것 같아서였다. 정작 그녀는 아무 생각이 없는데 말이다.

"요즘 왜 그러세요?"

"네 미모가 아까워서 그런가. 내가 네 얼굴이었으면 진짜 이 남자, 저 남자 다 만나고 다녔을 게야."

"사부님도 미인이셨잖아요."

"어중간한 미녀였지. 너처럼 압도적이진 않았어."

연진청이 과거를 회상하듯 허공을 멍하니 응시했다. 젊은 시절 자신을 떠올리는 모양이었다.

"남자에는 관심 없어요."

"지금까지는 검이 좋았으니까. 근데 사람 마음이라는 게 말이다. 자신의 의지와는 다르게 흘러가기도 해. 운명처럼 사랑에 빠지기도 하고."

"그것도 사람 나름이죠."

현주혜가 단호하게 고개를 저었다.

감수성이 풍부한 사람이라면 모를까 감정이 메마른 자신과는 거리가 먼 이야기였다. 그리고 그 사실을 누구보다 잘 아는 게 바로 눈앞에 있는 연진청이었다.

"사람 일은 어떻게 될지 모르는 거야."

"그것도 맞는 말씀이고요."

"붙어보니 어땠어?"

"완전 발렸죠, 뭐. 애초에 상대가 안 되던 걸요."

몇 번이고 복기해 봐도 답이 보이지 않았다.

이런 경우는 처음이었지만 그래서인지 오랜만에 불이 붙기도 했다. 어떻게든 이겨내겠다는 호승심이 활활 불타올랐던 것이다.

"내가 말했잖아. 아직 은거하기는 이르다고. 더구나 네 얼굴에, 네 몸매에."

"저보다 어리고 예쁜 애들도 많던데요."

"대신 그 아이들은 성숙미랑 농염미가 없잖니. 나이가 너무 어리지."

"저랑도 어울리지 않는데요."

현주혜가 어이없다는 표정을 지었다.

남자를 잘 아는 여자라면 모르겠지만 그녀는 남자의 손도 잡아 보지 못한 사람이었다.

"넌 있어. 아직 껍질을 깨지 못해서 네 자신이 모를 뿐."

"그게 무슨 말이에요."

"네가 내 나이만큼 살면 알게 될 거야. 그런데 주혜야. 한 번만 으로는 부족하지 않니?"

"뭐가요?"

"비무."

현주혜의 눈빛이 달라졌다. 단 두 글자였지만 그 말이 무엇을 뜻하는지 모르지 않아서였다.

"저야 하고 싶지만, 장문인께서 허락할까요?"

"그러니까 더더욱 대화를 나눠봐야 하지 않겠느냐."

"혹시?"

현주혜의 두 눈에 기대감이 서렸다.

안 그래도 복기하면서 몇 번이나 아쉬움을 달랬다. 만약 조금 이라도 따로 시간을 가졌다면, 무공에 대한 대화를 나누었다면 더욱 좋았겠다고 말이다.

하지만 낮에 있었던 비무도 그녀의 억지로 인해 만들어진 자리 였기에 차마 연락을 엄두가 나지 않았다.

"쑥스러움이 많은 제자를 대신해서 내가 서신을 보내놓았지. 아마 지금쯤 확인했을 거야."

"확정은 아니네요."

"이게? 나니까 그래도 인편이라도 보낼 수 있었지 다른 사람이었으면 시도조차 불가능했어. 벽 장문인 성격을 알면서 그래?"

"깐깐하고, 까칠하죠. 자기 사람이 아닌 사람에게는."

"그 말은 반대로 자기 사람에게는 잘한다는 뜻이기도 해. 그리고 벽 장문인 정도 되는 무인과 연을 맺어서 나쁠 것은 없지."

연진청이 연신 고개를 주억거렸다.

직접 본 벽우진은 소문과는 크게 달랐다. 실력만큼은 진짜였고.

게다가 여자와 관련된 염문조차 없었기에 연진청은 고민하지 않았다.

'본 문과 제자를 위해서이기도 하고.'

놀리는 것은 장난이었고 친분만 맺어도 그녀는 나쁘지 않다고 생각했다. 무섭게 성장하는 곤륜파와 좋은 인연을 맺어둔다면 보타문으로서도 나쁘지 않아서였다.

"답장이 안 올 수도 있어요."

"그럼 다른 방법을 찾아봐야지. 꼭 한 가지 방법만 고수할 필요는 없으니까."

"잘 되었으면 좋겠네요."

"다른 사람들 앞에서도 네가 그렇게 웃었으면 좋겠구나."

연진청이 부드럽게 웃으며 제자의 머리를 쓰다듬었다.

나이가 벌써 불혹이 지났지만 그녀에게 현주혜는 여전히 어린

아이였다.

"오랜만이네요. 사부님께서 이렇게 쓰다듬어 주시는 건"

"이젠 다 커서 기분 나쁘지?"

"아뇨. 좋아요. 그래서 저도 나중에 꼭 제자의 머리를 자주 쓰다듬어 줄 거예요."

"그것도 나쁘진 않지. 혼자보다는 나으니까."

흑단 같은 제자의 머리카락을 부드럽게 넘기며 연진청이 말했다.

··· 제6장 ···
# 집으로

또르륵.

곤륜산에서 가져온 찻잎이 적당히 뜨뜻한 물을 맞으며 서서히 차향을 뿜어냈다.

그 향에 제갈현의 고개가 절로 끄덕여졌다.

백호은침, 용정차 등 구하기 힘든 고급 차도 심심찮게 마셔본 제갈현이었지만 곤륜파에서 만든 차 역시 그에 못지않았다. 곤륜산 특유의 향과 맛이 난다고나 할까.

"이거 파는 겁니까?"

"특산품으로 팔아보려고. 맛이 나쁘지 않지?"

"맛있습니다. 개성이 확실하게 잡혀 있네요. 특이하지만 크게 이상하지 않은 느낌이랄까요. 특히 차향이 일품입니다."

"중원에서도 자주 접하게 될 거야."

제갈현의 극찬에 벽우진의 미소가 짙어졌다. 재배부터 가공까지 그도 직접 참여해서 만든 차였기에 제갈현의 칭찬이 더욱 기꺼웠던 것이다.

"혹시 석가장의 삼 공자를 받아들이신 게?"

"그건 우연이었고. 원래 계획은 청하상단을 이용해서 판매할 생각이었어. 청해성에 인접한 감숙성이랑 사천성을 시작으로. 근데 정후를 알게 되었으니 다른 성들도 가능해지겠지."

"중원상계의 절반을 석가장이 쥐고 있다는 말이 있을 정도이니까요."

"그 정도야?"

벽우진이 눈을 동그랗게 떴다. 석가장이 상계에서는 대단한 가문이라고 듣긴 들었지만 이 정도일 줄은 몰라서였다.

"모르셨습니까?"

"나 나온 지 이제 2년 좀 넘었다. 아는 것보다는 모르는 게 더 많아."

"아."

제갈현이 고개를 주억거렸다. 잠시 그 사실을 깜빡한 것이다.

그리고 벽우진은 굳이 58년의 공백이 아니더라도 석가장에 딱히 관심이 없었을 터였다. 지금이야 석정후 때문에 알게 되고 신경 쓰는 것이지.

"대단한 가문인가 보네."

"적어도 중원상계 내에서는 짝을 찾아보기 힘든 가문인 것은 사실입니다."

"쉽지 않겠는데."

"아마 집에 돌아가는 것도 어려울 것입니다."

벽우진을 향해 제갈현이 조심스럽게 말했다. 새롭게 부상한 경쟁자를 두 형들이 가만 놔두지 않을 게 분명해서였다.

물론 뒷배가 벽우진인 만큼 섣불리 움직이지는 않겠지만 그렇다고 가만히 있지도 않을 터였다.

"제갈가주도 같은 소리를 하는군."

"원하는 사람은 세 명이지만 자리는 하나뿐이니까요. 괜히 피바람이 몰아치는 게 아니지요."

"사람 욕심이라는 게 참 그래. 근데 나도 인간이라서 그런지 그럴 수밖에 없다는 게 이해가 가기도 해."

"모든 곳이 마찬가지이지 않겠습니까. 본가 역시도 그래왔고요."

제갈현이 어쩔 수 없다는 표정을 지었다.

착하게 살고 싶다고 해도, 자리에 관심이 없다고 해도 자격이 있는 순간 운명의 소용돌이를 피할 수 없었다.

결국 남은 선택지는 두 가지뿐이었다.

잡아먹든가, 잡아먹히든가.

"그 예로 현재 점창파를 들 수 있겠지."

"빨리 정리되기를 기다리고 있습니다."

"참, 포섭하는 건 어떻게 되어가고 있나? 천하무림 비무 대회는 끝났지만 진짜 중요한 일은 지금부터잖아."

"그게, 쉽지 않습니다."

제갈현의 표정이 어두워졌다.

수면 밑에 있던 고수들을 천하무림 비무 대회로 끌어 올렸지만 정작 그들을 포섭하는 건 어려웠다. 단순히 의협심만으로 설득하기에는 여러 가지 현실적인 문제들이 있어서였다.

"대부분이 정사 중간적인 성향이지?"

"예."

"명예는 얻고 싶지만 책임은 지고 싶지 않다, 이건가."

"정확합니다."

"쯧쯧. 명예도 살아 있어야 의미가 있는 것인데."

벽우진이 혀를 찼다. 이해가 안 가는 것은 아니지만 그래도 너무하다는 생각이 들어서였다.

속세에서 떨어져 있는 곤륜파는 전력을 다해서 세외의 침공을 막아내었는데 말이다.

'그리고 잊혔지.'

지금이야 자신이 패선이라 불리며 세인들이 치켜세워 주지만 벽우진은 잘 알고 있었다. 이것 역시 한때라는 사실을 말이다.

'누구보다 앞장섰지만, 그 대가는 멸문지화에 외면이었으니.'

벽우진도 이해가 안 가는 것은 아니었다.

곤륜파라는 선례가 있으니 당연히 책임져야 하는 식솔이 있으면 망설일 수밖에 없었다. 자신의 결정에 가문이, 문파가 풍비박산 날 수도 있는데 어찌 고민을 안 할 수 있을까.

'그런데 그렇게 따지면 나는 진짜 할 말이 많은데.'

벽우진의 고개가 삐딱해졌다.

막말로 가장 삐딱선을 타야 하는 이는 그였다. 강호가 불바다가 되거나 말거나 말이다.

"제가 혹시 잘못한 게 있습니까?"

벽우진의 표정이 불퉁해지자 제갈현이 눈치를 살폈다. 혹시나 자신이 잘못한 것이 있나 싶어서였다.

동시에 그는 벽우진을 만나는 순간부터 지금까지의 모든 대화를 곱씹었다.

"제갈가주 때문이 아냐. 좀 기분 나쁜 생각이 들어서."

"저도 들어볼 수 있을까요?"

"별거 아냐. 갑자기 사부님과 사숙님, 사백님들이 떠올라서."

"아……."

제갈현이 이해했다는 듯이 고개를 끄덕였다.

다른 이들은 꼰대적인 생각이라고 말할지 모르나 그의 생각은 달랐다.

전대의 곤륜파 도인들은 그 어떤 것도 바라지 않고서 천년마교를 막아섰다. 심지어 속세의 무인들도 아니었는데 말이다.

그런 점을 생각하면 벽우진의 입장에서는 이것저것 재는 모습이 충분히 못마땅할 터였다.

'우리라고 해서 크게 다를 것도 없지.'

지금이야 진심으로 사과를 하고 좋게 넘어갔지만 그렇다고 과거가 사라진 것은 아니었다.

또한 어떻게 보면 천년마교와 싸우는 건 중원을 위해서라기보다는 가문을 위해서였다. 천년마교가 중원의 명문세가이자 귀찮은 장애물이 될 제갈세가를 가만히 놔둘 리가 없기에 맞서 싸운다는 게 정확했다.

"일단 당장 닥친 일부터 처리하자고, 오지도 않은 미래에 걱정하지 말고, 대비는 하되 미리부터 걱정하진 말자."

"예."

"할 수 있는 만큼만 하는 걸로, 싫다는데 억지로 데리고 갈 수도 없는 문제이니까."

"그래도 최선을 다해보겠습니다."

제갈현이 다부진 얼굴로 대답했다. 일단은 해볼 수 있는 데까지는 해볼 생각이었다.

"그럼 천년마교 쪽은 현재 개방이 맡고 있는 건가?"

"예, 개방주가 직접 진두지휘하고 있습니다."

"후개를 얼른 찾아야 할 텐데."

"안 그래도 그것 때문에 더욱 동분서주하는 것 같습니다."

"다들 바쁘구먼."

벽우진이 차를 홀짝였다. 나름 바쁘게 시간을 보내는 것 같아서였다.

"장문인을 뵙고 싶어 하는 사람들이 정말 많습니다."

"내가 낯을 많이 가려서 말이지."

"허허허."

말도 안 되는 변명이었으나 제갈현으로서는 따질 수가 없었다. 벽우진이 그렇다면 그런 것이었으니까. 천하무림 비무 대회에 참여해 준 것만으로도 그는 감지덕지였다.

"제갈가주는 가장 오랫동안 낙양에 남아 있겠군."

"그럴 것 같습니다."

"고생이 참 많아."

"아닙니다. 실질적인 전투에서 큰 힘이 되지 못하니 이렇게라도 해야지요."

"도움이 필요한 게 있으면 언제라도 말을 하고. 다 들어준다고 장담은 못 하지만 그래도 노력은 해볼게."

특유의 화법에 제갈현이 미소를 지었다. 말은 저렇게 해도 상당히 신경 써줄 것임을 잘 알아서였다.

"이 차를 좀 얻어갈 수 있겠습니까?"

"말만 해. 차는 얼마든지 줄 수 있으니까."

"감사합니다."

벽우진은 말만 하지 않았다.

바로 일어나 차를 담은 통을 몇 개나 가져와 제갈현의 앞에 놓았다. 잊어버리지 않게 미리 챙겨주었던 것이다.

그 상태로 벽우진은 제갈현과 이런저런 대화를 나누었다.

별채의 앞마당에서 검을 쥐고 기본기를 수련하던 석정후가 고개를 갸웃거렸다. 담벼락 위로 새까만 무언가가 좌우로 계속 움직이고 있어서였다.

마치 들어오기를 고민하고 있는 듯한 사람의 머리에 석정후는 내려치기를 멈추고서 슬쩍 담벼락으로 다가갔다.

"왜 그러십니까?"

"누가 온 거 같아서."

"찾아오는 사람이야 늘 있지 않습니까."

백륜이 질린 표정을 지으며 말했다.

어림잡아도 지금까지 벽우진을 찾아온 사람이 수백 명은 넘었다.

하지만 그중 벽우진을 직접 대면한 사람은 석정후가 유일했다. 그 외는 단 한 명도 벽우진의 허락을 받지 못했다.

"되게 고민하는 사람 같지 않아?"

"들어올 수 있는 사람이라면 진즉에 들어왔겠지요. 그럴 수가 없으니 기다리는 것이지 않겠습니까."

"그렇기는 한데. 왠지 모르게 익숙해 보여서."

"머리통만 보고서요?"

백륜이 어이없다는 표정을 지었다.

담벼락이 그리 높지는 않지만 그렇다고 낮은 것도 아니었다. 그러니 저렇게 머리카락만 살짝 보이는 것이었고.

"내 촉이 말하고 있어. 저 사람은 좀 특별하다고."

"그 촉이 틀린 경우를 아직껏 못 보기는 했습니다만, 여기의 주인은 장문인이신데요."

"그래서 내가 고민하는 거 아냐."

자기 혼자만 머무는 별채였다면 진즉에 가서 확인해 봤을 터였다. 하지만 주인이 따로 있기에 그가 나서기에 좀 그랬다.

"혹시 쉬려고 잔꾀를 부리시는 건 아니시죠?"

"내가 언제 수련할 때 잔꾀 부린 적 있어? 난 지금까지 단 한 번도 허투루 수련한 적 없어. 오히려 죽어라 매진했지."

"흐음."

백륜이 턱을 쓰다듬었다.

확실히 지금까지 석정후는 수련할 때 단 한 번도 건성으로 한 적이 없었다.

오히려 믿기 힘들 정도의 집중력과 근성을 보여줬었다. 석가장에서는 보지 못했던 모습들을 말이다.

"한번 슥 보고 올게. 얼굴 정도는 볼 수 있잖아?"

"상대방 쪽에서 기분 나빠할 수도 있는데요."

"에이. 내가 누군지 알면 그러지 않을걸? 나 사부님 제자야."

석정후가 씩 웃었다.

영리한 그는 자신의 새로운 신분을 너무나도 잘 알았다. 이번 천하무림 비무 대회에서 많이 느끼기도 했고 말이다.

그렇기에 석정후는 자신만만하게 웃으며 담벼락에 두 팔을 올리고서 몸을 띄웠다.

"어?"

"왜 그러십니까?"

그간의 수련으로 근육이 제법 붙었는지 어렵지 않게 담벼락 위로 상반신을 올린 석정후가 무엇을 본 것인지 놀란 표정을 지었다.

그러자 백륜이 만약의 일에 대비하며 석정후를 쳐다봤다.

"아, 안녕하세요?"

하지만 백륜의 걱정에도 불구하고 석정후는 담벼락 너머에 있는 이에게 인사했다. 그것도 너무나 반갑게 말이다.

백륜은 그게 의아했다.

"안녕?"

"혹시 저희 사부님 찾아오신 거예요?"

"으응. 근데 장문인께 허락받지 않은 사람은 들어갈 수가 없다고 해서."

담벼락 너머에서 들려오는 음성에 백륜이 고개를 갸웃거렸다. 생소하면서도 묘하게 익숙해서였다. 어디선가 들어본 목소리라고나 할까.

"제가 한번 여쭈어볼까요?"

"그래 줄 수 있을까?"

석정후의 말에 주변에서 얼쩡거리던 이들이 모조리 그를 쳐다봤다.

하지만 석정후는 그들에게는 일절 시선을 주지 않았다.

"사부님께 여쭤보는 건 어렵지 않으니까요. 대신에 저와 잠깐이라도 대화할 수 있을까요?"

"너랑?"

"예, 모용 공자에게도 나쁜 시간은 아닐 거라고 장담해요."

백륜의 두 눈이 휘둥그레졌다. 지금의 대화로 상대가 누구인지 그도 알 수 있었던 것이다.

"그럴게."

"잠시만 기다려주세요!"

상반신만 쏙 올렸던 석정후가 번개 같이 아래로 착지했다.

그러고는 백륜은 쳐다보지도 않고서 건물 안으로 달려갔다. 곧장 벽우진을 찾아갔던 것이다.

'모용휘라.'

순식간에 사라진 석정후를 떠올리며 백륜이 턱을 쓰다듬었다. 어째서 저리 반겨하는지 그는 짐작이 가서였다.

장사꾼은 아니지만 다른 곳도 아니고 석가장에서 몇 년 동안 생활했기에 백륜은 지금 석정후가 무슨 생각을 하고 있는지 예상할 수 있었다.

'가장 큰 이문이 남는 장사는 사람 장사이니까. 결국 돈도 사람이 만들고, 쓰는 것이고.'

몰락한 모용세가의 후계자인 모용휘라면 석정후에게 큰 도움이 될 터였다. 또한 모용휘 역시 석정후와 손을 잡아서 나쁠 것 없었고.

지금은 미비하지만 나중에는 어떻게 될지 몰랐다.

"그런데 오늘 오후에 약속이 있는 걸로 알고 있는데."

백륜의 시선이 모용휘로 짐작되어지는 머리통을 쳐다봤다.

석정후의 말 때문인지 좌우로 왔다 갔다 하던 머리가 지금은 가만히 자리를 지키고 있었다.

손님이 왔다는 전갈에 서예지가 몸을 일으켰다.

가까이서 직접 한번 보고 싶었기에 서예지는 망설이지 않고 자청했다.

"1층에 계십니다."

"알았어."

오늘도 어김없이 헤벌쭉 웃는 소육을 바라보며 무표정하게 대답한 서예지가 성큼성큼 걸어갔다.

이윽고 청범객잔의 1층에 도착한 서예지는 일노일녀를 볼 수 있었다. 특히 모든 이의 시선을 확 끌어당기고 있는 그녀를 말이다.

"허어. 처자가 나올 줄은 몰랐는데."

지팡이에 몸을 의지하고 있던 연진청이 살짝 놀란 표정을 지었다. 제자가 마중을 나올 거라 예상하기는 했지만 그게 서예지일 줄은 몰라서였다.

"제가 맞이하는 게 나을 것 같아서요."

"이거 객잔 안의 손님들이 숨을 쉬지 못하겠는걸."

연진청이 장난스럽게 웃었다.

그리고 그 말은 사실이었다. 두 여인이 마주 보고 선 순간 1층 안의 모든 남자들이 입을 다물지 못했다. 심지어 숨소리조차 들리지 않았다.

"과찬이세요."

"과찬은. 자네도 알고 있지 않나. 여기 남정네들이 자네를 쳐다보는걸."

"안내해 드리겠습니다."

주름이 자글자글한 얼굴로 농담 섞인 말을 던지는 연진청을 향해 서예지가 정중히 입을 열었다. 굳이 사람들이 많은 곳에서 대화를 나눌 필요는 없다고 생각해서였다.

그러면서 서예지는 현주혜를 슬쩍 쳐다봤다.

'여중제일인에 제일 근접한 고수……'

서예지가 입술을 깨물었다.

검후라는 별호도 별호지만 태성전에서 우승한 이후 사람들은 현주혜를 보며 여중제일인이라고 불렀다. 뭇 남자고수들을 물리치고 우승했으니 충분히 그리 불릴 자격이 있다면서 말이다.

"왜 그러지?"

"아닙니다. 따라오시죠."

서예지의 눈빛에 현주혜가 미간을 좁히며 물었다. 창졸간이었지만 눈빛이 상당히 도발적이어서였다.

하지만 그러한 기색은 거짓말처럼 한순간에 사라졌다.

"후후후!"

몸을 돌리며 안내하는 서예지의 뒷모습을 쳐다보며 연진청이 알 수 없는 웃음을 흘렸다.

그러나 현주혜는 조용히 서예지의 뒤를 따라 걷기만 했다.

"어?"

"왜 그러느냐?"

"용봉전의 우승자를 본 것 같아서요."

"여기 있을 수도 있지. 장문인의 허락만 있다면 누구나 올 수 있는 곳인데."

"그렇긴 하죠."

현주혜는 이내 관심을 껐다. 중요한 건 벽우진과의 만남이었지 모용휘가 아니었으니까.

"들어가시죠."

이윽고 세 사람은 벽우진의 방 안으로 들어갔다.

"처음 뵙겠소이다, 장문인."

"오셨습니까."

방 안으로 들어오는 연진청을 보며 벽우진이 자리에서 일어났다.

배분은 비슷하지만 나이가 자신보다 많다는 것을 알기에 예의를 차린 것이었다.

"안녕하세요."

"그래."

뒤이어 현주혜도 정중하게 포권하며 인사해 왔다.

그런데 그녀의 눈빛이 심상치 않았다. 심드렁했던 전과 달리 지금은 호승심으로 불타올랐던 것이다.

"차를 가져오겠습니다."

"부탁해."

"아니에요, 사부님. 제가 당연히 해야 하는 일인 걸요."

서예지가 살포시 웃으며 방을 나섰다. 간단하게 다과상을 준비하기 위해서였다.

"참 예쁜 것 같소. 얼굴도, 실력도."

"말씀 편히 하시지요."

"흐음. 그래도 되겠소?"

연진청이 한쪽 눈을 치켜올렸다. 마치 이런 말을 들을 줄은 몰랐다는 듯이 말이다.

"거침없는 성격이긴 하나 예의를 모르지는 않습니다."

"험험. 그럼 편히 하지."

연진청이 곧바로 말을 놓았다. 먼저 말을 놓으라는데 굳이 거절할 필요는 없어서였다.

그러면서 그녀는 슬쩍 벽우진을 살폈다.

'확실히 다르구나.'

연진청은 새삼 감탄했다.

멀리서 봤을 때도 느꼈지만 벽우진에게는 선기(仙氣)가 있었다. 도가비전의 무공을 극성으로 익힌 이들만 가질 수 있다는 선기가.

언제부턴가 그 맥이 끊어졌다고 하는 선기를 짙게 가지고 있는 벽우진을 연진청은 신기한 눈빛으로 쳐다봤다.

"저에게 하실 말씀이 있으십니까?"

"그런 건 아니고, 신기해서. 선기를 지닌 사람이 있을 거라고는 생각 못 해서."

"호오."

벽우진의 눈동자에 이채가 서렸다. 선기를 알아보는 이가 있을 줄은 몰라서였다.

"단순히 상단전을 연다고 해서 쌓을 수 있는 게 아니니까. 아, 내가 잘못 알고 있나?"

"맞습니다. 선기는 아무나 쌓을 수 있는 게 아닙니다. 저도 운 좋게 가지게 된 것이고요."

"그 정도면 운이 아니라 실력인 거 같은데."

연진청이 피식 웃었다. 겸손해도 너무 겸손한 것 같아서였다.

그런데 둘의 대화에 현주혜가 멍한 표정을 지었다. 무슨 말인지 이해하지 못했던 것이다.

"전 그것보다 선기를 알아보신 게 더 놀라운데요."

"망가진 몸으로 어떻게 알았냐는 것이지?"

"예."

처음 연진청이 들어왔을 때 벽우진은 살짝 놀랐다. 왜냐하면 그녀의 육신이 망가질 대로 망가져 있어서였다.

마치 주화입마를 입은 것 마냥 단전은 부서지고 전신의 혈맥이 뒤틀려 있는 상태에 벽우진은 내심 침음을 흘렸었다.

"마냥 죽으라는 법은 없는지 모두를 가져가고 대신 한 가지를 남겨주더라고. 덕분에 아직까지 밥값을 하며 살고 있지. 후후."

"한 가지라."

"궁금한가?"

"괜찮습니다. 대충 예상이 가기도 하고요."

"재미없긴."

연진청이 입을 삐죽 내밀었다.

하지만 그녀의 투덜거림에도 벽우진은 별다른 반응을 보이지 않았다.

"치료는 안 하실 생각이십니까?"

"이 나이 먹고 치료는 무슨. 적당히 살다가 가야지. 다 늙은 나한테 쓰느니 차라리 젊은 애들한테 쓰는 게 낫지."

"꼭 그렇지만은 않을 것 같은데요."

"살날도 얼마 남지 않았는데."

연진청이 어깨를 으쓱거렸다. 완치가 불가능한 건 아니지만 살날이 얼마 남지 않은 자신에게 쓰는 건 낭비였다.

그렇기에 그녀는 단호히 고개를 저었다.

"당사자가 싫다면야 어쩔 수 없지요."

"실례하겠습니다."

문이 열리며 쟁반을 든 서예지가 안으로 들어왔다. 예의 곤륜 산에서 재배한 차를 가져왔던 것이다.

"음?"

서예지의 걸음과 함께 향긋하게 다가오는 향기에 연진청이 눈을 반짝였다.

예전 검에 미쳐 살아 보타문의 검귀라 불렸을 때에도 차만은 포기하지 못했던 게 바로 그녀였다. 그렇다 보니 난생처음 맡아보는 향기에 관심을 보였다.

"곤륜산에서 재배한 특제 차입니다. 본 파의 특산품이라고도 할 수 있지요. 제가 직접 가공 과정에 참여하기도 했고."

"차를 좋아하나 봐?"

"싫어하진 않죠. 게다가 앞으로 본 파의 주 수입원이 될 것이기도 하니 좋아한다는 쪽에 가까울 겁니다."

"흐음."

순수한 의도는 아니었지만 그래도 연진청은 이해할 수 있었다.

다 망해가던 곤륜파를 일으켜 세운 장본인이 벽우진이었다. 그런 그에게 있어 수입원은 반드시 필요했다. 문파를 재건하는 데 있어 돈은 많으면 많을수록 좋았으니까.

"제갈가주도 만족했으니 누님 입맛에도 맞으실 겁니다."

"누, 누님?"

연진청의 두 눈이 동그래졌다. 생각지도 못한 호칭에 당황한 것이었다.

그러나 싫은 기색은 아니었다.

"싫으시면 태상문주님이라 부르지요."

"아, 아냐. 편하게 해, 편하게. 나도 편하게 말하는데 뭘. 단지 처음 듣는 단어라서 놀란 거야."

"하긴. 그렇기는 하겠네요."

"여자들만 있는 곳이니까."

연진청의 얼굴이 살짝 붉어졌다. 별거 아닌 호칭인데 이상하게 얼굴이 화끈해졌던 것이다.

'사부님도 참.'

그리고 그 모습을 현주혜는 조용히 쳐다보고 있었다. 오늘따라 생소한 모습을 많이 보여준다면서 말이다.

"그럼 저는 나가보겠습니다."

"고생했어."

"아니에요."

서예지가 싱긋 웃어 보이며 허리를 숙였다.

하지만 허리를 숙였을 때 서예지의 얼굴에는 짙은 아쉬움과 부러움, 질투가 떠올라 있었다. 사부인 벽우진과 나란히 앉아 있는 게 이상하게 자꾸 신경이 쓰였던 것이다.

'이런 감정은 처음이네.'

서예지는 벽우진을 존경했다. 절체절명의 위기에서 그녀를 구해주기도 했지만 사람으로서 벽우진은 존경을 받아 마땅한 인물이었다.

자신은 냉정한 척, 무심한 척하지만 그녀는 알고 있었다. 벽우진이 대의에 어긋난 행동을 한 적은 단 한 번도 없다는 것을.

'그래서 옆에 서고 싶었는데.'

조부인 서진후가 왜 그런 의심을 했는지 그녀도 알았다. 한때는 잠시나마 착각했던 적이 있었으니까.

그러나 지금은 아니었다.

자신이 원하는 것은 딱 하나. 벽우진의 옆에 나란히 서는 것이었다. 제자로서, 검객으로서, 무인으로서 당당히 말이다. 당신의 가르침을 받은 제가 이렇게 컸다고 말할 수 있게.

'그러려면 일단 검후를 넘어야 하겠지.'

방을 나서는 서예지의 눈빛이 단단해졌다.

지금까지는 막연하게 절대고수가 되는 것을 생각했다. 단순히 수련해서 강해지는 것만 생각했던 것이다.

그러던 중 현주혜를 보게 되었다.

'곤륜파에서 나온 검후. 나쁘지 않잖아?'

검후라는 별호는 지금껏 보타문에서만 가져갔었다.

하지만 꼭 검후라는 별호가 보타문만 사용할 수 있는 건 아니라고 생각했다. 보타문주보다 강한 여인이 있다면 그 여인이 곧 검후이지 않을까.

'내가 가져올 거야.'

서예지의 두 눈이 형형하게 빛났다. 확고한 목표가 잡힌 것이었다.

"저 아이가 제대로 무공을 익힌 게 2년 정도라고 들었는데."

"정확하게는 2년 반 정도입니다."

"그런데 저 정도란 말이지."

뜨끈한 김이 올라오는 찻잔을 두 손으로 들고서 연진청이 중얼거렸다.

그런 그녀의 눈동자에는 언뜻 긴장감이 서렸다.

"아직 갈 길이 멀지요."

"그건 나도 알지. 근데 내가 두려운 건 미래야. 지금이야 우리 주혜가 있지만……."

"후대는 장담할 수 없겠죠."

그 사부에 그 제자 아니랄까 봐 찻잔을 드는 자세도 똑같았다. 심지어 마시는 것도 똑같이 마셨다.

"긴장감도 있고 좋지 않습니까. 검후라는 별호가 보타문에게만 허락된 것이 아니고."

"맞는 말인데, 이상하게 빼앗기기 싫어서 말이지."

"그럼 노력하면 되는 일이지요. 빼앗기기 싫다면 지키면 될 일이니."

"너무 자신만만해 하는 거 아냐? 이거 기분이 나빠지려는데?"

말과는 달리 연진청의 입은 웃고 있었다. 경쟁은 무인에게 있어 절대 뗄 수 없는 것이라는 걸 잘 알고 있어서였다. 부정한 방법을 사용한다면 모를까 선의의 경쟁이라면 피할 수도, 피해서도 안 되었다.

"사부이지 않습니까. 누구보다 제자의 가능성을 믿어야 하는. 그리고 그렇게 만들 자신도 있고."

"그렇게 말하니까 더 무서운데."

연진청의 표정이 심각해졌다.

다른 이도 아니고 벽우진의 호언장담이었다. 그렇다 보니 단순히 농담으로 치부할 수 없었다.

"지지 않을 거예요. 사부로서도."

"승부욕은 발전에 있어 큰 도움이 되지."

각오가 서려 있는 현주혜의 목소리에도 벽우진은 그다지 긴장하지 않았다. 그만큼 서예지를 믿어서였다. 또 결과도 중요하지만 과정 역시 그 못지않게 중요하다고 생각하기도 했고.

"그나저나 놀랐어. 이렇게 쉽게 만남을 허락할 줄은 몰랐거든. 내 듣기로 문턱이 어마어마하게 높다고 들어서 말이지."

"영광으로 아시면 됩니다. 그 어마어마한 문턱을 단번에 넘었으니까. 딴 데 가서 자랑해도 되요."

"진짜 한마디도 지지 않네."

연진청이 어처구니없다는 표정을 지었다.

하지만 딱히 당황하지는 않았다. 벽우진의 유별난 성격이야 이미 수도 없이 들었으니까.

"그런데 무슨 일로 저를 만나고 싶다고 하신 겁니까?"

"궁금해서. 개인적으로 말이야."

"저 말입니까?"

얼굴에는 여전히 미소가 맺혀 있었지만 두 눈은 아니었다.

그렇기에 벽우진은 담담한 얼굴로 차를 들이켰다.

"응, 한 번쯤은 이렇게 허심탄회하게 대화를 나누고 싶어서. 비무 대회에서는 우리가 너무 멀리 떨어져 있었으니까."

"보이지도 않던데요."

"후후. 아무래도 내가 좀 왜소하다 보니까. 그리고 주혜와 검봉이 있는데 나와 같은 꼬부랑 노인네가 눈에 들어오겠어?"

"틀린 말은 아니네요."

"사람이 말이야. 빈말이라도 좀 듣기 좋은 말을 해주면 안 돼?"

연진청이 투덜거렸다.

한마디도 지지 않는 성격이라는 건 알지만 그래도 도가 지나칠 정도로 솔직했다. 사람이 가끔은 빈말도 좀 해주고 비위도 맞춰줄 수 있는 건데 말이다.

"제가 좀 직설적인 성격이라."

"나이도 적지 않은데 좀 유순해져야지."

"흐음. 나이 얘기로 가면 제 살 파먹기밖에 안 될 텐데요."

"난 상관없어."

"저도 상관없습니다."

조용히 지켜보던 현주혜가 결국 웃음을 터뜨렸다. 어째 어린아이들이 싸우는 것 같아서였다. 나이도 많은 양반들이 말이다.

"솔직히 말해봐. 너 여자 만나본 적 없지?"

"저 도인인데요."

"다 알고 왔어. 혼인도 가능하다며?"

"제가 알기로는 없었습니다. 이미 다 고인이 되셨지만."

자존심을 살살 건드리는 말에도 벽우진은 꿈쩍도 하지 않았다. 애초에 곤륜파의 재건 말고는 딱히 관심이 없었기에 기분이 나쁠 것도 없었다.

"이럴 때 보면 참 신선 같은데. 초탈해 보이고."

"정확히 말하면 관심이 없는 거죠."

"그래서 야망도 없는 거야?"

연진청이 갑자기 훅 치고 들어왔다. 가장 묻고 싶던 말을 은근슬쩍 툭 내뱉었던 것이다.

그런데 벽우진은 의외로 당황하지도, 놀라지도 않았다.

"사문을 재건하는 걸로 족합니다."

"욕심나지 않아? 지금의 너라면 곤륜파를 천하제일문으로 만드는 것도 불가능하지는 않을 텐데."

"과욕입니다. 이제 막 기둥을 세웠는데 천하제일문은 무슨. 그리고 천하제일문은 스스로가 공표하는 게 아니라 사람들이 인정하고 받아들이는 겁니다."

"진짜 욕심 없나 보네."

연진청이 의외라는 표정을 지었다. 지금의 위상에, 실력을 갖췄는데 욕심을 갖지 않는 게 그녀는 놀라웠다.

대개 무인이라면, 무공을 익히면 남자는 천하제일인을 꿈꿨다. 그 다음이 자신의 사문을 최고로 끌어올리는 것이고.

그런데 벽우진은 그런 게 전혀 없었다.

"저보다는 제 제자들의 몫이죠. 제 역할은 곤륜파를 재건하는 겁니다. 주춧돌을 만들고 기둥을 세워서 대들보를 키워내는 것.

그게 제 역할입니다."

"주변의 생각은 다를 텐데."

"지금 감찰 나왔습니까? 무엇이 그리 궁금합니까?"

벽우진의 눈빛이 달라졌다. 적당히 농담으로 받아줄 만한 수준은 넘었다고 생각해서였다.

그 모습에 연진청이 단호하게 손사래를 쳤다.

"오해하지 마. 그런 의미는 절대 아니니까. 그저 궁금해서. 사실 모두가 한 번쯤은 궁금해 할법한 것들이잖아."

"여기까지만 하죠."

"너도 하나 물어봐. 너에게 불편한 질문을 했으니 나도 하나 답해줄게."

"참 나."

벽우진이 헛웃음을 흘렸다. 이런 식으로 나올 줄은 정말 몰라서였다.

그런데 연진청은 의외로 진지했다.

"너도 궁금한 거 있을 거 아냐? 그래서 이 자리를 허락한 거고."

"몸은 왜 그렇게 된 겁니까?"

"흐웅. 진짜 망설이지 않고 물어보네."

"궁금한 거 물어보라면서요. 좀 이해가 안 가기도 하고."

"그거 말고는 궁금한 게 없다는 뜻이지?"

벽우진은 대답 대신 어깨를 으쓱거렸다. 딱히 궁금한 게 없기도 했지만 의문이 드는 것도 사실이었다.

"실험을 해서 그래. 난 여자로서의 한계를 뛰어넘고 싶었거든.

여중제일인, 검후에 만족할 수 없었어. 그 너머에 오르고 싶었어. 여자로서 천하제일인에 되고 싶었거든."

벽우진의 동공이 살짝 확대됐다. 생각지도 못한 말에 놀란 것이었다.

"너도 알고 있겠지만 무림이 탄생한 이래로 수많은 천하제일인이 있었지만 여인이 천하제일인의 권좌에 앉은 적은 단 한 번도 없어."

"그러네요."

"그래서 내가 최초로 앉아보고 싶었어. 여자도 천하를 평정할 수 있다는 걸 증명하고 싶었지. 물론 결과는 네가 본 그대로고."

"실험을 했다는 뜻이 그것이었군요."

"맞아. 다른 사람한테 할 수는 없잖아?"

자신의 몸을 실험한 대가로 평범한 삶을 살기 힘들 정도로 육신이 망가졌음에도 연진청의 얼굴은 밝았다. 분명히 고통과 충격이 적지 않았을 텐데도 말이다.

"후회는 안 하시는군요."

"당연히. 내가 선택한 길이었고, 얻을 수 있는 걸 충분히 얻었으니까. 그 결과물이 내 옆에 있고 말이지. 물론 아직은 진행형이지만 말이야. 갈 길이 멀다는 걸 너로 인해 다시 한번 깨달았으니까."

"저는 예외로 둬야죠."

"그건 안 돼. 내 자존심이 용납하지 않거든."

무공을 잃었어도 당찬 성격만은 여전한지 연진청이 검지를 휘휘 저었다. 절대 그럴 수 없다는 듯이 말이다.

"그럼 불가능할 텐데."

"하는 데까지는 해봐야지. 그게 인간 아니겠어?"

"그렇다면야."

고집을 꺾지 않겠다는데 벽우진도 별수 없었다. 그는 진실을 말해준 것뿐인데도 말이다.

적어도 그가 세상에 있는 한 여자가 천하제일인이 될 가능성은 희박했다.

"근데 너도 은근히 명치 잘 때린다."

"제 특기 중에 하나입니다. 솔직한 게 성격이라."

"너무 솔직해도 안 좋은 거 알지?"

"눈치 볼 나이는 지났죠. 제 위로 몇 명이나 있다고."

연진청이 자기도 모르게 고개를 주억거렸다. 확실히 나이로도, 배분으로도 둘보다 높은 사람은 현 강호에서 찾기 힘들었다.

"그래도 부럽다. 넌 젊어 보이잖아."

"영약 찾아 드세요. 환골탈태하면 되죠."

"지금 해도 너 정도는 안 돼. 해봤자 똑같이 할망구지."

"아니라고 말을 못 하겠네요."

사정없이 명치를 때리는 벽우진의 발언에 연진청이 졌다는 표정을 지었다.

하지만 이내 그녀는 벽우진과의 대화에 빠져들었다. 자연스레 무공의 무리에 대해서 이야기를 나누었는데 의외로 둘의 공통점이 많아서였다.

특히 육체를 다루는 방식이 상당히 흡사했다.

"허어."

그건 벽우진 역시 마찬가지인 듯 시간이 지날수록 얼굴에 놀람과 감탄이 떠올랐다.

동시에 벽우진은 자신이 얼마나 특별한 공간에서 수련을 했는지 깨달을 수 있었다.

'나는 부상을 입어도 즉시 치료가 되었으니까.'

시공간의 진에서도 시간은 흘렀다. 육체적인 성장이 계속해서 이어졌으니까.

그런데 신비로운 점은 부상을 입어도 금세 치유가 되었다는 점이었다.

벽우진은 그게 얼마나 큰 축복인지 연진청과 대화하면서 알 수 있었다.

'아.'

그리고 대화에 빠져드는 건 두 사람뿐만이 아니었다. 조용히 경청하던 현주혜 역시 자기도 모르는 새에 두 사람의 대화에 깊게 빠져들었다.

아무래도 연진청의 진전을 이었다 보니 그녀 역시 대화가 잘 이해되었던 것이다.

곤륜파의 명성을 다시 한번 천하에 떨쳐 울린 벽우진이 제자들과 함께 곤륜산으로 돌아왔다.

떠난 사이 한결 자라 있는 나무들이 벽우진의 기분을 흡족하게 만들었다. 불타기 전처럼 우거진 모습은 아직 아니지만 그럼에도 쭉쭉 자라고 있다는 사실이 그를 기분 좋게 만들었다.

"오셨습니까."

하지만 집에 돌아왔음에도 벽우진은 쉴 틈이 없었다. 그가 떠나 있는 동안 차곡차곡 쌓여 있던 일들이 기다리고 있었던 것이다.

"비 호법님."

"늦었지만 축하드립니다."

"하하. 제가 축하받을 일인가요. 아이들이 잘해서 그런 건데."

"가르친 건 장문인이시지 않습니까."

"일단 앉으시죠."

벽우진은 자리를 권했다. 그러고는 익숙하게 차를 우려냈다.

"새 제자를 들이셨다는 말을 들었습니다."

"청범에게 들은 모양이군요."

"예, 그리고 그 제자가 석가장의 셋째라는 것도요. 혹시 노리신 겁니까?"

벽우진이 따라주는 차를 두 손으로 받으며 비현이 물었다. 아닌 사람이라는 걸 알지만 시기가 절묘해서였다.

"노리진 않았습니다. 먼저 찾아온 쪽은 정후이니까요. 당돌하게도 거래를 하자고 했는데 자질이 나쁘지 않아 속가제자로 삼았습니다."

"호박이 넝쿨째 들어왔군요."

"저에게는 그런 셈이죠. 본인은 황금 동아줄을 잡았다고 생각하겠지만요."

벽우진이 히죽 웃었다.

어쨌든 서로에게 나쁘지 않은 선택이었다.

"차의 재배도, 나무들도 잘 자라고 있습니다. 속가제자들 역시 하루가 다르게 성장하고 있고요. 이번 천하무림 비무 대회가 상당한 자극을 준 모양입니다."

"좋은 일이네요."

"물론 실력이 되느냐는 다른 문제지만 말이죠. 그래서 그 부분에 대해서 보고드릴 게 있습니다."

"말씀하시죠."

벽우진이 자세를 바로 했다. 지금부터가 본론이라는 것을 눈치 챈 것이다.

"상청단과 비천단에 이어 새로운 영단을 연구 중인 사실은 장문인께서도 알고 계실 겁니다."

"예, 비천단보다 약간 떨어지는 영단을 연구하신다고."

"정확하게는 속가제자들에게 줄 생각으로 연구 중입니다. 소림 사의 소환단 정도를 생각하고 있는데, 생각했던 것보다 지지부진한 상태입니다."

"소환단만 해도 엄청난 건데요."

송구스럽다는 표정을 짓는 비현을 향해 벽우진이 황급히 말했다.

사실 상청단, 비천단만 하더라도 말도 안 되는 영단이었다. 소림사의 대환단, 무당파의 태청단과 비교해도 뒤떨어지지 않는 수준이었으니까. 사심을 조금 담는다면 벽우진은 그 두 개보다 상청단이 더 뛰어나다고 생각했다.

"내심 쉬울 거라고 생각했습니다. 비천단과 상청단을 만들어 냈으니 그 아랫급이라 할 수 있는 영단은 금방 성공할 줄 알았거든요."

"세상일이라는 게 그렇지 않습니까. 어려운 게 이상하게 쉽게 풀릴 때가 있고, 쉬운 일이 이상하게 꼬여서 더럽게 안 풀릴 때도 있고요. 그리고 영단이라는 게 마음대로 뚝딱 만들어지는 것도 아니지 않습니까."

"그렇긴 합니다만."

비현의 얼굴이 어두워졌다.

스스로에게 조급증을 느끼고 있는 듯한 모습에 벽우진은 반쯤 비어 있는 찻잔에 차를 따랐다.

"지금까지 잘해오셨지 않습니까. 오히려 비천단 같은 경우는 운이 좋기도 했고, 그동안 연구해 온 것 덕분에 완성되지 않았습니까. 상청단도 어떻게 보면 마찬가지고요. 하지만 새로운 영단은 반대이지 않습니까. 그러니 시행착오를 많이 겪는 게 당연합니다."

"후우. 알겠습니다. 차분히 다시 시작하겠습니다. 그리고 이렇게 말씀해 주셔서 감사합니다, 장문인."

"감사는 제가 해야지요. 비천단과 상청단을 만들어주신 분이 비 호법님이신데요. 비 호법님이 아니었다면 지금의 곤륜파도 없었을 겁니다."

"그건 아닌 것 같습니다."

조바심이 조금은 가신 모양인지 비현이 옅게 웃었다.

그러나 벽우진은 진심이었다.

제자들이 빠른 시간에 강해진 것은 각자의 노력도 노력이지만 비천단을 빼놓을 수 없었다. 비천단으로 인해 벽우진과 곤륜파가 얻은 것도 적지 않고 말이다.

"아닙니다. 비천단이 아니었다면 지금 이렇게 청민과 청범이 건강하겠습니까."

"생각해 보니 그러네요."

"저뿐만 아니라 청민과 청범도 비 호법님께 감사해야 합니다. 아, 필교도 빼먹었네요."

"허허허."

"너무 조급해하지 마세요. 이제는 천천히 가도 됩니다. 그 정도 단계까지는 왔다고 생각합니다. 지금 가르치는 속가제자들도 이삼 년만 가르칠 것도 아니고요."

"그리 말씀해 주시니 확실히 마음이 편해지네요."

"제자들은 어떻습니까?"

벽우진이 자연스럽게 화제를 돌렸다. 사실 궁금하기도 했고 말이다.

"의외로 잘 따라오고 있습니다. 아직 제 몫을 하려면 9년은 더 있어야 하겠지만요."

"꼭 10년을 채워야 합니까?"

벽우진이 농담하듯이 물었다. 10년이라는 시간에 너무 연연하는 것 같아서였다.

"의술이라는 게 일이 년 만에 터득할 수 있는 게 아닌지라. 특히 기초를 탄탄히 다지는 게 중요합니다. 생명을 다루는 학문이니까요."

"하긴. 다른 것도 아니고 사람의 목숨을 다루는 일이니."

"그래도 빨리 배우고 있습니다. 일단 외상 같은 경우는 매일 살펴볼 수 있으니까요. 내상도 마찬가지고."

"……애들이 대련을 심하게 합니까?"

벽우진의 표정이 일순 굳었다. 진검을 허락한 게 혹시나 독이 된 건 아닐까 싶어서였다.

"아무래도 또래가 많다 보니까요. 투지가 과한 감이 없지 않아 있습니다. 하지만 큰 부상은 없습니다."

"그건 다행이네요."

"다들 장문인을 기다리고 있습니다. 그동안 수련한 성과를 보여주고 싶어 하더라고요."

"그렇게 말씀하시니 궁금해지는군요. 얼마나 성장했을지."

"청범 장로가 많이 신경 썼습니다."

벽우진이 청민과 함께 낙양으로 갔기에 임시적으로 곤륜파를 맡은 건 서진후였다. 비청단으로 바쁜 그가 장문인 대리로 곤륜파의 대소사를 맡은 것이다. 거기에 속가제자들까지 관리해야 했으니 많이 힘들었을 게 분명했다.

"나이도 적지 않은 녀석이."

"그래도 비천단 덕분에 회춘하지 않았습니까. 웬만한 장정보다 더 건강할 겁니다. 허허허."

"그러다가 혹 갈 수도 있으니까요. 과로에는 답이 없지 않습니까."

"안 그래도 제가 제자들과 함께 하루에 한 번씩은 만나고 있습니다. 다른 형님들이야 워낙에 바빠서 얼굴 보기가 힘들지만요."

벽우진이 고개를 주억거렸다.

한창 제자들을 가르치고 있을 것이기에 당연히 바쁠 터였다. 다들 늦게 제자를 들였으니까.

'욕심도 날 테고 말이지.'

제자들이 승승장구하는 모습을 바로 옆에서 본 게 호법들이었다.

비현이야 애초에 연단가이지 무인이 아니었다. 그러나 다른 이들은 달랐기에 아마 기를 쓰고 가르치고 있을 게 분명했다. 더구나 비천단을 허락하기도 했고 말이다.

'똑같은 상황인데 결과가 다르다면 원인은 하나뿐이니까.'

물론 비천단을 허락했음에도 벽우진은 자신이 있었다. 제자들이 절대 따라잡지 않을 것임을 말이다.

그리고 따라잡힌다고 해도 상관없었다. 아이들이 어떻게 노력했는지 너무나 잘 아니까.

'심심하지는 않겠어. 흐흐.'

지나친 경쟁은 문제가 되지만 적당한 경쟁은 서로에게 도움이 되었다. 또 구경하는 재미도 있었고 말이다.

그래서 벽우진은 남몰래 히죽 웃었다.

··· 제7장 ···
## 장보도(藏寶圖)

보타문이 있는 주산군도와는 전혀 다른 절경에 현주혜는 가슴이 상쾌해지는 기분이 들었다.

보타산도 산이지만 규모로만 따지자면 곤륜산과 비교할 수 없었다. 산이라기보다는 거대한 산맥과도 같은 규모였기에 처음 곤륜산에 올랐을 때 현주혜는 정말 깜짝 놀랐다.

"공기도 완전 달라."

"괜히 영험한 산이 아닌 것 같아요."

"중원도맥의 하나를 잇고 있는 영산이니까. 뭐, 나도 곤륜산에 온 건 처음이지만. 근데 오길 잘했지?"

"네. 저보다는 사부님께서 더 좋아하시는 것 같지만요."

"후후후!"

연진청이 활짝 웃었다. 틀린 말이 아니어서였다.

처음에는 제자를 위해서 선택한 결정이었는데 막상 와보니 자신이 더 즐기고 있었다.

"그렇게 좋으세요?"

"그럼! 한 20년은 젊어진 것 같은데. 내가 오빠라는 말을 언제 해봤는지 기억이 안 나. 너를 제자로 들이면서 주산군도에서 벗어나질 않았으니까."

"호법님들도 오빠나 오라버니라는 말은 정말 오랜만에 들어보셨을 것 같아요."

"그래서 다들 살살 녹잖니. 우후후후!"

연진청이 활짝 핀 얼굴로 대답했다. 그 어느 때보다 즐겁고 행복한 얼굴로 말이다.

"그 정도까지는 아닌 것 같은데요."

"내가 보기에는 그래."

"즐거워하시는 걸 보니 다행이네요. 진짜 걱정했는데."

"왜? 내가 쓰러지기라도 할까 봐? 아직 그 정도는 아냐. 죽을 날이 머지않기는 했지만 그래도 좀 돌아다닌다고 쓰러질 정도로 몸이 약하진 않아."

연진청이 걱정하지 말라는 듯이 손가락을 휘휘 흔들며 말했다. 걱정해 주는 것은 고맙지만 그 정도까지는 아니었다.

"제 입장에서는 사부님이 건강하게, 더 오래오래 함께해 주셨으면 하니까요."

"걱정 마. 시집가는 것까지는 보고 갈게. 자식은 좀 힘들겠다."

"또 그 말씀하신다."

"그보다 어때? 네가 본 곤륜산은?"

낙양에서 지낼 때보다 훨씬 좋아진 얼굴로 연진청이 물었다. 거짓말이 아니라 진짜 몇 년은 젊어진 듯한 얼굴로 말이다.

"좋아요. 공기도 맑고 사람들도 좋고. 너무 북적북적거리지 않는 것도 좋아요."

"차차 늘어날 거야. 벽 동생이 있는 동안은."

"당사자가 없다고 너무 편하게 부르는 거 아니에요?"

"뭐 어때. 자기도 괜찮다는데. 우리끼리 있을 때만 그러는 건데. 다른 사람들이 있을 때는 나도 꼬박꼬박 장문인이라고 한다고."

연진청이 투덜거렸다. 사소한 걸로 너무 꼬투리를 잡는 것 같아서였다. 원래 깐깐한 성격이라는 건 알았지만 요즘 더 하는 것 같았다.

"다 사부님한테 배운 거예요."

"이제는 날 못 잡아먹어서 안달이지?"

"그런 거 아닌 거 아시잖아요."

"아니긴. 난 이제 네가 지그시 쳐다보는 것도 무서워. 무슨 말을 꺼낼지 겁난다고나 할까."

현주혜가 대답 대신 실소를 흘렸다. 말도 안 되는 소리에 어이가 없었던 것이다.

"근데 재미있지 않나? 오라버니들도 그렇고, 아이들도 그렇고."

"진짜 용담호혈이에요. 이런 곳이 있을 줄은 상상도 못 했어요."

"괜히 북해빙궁이 박살 난 게 아닌 거 같아. 벽 동생이랑 오라버니들 실력이면. 근데 북해빙궁은 도대체 무슨 생각으로 이곳에 쳐들어 왔을까?"

"제대로 몰라서 그랬겠죠. 알았으면 왔을까요?"

"그랬을 수도 있겠다."

북해빙궁이 남진했을 때 곤륜파는 막 다시 이름을 알리기 시작했다.

호법들이 있기는 했으나 그들의 실력에 대해서는 전혀 알려지지 않은 상태였다. 그저 몰락했던 곤륜파가 다시 일어서는 정도로만 알려졌었다.

"모르면 용감하다잖아요."

"맞아. 그리고 그 용감한 아이들이 여기에도 있고 말이지. 후후후. 내 눈에는 귀엽기 그지없지만."

"세 명이요?"

"응, 어떻게든 널 따라잡겠다고 아등바등대고 있잖아. 아직 한참 멀었는데."

현주혜가 피식 웃었다. 누구를 말하는지 모르지 않아서였다.

"귀엽긴 하더라고요. 당돌하기도 하고."

"다 사부를 생각해서 그런 거지. 그리고 목표는 분명할수록 좋기도 하고."

"제가 살아 있는 동안에는 절대 따라잡히지 않을 거예요. 그럴 자신도 있고요."

"예지는 경계해야겠던데? 애가 아주 독해, 생긴 거답지 않게. 아니, 너랑 비슷하구나. 내가 잘못 생각했네."

현주혜의 눈매가 매서워졌다.

그러나 한두 번 이러는 것이 아니기에 연진청은 그저 웃어넘겼다.

"그래도 막상 오니까 재미있지? 개안도 되고, 지금의 너에게 이곳만큼 도움이 되는 곳은 없을 거야. 천하의 소림사나 무당파도."

"알고 있어요."

"그러니까 쫙쫙! 알겠지? 다른 것도 확확!"

연진청이 의미심장하게 웃었다. 아니, 정확하게는 음흉한 표정을 지었다. 마치 엄마라도 되는 것처럼.

"마지막은 모르겠네요."

"뭘 몰라. 다 알면서. 나야 어쩔 수 없이 아직까지 수궁사를 가지고 있지만 넌 안 그랬으면 좋겠어. 아끼면 똥 된다는 말, 알고 있지?"

"사부님."

현주혜의 얼굴이 붉어졌다. 수궁사도 수궁사지만 난데없는 똥 얘기에 당황한 것이었다.

"꼭 벽 동생일 필요는 없어. 근데 내가 보기에 그나마 가능성이 있는 게 벽 동생 같아. 웬만한 남자가 네 눈에 차겠니?"

연진청이 혀를 찼다.

철벽도 이런 철벽이 없었다. 그렇기에 사실 그녀는 얼마 전까지 내심 포기하고 있었다. 사람 마음이라는 게 다른 사람이 뭐라고 한다고 달라지지 않는다는 걸 아니까.

'근데 딱히 싫은 기색을 안 띤단 말이지. 그건 곧 기준은 넘었다는 소리고.'

연진청의 눈이 매섭게 번뜩였다. 지금까지와는 반응이 사뭇 다르다는 걸 그녀는 단박에 알아챈 것이다.

"장문인께서 생각이 없는 거 같은데요."

"너도 알잖아. 곤륜파 말고는 아무 생각이 없는걸."

"아시는 분이 왜 자꾸 그러세요. 이제 그만 하세요."

"근데 남자는 여자 하기 나름이라고 하더라고. 식당에서 일하는 동생이. 결혼해서 자식까지 있는 동생이니 우리보다 많이 알지 않겠어? 우리는 알지 못하는 세계를 알고 있는데."

"사부님."

현주혜가 지쳤다는 듯이 연진청을 불렀다.

그러나 한번 봇물이 터진 연진청은 멈출 기미를 보이지 않았다. 쉴 새 없이 말을 쏟아냈던 것이다.

'하아.'

수다와 잔소리가 합쳐져 있는 말들에 현주혜는 결국 고개를 숙였다.

그녀라고 어찌 연진청의 마음을 모를까. 하지만 연인 관계는 혼자만 좋아한다고 해서 되는 게 아니었다.

'편하긴 하지만, 글쎄.'

벽우진은 분명 매력적이었다. 나이답지 않은 외모 또한 자신에게 잘 어울리기도 했고.

그러나 남자로 느껴지냐고 하면 그건 아니었다.

'편하고 재미있기는 하지만.'

무인으로서 그리고 검객으로서 벽우진은 그야말로 완벽했다. 그녀가 닮고 싶을 정도로 말이다.

또한 대화 역시 잘 통했다. 둘 다 무공에 미쳐 있었던 시절이 있기에 단둘이 있어도 어색하거나 불편한 건 전혀 없었다.

'근데 그게 중요한 게 아니니.'

현주혜가 연진청의 말을 한 귀로 듣고 한 귀로 흘리며 어깨를 으쓱거렸다. 연진청의 마음을 알겠지만 그녀의 바람이 이뤄질 가능성은 아무리 생각해도 희박해서였다.

'그래도 좀 신기하기는 하네. 아무리 도인이라지만 남자가 아닌 것은 아닌데.'

색계를 범하면 안 되는 땡중도 많이 봤지만 그 못지않게 자주 본 게 바로 말코도사였다. 그런데 벽우진은 이상하게 도인 같지 않으면서도 도인 같았다.

"내 말 듣고 있는 거야?"

"네, 잘 듣고 있어요."

"흘러듣는 거 같은데."

"산책하러 가실래요? 목장도 있는 것 같더라고요."

"목장?"

연진청이 눈을 반짝였다. 목장에 대한 얘기는 못 들은 듯 큰 관심을 보였던 것이다.

그 모습에 현주혜는 곧바로 자리에서 일어났다.

"예, 소랑 말, 양, 돼지, 닭 등 상당히 많이 키우는 모양이더라고요."

"길은 알아?"

"혁문이한테 물어보면 되지 않을까요? 소혜랑 둘이서 가장 많이 신경 쓰는 것 같은데."

연진청이 못 이기는 척 자리에서 일어났다. 가축을 못 본 것은 아니었지만 곤륜파에서 직접 관리한다는 말에 호기심이 동한 것이었다.

이윽고 둘은 나란히 처소를 나섰다.

◯

산더미처럼 쌓여 있던 서류들을 모두 확인한 벽우진이 책상에 다리를 올린 채로 몸을 까딱거렸다. 네 다리의 의자 중 뒷부분의 두 개에만 체중을 싣고서 흔들의자에 앉은 것처럼 몸을 흔들었던 것이다.

"아, 머리 아프네. 역시 무공 머리하고 기문진법 머리하고는 다른 건가?"

무엇이 그리 마음에 안 드는 건지 벽우진이 입술을 삐죽 내밀며 툴툴거렸다. 며칠 동안 공부했는데도 영 진척이 없어서였다.

"무슨 말인지 도통 알 수가 없네."

다리를 이용해서 의자를 흔들던 벽우진이 미간을 좁히며 손에 든 책을 뚫어져라 쳐다봤다. 분명 무슨 글인지 읽을 수는 있는데 이상하게 이해가 되지는 않았다.

"누런 건 종이요, 까만 건 글이로다."

읽고도 이해가 되지 않는 설명에 벽우진의 미간 골이 점점 더 깊어졌다. 하지만 그런다고 한들 이해되지 않는 게 이해될 리는 없었다.

"나만 당할 수는 없는데. 나도 시조님처럼 꼭 만들어야 하는데."

벽우진이 기문진법 책을 보고 있는 건 다른 이유가 아니었다.

본인이 당했던 것처럼 시공간의 진을 만들기 위해서였다.

내용은 머릿속에 다 각인되어 있지만 그래도 떠올리는 것보다는 보는 게 편하기에 책을 읽고 있는데 진척은 별로 없었다.

"흠흠! 만약의 사태도 대비할 겸 말이지."

혼자만 있는 집무실이었지만 벽우진은 마치 변명이라도 하는 것처럼 말을 이었다. 스스로 말하고도 살짝 민망했던 것이다.

"일단 만들어만 둔다면 최악의 상황이 벌어지더라도 후인은 키울 수 있을 테니까. 그 후인이 곤륜파를 다시 일으켜 세울 거라는 보장은 없지만."

이번에야 운 좋게 자신이 들어갔지만 다음에도 그러리라는 보장은 없었다.

만약 곤륜파의 제자들이 싹 다 죽었다면 곤륜파와도 상관이 없는 이가 시공간의 진에 들어갈 수도 있었다. 그것 또한 운명이니까.

대비는 할 수 있지만 미래를 확정 지을 수는 없었다.

"근데 진전이 전혀 없으니."

제갈현에게 자문을 구했으나 한계가 있었다.

기본적인 것이야 도움을 줄 수 있었지만 심도 깊은 부분은 아무래도 비전과 관련이 있기에 제갈현으로서 자세히 알려주기가 힘들었다. 제갈세가와 곤륜파와의 체계가 살짝 다르기도 했고 말이다.

"선기를 이용하는 건 알겠는데 문제는 이걸 어떻게 구현하느냐지. 누가 한번 보여주었으면 좋겠는데 그럴 수 있는 사람이 없으니."

기문진을 펼칠 재료는 모두 갖춰져 있었다. 다만 문제는 그걸 어떻게 펼치느냐였다.

기본적인 지식이야 당연히 알고 있었지만 아무것도 모르는 상태에서 시작을 하려다 보니 앞이 막막했다.

삼재검을 갓 뗀 아이에게 소청검을 완벽하게 펼쳐 보이라고 하는 것 같다고나 할까.

머리로는 아는데 몸으로는 펼칠 수가 없는, 그런 답답함을 오랜만에 느끼며 벽우진이 입술을 삐죽 내밀었다.

"쓸 수만 있다면 다양하게 활용할 수 있을 것 같은데"

머리 아픈 건 질색인 벽우진이지만 그렇다고 포기할 수는 없었다. 아무리 생각해 봐도 자신만 당할 수는 없어서였다. 그건 절대 용납할 수 없었다.

"무공은 참 쉬운데……."

벽우진의 시선이 책상의 한쪽으로 향했다.

이번에 새로 고안해서 만든, 어떻게 보면 그의 정수가 모조리 담겨 있는 것이나 마찬가지인 무공 비급을 보며 벽우진이 흐뭇한 미소를 지었다.

장담컨대 곤륜파의 비전절학을 한 단계 더 끌어올린 무공이라 장담할 수 있었다.

다만 그것을 익히기가 쉽지는 않겠지만.

"이해하기가 어렵겠지만 그래도 알아보는 녀석들이 있겠지. 천재가 한둘도 아니고"

입문이 말도 안 되게 높지만 그렇기에 벽우진은 변별력이 있다고 생각했다. 수준이 수준인 만큼 아무나 익혀서 이름에 먹칠을 하느니 아예 시작할 엄두가 나지 않게 만드는 게 나았다.

물론 이렇게 말을 해도 욕심에 눈먼 녀석은 손을 대겠지만 말이다.

"그나저나 내가 숨겨놓은 비밀을 알아차리는 녀석이 있을라나 모르겠네."

무공 비급들을 쳐다보던 벽우진이 장난기 가득한 표정을 지었다.

사문을 위해서 만들었지만 그렇다고 쉽게 줄 생각은 없었다. 평생의 정수가 오롯이 담겨 있는 만큼 벽우진은 약간의 장난을 쳐놓았다. 그냥 남기는 건 재미없다고 생각해서였다.

"물론 쉽게 찾을 수 있게 할 생각도 없지만."

벽우진의 입가에 음흉한 미소가 맺혔다.

자신이 시공간의 진에 갇힌 것처럼 의외로 많은 부분에서 운이 작용했다. 그래서 이것 역시도 벽우진은 운에 맡길 생각이었다.

"굳이 이것에 연연할 필요가 없기도 하고."

대단한 수준인 건 분명했지만 그렇다고 광세절학이라고는 할 수 없었다.

무공의 깊이도 중요하지만 그 못지않게 중요한 것이 바로 익히는 사람이었기에 벽우진은 허공섭물로 무공 비급을 들어 책장에 꽂았다.

똑똑똑.

"사형, 저 청범입니다."

"어, 들어와."

이미 기척을 느끼고 있었기에 벽우진은 곧바로 대답했다.

잠시 후 문이 열리며 단정한 차림의 서진후가 집무실 안으로 들어왔다.

"공부 중이셨습니까?"

"응, 근데 어렵네. 내가 이쪽 머리는 없나 봐."

"계속 읽고 궁리하다 보면 이해가 되지 않겠습니까? 연습도 많이 하면 성취가 있지 않을까 생각합니다. 이미 무공으로는 일가를 이루시지 않았습니까."

"나도 그렇게 생각하는데, 이 녀석은 아닌가 봐. 나를 좀 더 골탕 먹이고 싶어 하는 것 같아."

미간을 잔뜩 찌푸린 채로 벽우진이 들고 있던 비급을 내려놓았다. 그런데 그가 펼치고 있던 부분은 중간도 아닌 앞부분이었다.

"원래 그쪽 분야가 좀 어렵지 않습니까. 쉬웠으면 제갈세가가 지금의 성세를 이루지 못했을 겁니다."

"그렇긴 한데. 좀 답답하네."

"시간은 많지 않습니까. 대호법님이라면 모를까 사형은 아직 남아 있는 세월이 창창한데요."

"놀리는 거냐?"

"그럴 리가요."

서진후가 웃으며 고개를 으쓱거렸다. 놀리기보다는 부러워서였다.

"아침부터 무슨 일이야?"

"문안 인사도 드릴 겸 보고할 게 있어서요."

"이제는 나이도 적지 않은데 문안 인사는 무슨. 우리 편하게 가자, 편하게. 밥 먹을 때도 보는데."

벽우진이 이제 그만 좀 하라는 듯이 고개를 저었다.

그런데 그 순간 창가에 있던 쟁반이 저절로 떠올라 책상으로 날아왔다. 허공섭물로 벽우진이 이동시킨 것이었다.

"그래도 문안 인사는 드려야지요. 예전에 못한 것만큼 말이죠."

"적당히 해. 너도 바쁠 텐데."

"이제는 애들이 적응이 돼서 크게 바쁜 건 없습니다. 역할 분담이 잘 되었다고나 할까요."

"그래?"

벽우진이 다행이라는 듯이 고개를 주억거렸다.

그러면서 새삼 시간이 꽤 많이 흘렀다는 걸 느꼈다.

"이건 진짜 부러운 것 같습니다."

"연습한다고 생각하면 쉬워. 공력을 세밀하게 움직이는 거니까."

"해봤는데 좀처럼 늘지가 않더라고요. 나이가 많아서 그런가."

"모든 걸 나이 탓으로 돌리지 마. 아직 한창이 녀석이."

벽우진이 어이없다는 듯이 코웃음을 쳤다. 진짜 나이 많은 건 바로 자신이었기 때문이다.

"사형은 육체적 나이는 이십 대이지 않습니까."

"너도 비천단으로 거의 전성기 때로 돌아갔잖아. 그러면서 약한 소리는."

"그래도 사형에 비할 바는 아니죠."

뜨끈한 차를 들이켜며 서진후가 빙그레 웃었다. 아무리 그가 회춘했어도 벽우진과는 비교할 수 없었다.

"그럼 너도 환골탈태하지 그랬어."

"안타깝게도 제 역량이 부족해서."

"시답잖은 소리는 이쯤하고."

"일수는 석가장에 잘 도착했습니다. 하루에 한 번씩 소식을 전해오는데 아직까지는 큰 문제가 없다고 합니다."

"간 보는 중이겠지. 이제는 마음대로 해도 되는 셋째가 아니라 패선을 뒤에 둔 경쟁자니까."

석가장의 소식에도 벽우진은 딱히 놀라지 않았다. 어련히 도일수가 알아서 잘할 거라고 생각해서였다. 이제는 어디 가서 맞고 다닐 수준이 아니기도 했고.

"머지않아 움직일 겁니다. 급한 쪽이 먼저 말이죠."

"잡아먹히지 않겠다고 자신했으니 믿어 봐야지. 난 그것보다 정후가 수련을 제대로 하고 있는지가 궁금한데."

"안 그래도 따로 챙겨 왔습니다."

"뭐가 이렇게 많아?"

제법 두꺼운 종이뭉치를 쳐다보며 벽우진이 두 눈을 끔뻑거렸다. 한두 장일 줄 알았는데 생각보다 많아서였다.

"혼자 가니 외로웠던 모양인지 내용이 많습니다. 그렇다고 쓸모없는 내용이 있는 건 또 아닙니다."

"어디 보자."

예상했던 것보다 양은 많았지만 그래도 제자가 정성스레 써서 보낸 것이기에 벽우진은 투덜거리면서도 하나하나 전부 다 읽었다. 이제는 나름 속독이 되기에 빠른 속도로 읽어 내려갔던 것이다.

"석정후의 등장이 나름 큰 파문이 된 것 같습니다."

"틈새시장이라."

"머리가 똑똑한 아이 같습니다."

"영리함과 교활함의 사이에 있다고나 할까."

"당돌하면서도 계산이 빠른 것 같습니다."

직접 본 적은 없지만 들은 얘기는 많았다.

하물며 현재 제자 중 한 명이 은밀히 석정후를 지원하고 있는 중이었다. 정작 석정후는 그 사실을 모른 채 도일수만 있다고 생각하고 있겠지만 말이다.

"그러니까 열셋에 형들 잡아먹겠다고 나섰겠지."

"아직은 지지 기반이 부족하지만, 그렇기에 빠르게 자리를 잡고 있습니다. 중립적인 위치에 있던 이들 위주로 흡수해서 세를 키우는 중입니다."

"가장 좋은 방법은 때려눕힌 다음에 흡수하는 건데."

"그러기에는 피차 나서기가 쉽지 않은 상태죠. 서로 지켜보는 중이랄까요."

하북성과는 거리가 상당함에도 서진후는 석가장의 상황을 속속들이 알고 있었다. 제자가 말해주는 것도 있지만 비청단을 이용해 듣는 것도 많아서였다.

그리고 냉정하게 생각해서 승산이 아예 없지만은 않다고 생각했다.

'동료로 석가장은 나쁘지 않지.'

안 그래도 상계의 텃세 아닌 텃세로 다른 성에서 자리를 잡기가 힘겨웠던 청하상단이었다. 그런데 석가장이 나서준다면 그 문제는 단박에 해결되었다.

물론 아직 석정후의 영향력이 크지는 않다고 하지만 그래도 석가장의 셋째였다. 거기다 벽우진이라는 존재를 뒷배에 두었기에 앞으로는 상황이 많이 달라질 터였다.

"잘하겠지. 정후도 보통은 아니니."

"두 형도 만만치 않습니다. 특히 둘째의 수완이 상당해서 쉽지 않은 대결이 될 것 같습니다."

"한두 해에 해결되지는 않을 거야."

"저도 같은 생각입니다. 그리고 다음에 보고할 게 있는데, 이게 좀 이상합니다."

서진후의 얼굴이 굳어졌다. 심상치 않은 표정을 지었던 것이다.

"귀주성 육반수(六盤水)에서 이상한 소문이 흘러나오고 있습니다."

"이상한 소문?"

"예, 200년 전 천하제일인이었던 만천무제(萬千武帝)의 무덤이 육반수에 나타났다는 소문입니다. 아직 확실한 건 아니고 추정이긴 합니다만 만천무제의 고향이 귀주성인 걸 감안하면 어느 정도의 신빙성은 있습니다."

"난리 났겠는데? 가짜라도 일단 가는 사람들이 있을 거 아냐."

벽우진이 미간을 좁혔다.

평범한 무인도 아니고 한 시대를 평정했던 무인의 무덤이었다. 가짜일지도 모르지만 그럼에도 일단 가보자 하는 이들이 많을 건 자명했다.

"맞습니다. 혹시 모르니까요. 만약 진짜라면 인생이 달라질 수도 있는 기회이지 않습니까. 그래서인지 현재 귀주성으로 어마어마한 인원이 모여들고 있다고 합니다. 삼류무사, 이류무사는 물론이고 군소방파의 수장들도 조사대를 투입하고 있다 합니다."

"흐음."

"만약 진짜 만천무제의 무덤이라면 말 그대로 보물이니까요. 알려지기로 만천무제는 별호 그대로 온갖 무공들을 익힌 천재라고 합니다. 또한 병기에도 욕심이 많아 죽기 직전까지도 수많은 병장기들을 수집했다고 하니 무인들의 눈이 돌아갈 수밖에요."

벽우진이 턱을 쓰다듬었다. 왠지 모르게 위화감이 들어서였다. 이상할 정도로 아귀가 딱딱 들어맞는 듯한 느낌이랄까.

"사형?"

"귀주성이라고?"

"예, 정확하게는 귀주성 육반수라고 그리 유명한 지역은 아닙니다. 특별히 대단한 문파가 있는 것도 아니고요."

서진후가 머릿속에 있던 정보를 줄줄이 꺼내듯이 입을 열었다.

수상하기는 하지만 원래 무림이라는 곳에는 온갖 소문들이 난무했다. 백 년 전 천하십대고수, 삼백 년 전 천하제일인 등등, 별의별 무인들의 무덤이 발견되었다는 소문들이 난무하기에 서진후는 크게 신경 쓰지 않았다. 대부분이 거짓이거나 가짜이기에 이번 역시 그럴 거라 예상했던 것이다.

"아니라고 해도 문제지만 만약 진짜라면 일이 엄청 커지겠는데."

"아무래도 그렇겠죠. 진신절기뿐만 아니라 최상승의 무학들이 수백 개나 될 테니까요. 게다가 평생 동안 모은 병장기들까지 있다면. 근데 그럴 가능성이 희박하다는 것을 아시지 않습니까?"

"어떻게 알게 된 정보야?"

"이레 전쯤에 귀주성에서 정체를 알 수 없는 장보도가 발견되었다는 소식을 들었습니다. 비청단이 파악했을 정도면 이미 그 전부터 암암리에 소문이 났다는 뜻이겠지요. 그 장보도가 만천무제의 장보도라는 게 밝혀진 것은 삼 일 전입니다. 물론 이것 역시 그전에 알려졌을 겁니다."

"하오문의 반응은 어때?"

상승무공이 절실한 건 하오문도 마찬가지였다. 게다가 천하의 모든 정보에 밝은 곳이 하오문이었고.

"신뢰도는 낮지만 그럼에도 움직였을 거라고 생각합니다. 열 개 중에 아홉 개는 가짜지만 그래도 하나는 진짜인 경우가 있으니까요."

"흠."

"왜 그러십니까?"

무언가를 골똘히 생각하는 벽우진의 모습에 서진후가 조심스럽게 물었다. 표정이 심상치가 않아서였다.

"왠지 모르게 절묘하다는 생각이 들어서."

"절묘하다고요?"

"응, 왜 하필 이 시기일까. 천하무림 비무 대회가 끝나기 직전에."

비청단이 안 것은 이레 전이지만 그 전부터 육반수를 중심으로 암암리에 소문이 퍼졌을 게 분명했다.

그렇기에 벽우진은 의심이 들었다. 시기가 너무 절묘하다는 생각이 들어서였다.

"저 역시 의심이 되기는 하지만 거리가 너무 멀지 않습니까?"

"오랫동안 준비했다면? 힘을 비축한 건 중원만이 아니야. 더구나 천년마교 입장에서는 지금보다 좋은 기회는 없지."

"……그렇죠."

서진후의 얼굴도 굳어졌다.

북해빙궁과 오독문, 거기에 대막에서의 일까지. 천하무림 비무대회로 중원무림의 저력을 다시 한번 보여주었지만, 그렇기에 찬물을 끼얹고 싶었을 터였다.

"일부러 청해성이나 사천성이 아닌 귀주성을 노린 것일 수도 있어."

"확실히 가능성은 있습니다. 다시 한번 조사해 보겠습니다."

"귀주성에 인력을 집중해 봐. 개방에 협조 요청하고."

"개방에서도 알고는 있을 겁니다. 이미 어느 정도 조사가 된 상태일 테고요."

"그건 몰라. 후개 찾는다고 개왕이 빽빽거리며 돌아다니고 있으니까."

이런 쪽으로는 개방보다 하오문이 효과적이었다. 뒤가 켕기는 녀석들일수록 은밀하게 움직일 테니까.

그렇기에 개방보다는 하오문이 나았지만 중요한 건 신뢰도였다. 때문에 벽우진은 하오문이 아닌 개방을 택했다.

"일단 비청단을 이용해서 정보를 모아보겠습니다. 청하상단과 비호표국도 있으니 시일이 그리 오래 걸리지는 않을 것입니다."

"느낌이 썩 좋지 않아. 그러니 서둘러."

"예."

서진후가 남아 있던 차를 한 번에 들이켜고는 몸을 일으켰다.

곧바로 지시를 내리기 위해서였다.

툭툭.

잠시 후 서진후가 나가고 벽우진이 홀로 집무실에 남아 손가락을 두드렸다. 아닐 가능성도 있지만 이상하게 자꾸만 불길한 느낌이 들었다.

"그동안 너무 조용했지. 불안할 정도로 말이야."

중원무림이 늘 천년마교를 주시하고 있는 것처럼 천년마교 역시 중원무림의 움직임에 이목을 집중하고 있을 터였다. 그러니 지금 움직인다고 해서 이상할 것은 없었다.

"아닐 수도 있지만 확인해서 나쁠 것은 없지."

귀주성에 대한 내용을 머리에서 지우며 벽우진은 내려놓았던 비급을 다시 집어 들었다.

그러자 자연스럽게 이마에 깊은 주름이 생겨났다.

육반수 인근에서 난데없는 추격전이 벌어졌다. 피투성이의 사내 하나가 뒤도 돌아보지 않고 전력 질주로 도망치고 있었던 것이다.

"이쯤에서 멈추는 게 어때?"

"비급을 넘기기만 한다면 목숨은 살려주마!"

"약속하겠다!"

"흥!"

뒤따르는 다섯 명의 남자들이 타협하자는 듯이 소리쳤다.

하지만 도망치는 사내는 그 말을 귓등으로도 듣지 않았다. 저렇게 말하지만 막상 자신을 잡으면 다짜고짜 팔다리부터 자를 것임을 너무나 잘 알아서였다.

'누굴 호구로 아나!'

지금은 쫓기는 자와 쫓는 자로 나뉘었지만 불과 하루 전만 하더라도 그들은 의형제 사이였다.

그러나 만천무제의 무덤에서 탄극지(彈隙指)를 얻은 순간 모든 게 변했다. 혈육지친처럼 사이가 좋았던 이들이 지금은 욕심에 눈이 멀어 서로가 서로에게 검을 들이댔던 것이다.

'이것만 익히면 나도 절정고수가 될 수 있다! 아니, 어쩌면 만천무제의 알려지지 않은 비학이라 천하십대고수의 반열에 오를지도!'

사내의 두 눈이 탐욕으로 활활 불타올랐다.

전신에 상처가 가득했기에 출혈이 적지 않았지만 그럼에도 사내는 지치지 않았다. 탄극지를 익혀 절대고수가 되어 무림을 호령하는 상상만 해도 두 다리에 힘이 불끈 솟아올랐던 것이다.

'그전에 저놈들부터 떨어뜨려 놔야지.'

하루 전까지만 해도 형님, 형님 하던 사이였지만 지금은 아니었다. 그저 욕심에 눈이 먼 짐승들에 불과했다.

정말로 자신을 위한다면 순순히 양보하는 게 옳았다. 수많은 기관을 뚫고서 탄극지를 찾은 건 바로 자신이었으니까.

'상승무공 앞에는 가족도, 형제도 없다고 하더니만.'

사내가 코웃음을 쳤다.

아직도 그는 선명하게 기억하고 있었다. 한때 형님이라 모시고 따르던 이들의 눈빛이 한순간에 변하는 것을 말이다.

또한 서슴없이 자신의 몸에 칼을 찔러 넣기도 했다.

"멈추지 못하겠느냐!"

다시 한번 등 뒤에서 노성이 들려왔지만 사내는 멈추지 않았다. 오히려 더욱 공력을 끌어 올리며 산속으로 도망쳤다. 깊은 산속으로 들어가 다섯 명을 떨쳐낼 작정인 듯싶었다.

그리고 그런 광경은 육반수 곳곳에서 볼 수 있었다.

"쯧쯧. 머저리들. 고작해야 외곽 쪽에 있는 무공에 저 지랄들이라니."

"저것만 해도 대단하다고 생각하는 것이겠지요. 모아놓은 무공 중의 하품이라고 하더라도 일단 만천무제의 눈에 든 무공이지 않습니까. 못해도 절정무공 정도는 될 거라고 생각합니다."

"고작 절정무공 가지고."

적당히 탄 피부에 날카로운 눈매가 인상적인 청년이 혀를 찼다. 곳곳에서 벌어지는 추격전이 그에게는 너무나도 한심하게 느껴졌다.

"원래 없는 것들이 저러는 법이지요. 절정무공서를 보지 못했으니 얼마나 몸이 달아올랐겠습니까."

"하긴."

염소수염 노인의 말에 청년이 고개를 주억거렸다. 자신이야 모든 걸 다 가지고 태어났지만 그렇지 않은 이들에게는 절정무공도 엄청나게 귀할 터였다.

"그러니 하품들은 어중이떠중이들에게 주고 이 공자님께서는 상품과 최상품을 노리시지요. 그래야 이 공자님의 격에 맞지 않겠습니까."

"얼마나 해체가 되었지?"

"소인이 은밀히 알아본 바에 의하면 이제 3할 정도를 뚫었다고 합니다. 이게 늦은 소식이라고 하더라도 많이 잡아야 절반일 겁니다."

"서둘러야겠군."

이 공자라 불린 청년, 석창후가 미간을 좁혔다. 완벽하게 준비한다고 시간을 살짝 지체한 것 같아서였다.

하지만 어려서부터 그를 보필하던 종복 요승은 콧구멍을 씰룩이며 고개를 저었다.

"아직 늦지 않았습니다, 이 공자님. 어중간하게 준비해서 들어가는 것보다 확실하게 준비하는 게 훨씬 더 낫습니다. 일단 들어가면 보급이 쉽지 않으니까요."

"그래서 잡부들을 죄다 끌어모았잖아."

석창후의 시선이 뒤로 향했다.

기관을 해제할 전문가들도 상당했지만 무인들과 인부들의 숫자도 많았다. 만천무제의 무덤을 제대로 털기 위해 만반의 준비를 한 것이다.

그로 인해 지출이 상당했지만 석창후가 지금까지 모은 자금에 비하면 얼마 안 되는 금액이었다.

'제대로 털어먹을 수만 있다면야.'

형이 책상에서 주로 일을 하는 관리 감독형이라면 그는 현장파였다.

직접 발로 뛰는 성격이었는데 그러다가 장보도에 대한 소식을 들었다. 운 좋게 귀주성에서 본가로 복귀하던 중에 장보도를 알게 되었던 것이다.

'셋째에게 패선이 붙었다면 난 내가 직접 패선이 된다. 아니면 무가(武家)를 일으키는 것도 나쁘지 않지.'

평범한 무인의 무덤이었다면 이런 계획은 꿈도 꾸지 못하겠지만 주인이 다름 아닌 만천무제였다. 무공광이자 수집광으로도 유명한. 그렇기에 석창후는 큰 그림을 그렸다.

'꼭 석가장일 필요는 없으니까. 무력을 손에 쥔 다음에 금력을 손에 쥐면 될 일이지.'

지금까지 그의 목표는 석가장을 손에 넣는 것이었다. 중원상계를 쥐락펴락하는 거물이 되는 게 얼마 전까지의 목표였었다.

하지만 새로운 선택지가 나타났다.

'하나보다는 둘이 낫잖아?'

금력은 분명 강력한 힘이지만 한계가 없는 건 아니었다.

그러나 금력에 이어 무력마저 손에 넣는다면 얘기가 달라졌다. 부친인 석가장주보다 더한 힘을 가질 수 있었다.

'내가 직접 만드는 것도 나쁘지 않지. 석가장주가 내게 머리를 조아리도록 말이야.'

석가장주가 된 형이 자신에게 오체투지하는 걸 떠올리며 석창후가 키득거렸다. 상상만 해도 온몸에 희열이 솟구쳤던 것이다.

'겸사겸사 셋째에게도 현실을 가르쳐 주고 말이지.'

자신이 만천무제의 진전을 이어 천하제일인이 된다면 패선도, 구파일방도, 오대세가도 전부 발아래 놓일 터였다.

그걸 생각하자 그렇게 짜릿할 수가 없었다.

"가시지요, 이 공자님."

"그래."

혼자만의 상상이 길었던 것일까.

요승이 조심스럽게 입을 열었다. 늦지는 않았지만 더 지체하는 건 좋지 않다고 생각해서였다.

이윽고 석창후와 요승을 위시로 수십 명의 인원이 비밀리에 뚫은 입구로 이동했다.

··· 제8장 ···
꼬리

귀주성에 피바람이 불었다.

　암암리에 전해지던 소문이 결국 태풍이 되어 중원을 휩쓸었고, 그 결과 수천, 수만 명의 무인들이 일확천금과 인생 역전의 꿈을 안고 귀주성 육반수를 찾았다.

　강호를 떠도는 낭인들은 물론이고 중소문파의 무인들, 심지어 대문파의 제자들 역시 은밀히 만천무제의 무덤을 찾았다.

　그로 인해 육반수는 하루가 멀게 혈풍이 불었다.

　"개미지옥이로군."

　"그 말이 더없이 잘 어울리는 상황입니다."

　제갈현의 부탁으로 육반수에 도착한 벽우진이 산 아래를 내려다봤다.

　육반수에 오면서 서진후에게 매일 보고를 받았지만 실제로 보니 보고서보다 더한 것 같았다. 분명 수백 명이 죽었다는 사실을 알고 있을 텐데도 사람들은 부나방처럼 만천무제의 무덤으로 들어갔다.

"다 욕심에 눈이 멀어서 그렇지 않겠습니까. 만약 제가 저들과 같은 상황이었다면 저 역시 다르지 않았으리라고 생각합니다. 강호에서 약자로 사는 건 너무나 서러우니까요."

"선택은 각자의 몫이니까."

하수에게 강호는 너무나 냉혹한 세계였다. 괜히 비정강호라는 말이 있는 게 아니었다.

하지만 그렇다고 해서 목숨을 거는 도박이 옳은 건 아니었다.

"운 좋게 무공 비급을 가지고 나온다고 해도 문제입니다. 그런 이들만 노리는 추격꾼도 많습니다."

"되레 죽는 놈들도 많겠군."

"예, 하지만 기관과 함정에 당하는 것보다는 그래도 확실한 물건이 있는 상대를 노리는 게 낫다고 생각하는 이들도 많습니다."

"개인적으로 궁금해서 그런데 도굴꾼들을 고용해서 따로 땅굴을 파 들어가는 이들도 많다는데 어떻게 안 무너지는 거야?"

벽우진의 시선이 산을 크게 훑었다.

대부분은 공개된 출입구로 들어가지만 몇몇은 따로 출입구를 만든다고 들었다. 만천무제의 무구들과 무공 비급을 안전하게 빼돌리기 위해서 말이다.

물론 그 정도로 규모와 인력을 투입하는 이는 적었지만 중요한 그런 이들이 꽤 있다는 사실이다.

"무덤의 규모가 크기에 가능하지 않을까 라고 생각합니다. 밝혀진 바에 의하면 저기 저 산 전체는 물론이고 지하까지도 무덤이라고 합니다."

"그걸 혼자서 어떻게 만들었을까?"

벽우진의 말에 제갈현은 말문이 막혔다.

안 그래도 그 또한 그 부분이 다소 의문스러웠다.

"저도 그 부분이 의심스러워서 조사하는 중인데 현재까지 알아낸 바에 의하면 만천무제는 기관진식에도 일가견이 있었다고 합니다. 확실하게 밝혀진 것은 아니지만 무명이 알려졌을 즈음부터 자신의 무덤을 계획했다는 말도 있고요."

"그건 맞아. 장난기도 많은 성격이었다고 하더군."

"방주님."

벽우진과 서진후, 제갈현의 곁으로 개왕이 다가왔다.

의족이 있음에도 지팡이를 지고서 올라온 개왕은 벽우진에게 꾸벅 고개를 숙였다.

"오랜만에 뵙습니다."

"방주까지 올 줄은 몰랐는데."

"상황이 심각하지 않습니까. 지금 이 순간에도 사천성에서, 운남성에서, 광서성과 호남성에서도 행렬이 끊이지 않고 이어지고 있습니다. 명문세가 역시 움직였고요. 이제는 확실히 만천무제의 무덤인 게 밝혀졌으니까요."

"더 많아질 것이다?"

"예."

개왕이 단호하게 말했다. 지금보다 더하면 더했지 덜할 가능성은 적었다.

"엄청나게 죽어나가겠군."

"어쩌면 그걸 노린 걸지도 모릅니다."

"만천무제가?"

"예, 방금 전에도 잠깐 말씀드렸었는데 만천무제는 살아생전에 장난꾸러기로 유명했다고 합니다. 수집욕 많은 괴짜라고 불렸답니다."

"음."

벽우진의 눈썹이 꿈틀거렸다. 무언가를 말하려다가 만 표정이었다.

"보물에는 죄가 없다, 인가요."

"맞아. 개미지옥이 되었지만 저건 만천무제의 입장에서는 당연한 거야. 자신의 물건을 지키기 위해 기관과 함정을 설치한 거니까. 오히려 무인들이 도굴꾼이나 다름없지."

벽우진과 같은 생각을 했는지 제갈현이 허탈한 표정을 지었다.

만천무제의 입장에서 생각해 보면 확실히 개왕의 말이 맞았다. 조용히 잠들어 있던 만천무제를 깨운 건 무인들이었다.

"도굴꾼이라. 딱 들어맞는 표현이군."

"어떻게 보면 자업자득입니다. 남의 물건을 훔치러 들어간 만큼 죽어도 할 말은 없지요."

"죽어간 숫자를 보면 만천무제가 잘못한 것처럼 느껴지지만 사실 그에게는 잘잘못을 따질 수가 없지. 이미 고인이 된 사람이니."

"맞습니다."

"하지만 이렇게 지켜보고 있을 수만은 없습니다. 기관이야 언젠가는 해체가 된다지만 그 이후가 문제입니다."

제갈현의 표정이 심각해졌다.

인원도 인원이지만 제아무리 대단한 기관도 관리를 제대로 해주지 못하면 세월에 마모되게 마련이었다. 즉 언젠가는 모든 기관과 함정들이 파괴된다는 뜻이다.

하지만 진짜 문제는 그 이후였다.

"자기네들끼리 치고받고 싸우겠지. 서로가 좀 더 갖겠다고 말이야. 아니면 독식하거나."

"그게 가장 큰 문제라고 생각합니다. 어쩌면 지금보다 더한 피바람이 불지도 모릅니다."

상승무공에 대한 무인들의 집착은 상상을 초월했다.

하수건 고수건 상승무학에 집착하는 건 똑같았다. 고수는 더 나은 경지를 위해서, 하수는 고수가 되기 위해서.

그리고 그러한 조짐은 벌써부터 나타나고 있었다.

"마음 같아서는 알아서 정리될 때까지 지켜보고 싶지만 왠지 모르게 느낌이 안 좋아서 말이지. 께름칙하다고나 할까."

"천년마교가 연관되어 있을 가능성도 있으니까요. 저는 반반이라고 생각합니다만."

"다른 곳이라면 모르겠지만 천년마교라면 욕심을 낼 필요가 없지. 본교의 무공에 자부심이 대단한 족속들이니. 애초에 만천무제의 무공이 마공이 아니기도 하고."

개왕 역시 벽우진, 제갈현과 같은 생각이었다. 시기적으로 너무나 절묘하다는 생각이 들어서였다.

"오래전부터 준비했다면 필사를 했을 수도 있습니다. 전부 다 사본을 만들 필요는 없지만 성명절기나 말년에 남긴 깨달음은 충분히 빼돌릴 만한 가치가 있으니까요."

"그럴 수도 있겠군."

"장보도의 출처에 대해서는 알아봤어?"

"시작은 도둑과 도굴꾼 두 명이었습니다. 알아본 바에 의하면 천년마교와는 아무런 연관이 없는 녀석들이었고요. 그리고 현재 둘 다 사망했습니다."

"단순한 비약이었으면 좋겠지만."

벽우진의 시선이 여전히 끊임없이 이어지는 행렬로 향했다.

서로가 서로를 살펴보는 눈빛들이 심상치 않았다. 계기만 있다면 당장 칼부림을 할 듯한 모습이라고나 할까.

이미 곳곳에서는 충돌이 벌어졌는지 날카로운 금속음이 들려왔다.

"일단 주변을 탐색하고 있습니다. 진짜 천년마교의 음모라면 어디선가 분명히 지켜보고 있을 테니까요."

"아닐 수도 있습니다. 이미 불은 붙었고, 굳이 주시할 필요는 없으니까요. 소식이야 인근 마을에서도 충분히 들을 수 있으니."

제갈현이 깊은 한숨을 내쉬었다. 지금 이 순간에도 수많은 무인들이 말 그대로 갈려 나가고 있을 게 분명해서였다. 그게 기관진식 때문이든 아니면 사람들 때문이든 말이다.

"중재는 힘들겠지?"

"반발이 상당합니다. 아마 구파일방과 오대세가가 나선다고 하면 하나로 뭉칠 가능성이 큽니다. 순순히 빼앗기고 싶지는 않을 테니까요. 그럼 혈풍이 전쟁으로 번질지도 모릅니다."

"천년마교가 바라는 그림이겠군."

"그쪽 입장에서는 좋으면 좋았지 나쁘지는 않지요."

벽우진도 한숨을 내쉬었다. 이러지도 저러지도 못하는 상황에 나오는 것은 한숨뿐이었다.

아니, 마음 같아서는 저러거나 말거나 신경 쓰고 싶지 않았다. 그런데 운정 진인이 남긴 말이 화인처럼 자꾸 가슴에 남았다.

'나도 참.'

시공간의 진에서 갓 나왔을 때에 이런 일이 벌어졌다면 벽우진은 제갈현의 부탁을 귓등으로도 듣지 않았을 것이다. 아예 답신조차 보내지 않았을 게 분명했다. 그가 신경 쓸 것이라고는 사문의 재건과 천년마교에 복수하는 것뿐이었으니까. 겸사겸사 곤륜파의 희생을 외면한 중원무림에 엿도 먹이면서.

"현재로서는 지켜보는 수밖에는 없을 것 같은데."

"으음."

"말려도 소용없을 테니까. 말린다고 듣겠어? 저렇게 기를 쓰며 들어가는데."

벽우진이 어깨를 으쓱거렸다. 지금 상황에서 그들이 할 수 있는 건 지켜보는 것밖에는 없는 것 같아서였다.

"해결할 방법이 없기는 하죠. 저 무덤이 가짜라면 모를까."

"대부분은 진품이라더군. 아직 성명절기는 발견되지 않았지만 만천무제가 자주 사용했던 무공들은 하나둘씩 나오는 중이니까."

개왕이 씁쓸한 표정을 지었다.

부나방처럼 달려드는 무인들의 마음을 모르지 않아서였다.

어떻게 보면 여기 있는 네 명 중 강호의 냉혹함에 대해서 가장 잘 알고 있는 이가 바로 그였다. 힘없는 자의 서러움을 누구보다 가장 잘 알고 있다고나 할까.

"일단은 추이를 지켜보자고. 우리가 할 수 있는 선은 떠난 것 같으니까."

"지금 상황에서는 끼어들면 말이 더 많아질 겁니다."

"그렇겠지."

사람의 이기심에 대해서는 이미 치가 떨리도록 느껴본 적이 있었기에 벽우진은 몸을 돌렸다. 만천무제의 무덤을 직접 봤으니 숙소로 돌아갈 생각이었다.

똑똑똑.

씻고 나오기 무섭게 서진후가 찾아왔다.

수건으로 머리카락도 다 말리지 못했는데 말이다.

"뭘 이렇게 일찍 찾아와?"

"보고드릴 게 있어서요."

"급한 일이야?"

"사형께서 아셔야 할 것 같아서요."

"뭔데?"

수건으로 젖은 머리카락을 털면서 벽우진이 의자에 앉았다.

그러자 서진후가 냉큼 앞에 착석했다.

"석창후가 만천무제의 무덤에 들어갔다고 합니다. 그것도 상당한 인원을 데리고서요."

"둘째 아냐?"

"맞습니다."

"그 녀석은 무공에 딱히 관심이 없다며? 호신 수준으로만 대충 익혔다고 들은 것 같은데."

벽우진이 고개를 갸웃거렸다.

뜬금없이 나타난 석창후도 석창후지만 만천무제의 무덤에 들어갔다고 하자 이해가 가지 않았던 것이다.

무공에 원래부터 관심이 있었다면 모르겠지만 벽우진이 알기로 석창후는 무공에 딱히 관심을 보이지 않는 것으로 알고 있었다.

"무슨 바람인지는 모르겠는데 귀주성에 상행을 왔다가 장보도의 소식을 듣고는 철저하게 준비한 후에 만천무제의 무덤에 들어갔다고 합니다."

"정후가 좋아하겠는데."

"……실패할 거라고 생각하시는 겁니까?"

"구파일방과 오대세가가 빠졌다고 하지만 난다 긴다 하는 군소방파들도 떼로 들어갔는데 석가장이 그 아귀다툼에서 버틸 수 있을까? 더구나 혈족도 무공 비급 앞에 눈이 돌아가는 마당에?"

서진후가 자기도 모르게 고개를 주억거렸다.

욕심은 석창후만 있는 게 아니었다. 그의 호위무사들은 물론이고 인부들 역시 한몫을 노릴 터였다.

"죽은 자는 말이 없는 법이니."

"그러니까. 지금 돈이 눈에 들어오겠어? 만천무제의 무공을 얻을 수 있는데."

"여기에 명문세가와 대문파까지 합세한다면 진짜 중원무림이 뒤집어지겠는데요."

"그렇겠지."

벽우진이 무덤덤하게 대답했다.

걱정은 되지만 그렇다고 크게 신경 쓰는 기색은 아니었다. 결국은 각자의 선택이라고 생각해서였다. 강해지고자 하는 열망은 무인에게 있어 당연한 것이기도 했고.

"만약 사형의 우려대로 천년마교의 소행이라면 진짜 머리를 잘 쓴 것 같습니다."

"하지만 천년마교의 방식은 아니지."

"사형께서 지난번에 말씀하시지 않았습니까. 교주의 성향에 따라 천년마교의 방식 역시 얼마든지 바뀔 수 있다고요."

"맞아. 그래서 내가 직접 온 것이기도 하고. 근데 아직까지는 느껴지는 게 없네."

"제가 천년마교라면 최대한 많은 이들을 끌어모은 다음에 매몰시킬 것 같습니다. 이왕이면 구파일방과 오대세가가 죄다 들어간 후에 말이죠."

서진후가 무서운 말을 아무렇지 않게 내뱉었다.

하지만 그건 그렇게 될 가능성이 희박하다고 생각하기에 한 소리였다. 적어도 곤륜파와 제갈세가, 개방은 만천무제의 무덤에 욕심이 없었으니까.

"우연의 일치로 만천무제의 무덤이 발견된 것일 수도 있고, 그럴 가능성도 충분히 있으니까."

"제갈가주도 반반이라고 했었죠."

"근데 우리가 온 게 알려지면 지금보다 더한 인파가 몰려들 수도 있어."

"그렇겠죠."

어떤 일이 벌어질지 두 눈에 훤했다.

그렇기에 서진후는 몸을 떨었다. 지금만 하더라도 어마어마한 숫자인데 여기에서 더 늘어난다고 생각하자 눈앞이 캄캄했다.

"정작 우리가 온 이유는 다른 것 때문인데."

"겸사겸사 보러 오신 거잖아요."

"흔한 기회는 아니니까. 근데 이 정도일 줄은 몰랐지."

수많은 사람들의 탐욕과 이기심으로 점철되어 있던 이름 없는 산을 떠올리며 벽우진이 눈살을 찌푸렸다.

지금 있는 숙소와는 상당히 멀리 떨어져 있음에도 불구하고 그는 여전히 욕망을 느낄 수 있었다. 워낙에 활화산처럼 분출되고 있기에 느끼기 싫어도 어쩔 수 없이 느껴졌던 것이다.

"사람에게 있어 욕심은 본능이지 않습니까. 다만 범인들조차 이리 관심을 보일 줄은 몰랐습니다."

"네 말마따나 얻기만 한다면 인생 역전이 가능하니까. 근데 문제는 그로 인해 정작 마교도들의 꼬리를 잡을 수 없다는 거지."

벽우진이 입맛을 다셨다.

멀고 먼 청해성에서 여기 귀주성까지 온 건 만천무제의 무덤 때문이 아니었다.

덧없이 죽어가는 사람들의 모습이 안타깝기는 해도 그뿐이었다. 어차피 선택은 개인이 하는 것이었고, 책임 역시 본인이 지는 것이었으니까.

다만 벽우진이 이곳까지 온 것은 혹시나 천년마교가 관련되어 있지 않을까 싶어서였다.

"오고 가는 사람이 하도 많아서 뭘 찾거나 조사할 수가 없는 상황입니다. 알아보니 야심한 시각에도 끊임없이 사람들이 무덤으로 향한다고 합니다."

"지금은 을씨년스럽잖아. 죄다 몰려가서."

"낮에는 너무 많아서, 지금은 너무 없어서 조사하는 데 애를 먹는 상황입니다."

서진후가 답답한 표정을 지었다.

힘들 거라 예상을 하기는 했지만 그래도 이 정도일 거라고는 생각하지 않았다. 그렇기에 서진후가 벽우진의 눈치를 살폈다.

"애초에 쉬울 거라고 생각하지 않았잖아. 마음 편히 먹어. 혹시나 하는 마음에 와본 것이니까."

"사형도 따로 느껴지시는 건 없으시죠?"

"응, 워낙에 주변의 기운이 산만해서 뭘 느끼고 파악할 새가 없네. 하도 출렁거리니."

"이번에도 허탕인가요."

"아직은 모르지. 이제 왔는데. 그래도 한 이삼일 정도는 있어 봐야 하지 않겠어?"

벽우진이 묘한 눈빛을 흘리며 대답했다.

만약 정말 만천무제가 천년마교의 음모라면 분명히 반응을 보일 터였다. 자신과 서진후야 은밀히 움직였다고 하지만 제갈현과 개왕의 행적에 대해서는 마음만 먹는다면 파악이 가능할 테니까.

'연관이 없다면 별수 없는 거고.'

애초에 일말의 가능성을 가지고 출발한 귀주행이었다.

그런 만큼 벽우진은 마음을 편히 먹었다. 이번이 아니어도 기회는 많으니까.

"시간이 많으면 나야 좋지."

"예?"

"혼잣말이야. 그리고 너도 이제 그만 쉬어. 여기까지 오느라 고생했을 텐데. 쉴 때 푹 쉬어둬야지 또 바쁘게 움직이지."

"알겠습니다."

벽우진의 축객령 아닌 축객령에 서진후가 머리를 꾸벅 숙인 후 방을 나섰다.

그러나 서진후가 나갔음에도 벽우진은 좀처럼 침상에 몸을 눕지 않았다.

어둠이 짙게 내린 장원이 한눈에 내려다보이는 3층에서 중년인이 홀로 차를 마시고 있었다.

그런데 어느 순간 그의 앞으로 부복한 남자가 소리 없이 나타났다. 안개가 일렁이더니 어느 순간 흑의 복면인으로 화했던 것이다.

"알아보라고 한 것은?"

"구절서생은 본가에 없는 게 확인되었습니다. 개왕은 현재 육반수에 있습니다."

"만났을 가능성이 크겠군. 곤륜파 쪽은?"

"죄송합니다. 아직 확실하게 파악되지 않습니다."

부복해 있던 흑의 복면인이 머리를 바닥에 댔다. 변명을 하기보다는 자신의 부족함을 먼저 말했던 것이다.

그런데 흑의 복면인의 사죄에도 중년인은 별다른 타박을 하지 않았다.

"그만한 무인의 행적을 파악하기가 쉽지 않다는 걸 알고 있으니 그리 풀 죽을 것 없다. 애초에 파악될 인물이었으면 진즉에 처리했겠지. 특별한 사항은?"

"늘 똑같은 일과가 이어진다고 합니다."

"도가문파 아니랄까 봐 참 재미없게 사는군."

중년인이 혀를 찼다. 패선은 좀 특이하다고 들었는데 막상 안을 까보면 크게 다르지 않는 것 같아서였다.

"현재 마을을 샅샅이 뒤지고 있으니 곧 결과를 알 수 있을 것입니다."

"서두르도록. 만약 와 있다면 흔치 않은 기회이니까. 그나저나 개왕은 운이 좋군."

"개왕의 위치는 계속해서 신경 쓰고 있습니다."

"꼬리 안 잡히게 조심하고. 그래도 개방주인데 추적을 못 느낄까."

"명심하겠습니다."

흑의 복면인이 대답했다.

그런데 그의 음성에는 지금까지와 달리 자신감이 짙게 서려 있었다. 마치 개방주 정도에게는 들키지 않는다는 듯이 말이다.

"자만하지 마라. 개왕은 고작해야 중원에서 열 손가락 안에 들어갈까 말까 하는 정도이니까. 그 윗줄은 좀 다를 거다."

"……예."

"생각도 하지 말고. 너흰 그저 시키는 것만 제대로 하면 된다. 그 이상은 바라지도 않으니까."

"……."

딱 그 정도만 기대한다는 중년인의 말에 흑의 복면인은 말없이 머리를 조아렸다.

하지만 그런 그의 태도에도 중년인은 몸을 돌려 창밖의 달을 올려다봤다.

"구파일방과 오대세가의 움직임은?"

"없습니다."

"비밀리에 인원을 파견했을 가능성은?"

"적어도 만천무제의 무덤 인근에서 구파일방과 오대세가의 무인들이 나타났다는 소식은 듣지 못했습니다."

"흐음."

한 손에는 찻잔을 든 채로 중년인이 침음을 흘렸다.

그런 그의 얼굴에는 못마땅한 기색이 서려 있었다. 나름 먹음 직스러운 미끼를 준비해 두었는데 아직도 반응이 없는 게 그는 마음에 들지 않았다. 특별히 신경 써서 이중으로 준비까지 해두었는데 말이다.

"하후세가와 산동악가는 비밀리에 조사대를 파견했습니다."

"열 손가락 안에 들까 말까 하는 무가들 따위."

중년인이 코웃음 쳤다. 오대세가도 아닌 다른 가문들은 안중에도 없어서였다.

"계속 주시하겠습니다."

"나가봐."

중년인의 축객령에 흑의 복면인이 나타났을 때와 마찬가지로 연기처럼 사라졌다.

그러나 중년인의 시선은 여전히 창밖을 향해 있었다.

"최소 무당권제나 제왕검 정도는 오지 않을까 싶었는데. 의외로군."

중년인이 아쉬움 가득한 표정을 지었다. 세 사람과 비교하면 구절서생과 개왕은 무게감이 많이 떨어져서였다.

적어도 자신과 어울리려면 세 사람 내지 패선 정도는 되어야 했다.

"제갈현이야 미래의 귀찮음을 생각하면 미리 제거하는 것도 나쁘지는 않지만, 개왕은 아니지."

상부에서야 타초경사의 우를 범하면 안 된다고 했지만 그의 생각은 달랐다.

개왕은 절대 그 정도의 급이 아니었다.

거지들은 숫자만 많을 뿐 본교에 위협이 되는 수준은 아니었다. 그저 귀찮은 존재들일 뿐.

"타초경사라. 어차피 죄다 묻어버리면 똑같은 거 아닌가?"

본교에서 온 지시를 떠올리며 중년인이 턱을 쓰다듬었다.

만천무제의 무덤을 날려 버리나 제갈현과 개왕을 죽이나 어찌 됐든 본교의 움직임이 드러나는 건 매한가지였다.

그렇기에 그는 상부의 지시가 살짝 이해되지 않았다.

"어차피 드러날 거면 화끈하게 하는 것도 나쁘지는 않을 것 같은데 말이지."

본교의 지령에 따라야 하는 게 그이지만 그렇다고 의사 결정권이 아예 없는 것은 아니었다. 아무래도 거리가 있다 보니 상황에 따라 어느 정도는 그의 마음대로 결정을 내릴 수 있었다.

"넷 중 하나만 왔어도 내가 이렇게 고민하지는 않았을 건데."

본교에서는 적어도 구파일방과 오대세가의 절반은 움직이기를 바랐다. 그래야 중원무림의 지휘 체계가 무너져 내릴 것이기 때문이다.

하지만 중년인의 생각은 조금 달랐다. 중원무림의 전력 절반이 사라지면 정복이야 편해지겠지만 동시에 무인으로서의 재미가 사라질 가능성이 높았다.

"쉬운 싸움은 재미가 없는 법이지. 오히려 진이 빠진다고나 할까."

투쟁하고 쟁취하는 게 바로 본교의 삶이었다.

그런 곳에서 나고 자란 그에게 있어 약해 빠진 적은 상대할 만한 가치가 없었다.

"꿈틀거리는 벌레들을 보는 것도 나름 재미있기는 하지만 그것도 한두 번이지."

자기네들끼리 치고받고 싸우는 구경도 나름 보는 재미가 쏠쏠했다.

그러나 그것도 한두 번이었다.

중년인은 자신이 직접 움직이고 싶었다. 피 튀기고 살기 넘치는 전장에서 말이다.

"지겹군."

서서히 바닥을 향해가는 인내심을 느끼며 중년인이 중얼거렸다. 그런 그의 눈동자에서는 마화(魔火)가 번뜩이고 있었다.

고요한 적막이 내려앉은 야심한 시각에 제갈현은 홀로 방 안에 앉아 있었다.

하나뿐인 등불이 창문에서 불어오는 바람에 따라 애처롭게 흔들렸으나 제갈현의 두 눈은 굳건했다. 흔들림 없이 거대한 한지에 그려진 조감도를 내려다봤던 것이다.

"만천무제의 무덤."

제갈현의 눈빛이 침중해졌다.

우연의 일치일 수도 있지만 아닐 가능성도 있었다. 본능 역시 아닌 쪽에 무게를 두고 있었고.

"이게 정말 음모라면……."

시간이 흐를수록 줄어들기는커녕 점점 더 늘어나는 인파에 제갈현의 얼굴이 어두워졌다. 만약 음모라면 정말 머리를 기가 막히게 쓴 것 같아서였다.

"발견한 무공 비급들이 진품이라고 하지만 그것마저도 계획된 것이었다면? 아홉 개의 진짜 중에 하나의 가짜를 숨겨놓았다면?"

우연의 일치가 아니라 무언가를 얻기 위해서 준비한 음모라면 무공 역시 의심해 보아야 했다. 겉으로 보기에는 진품처럼 보이나 마지막에 꼬아놓을 수 있어서였다.

진짜 고수가 손을 본다면 그럴듯하게 만드는 것쯤은 일도 아니었다. 게다가 오래된 것처럼 보이게 만드는 것도 특수한 약품을 사용한다면 가능했다.

"견본을 얻을 수 있으면 좋겠지만, 불가능하겠지."

만천무제가 사용한 무공도 아니고 일개 수집용으로 모아놓은 무공 비급 하나에 피바람이 불고 있는 게 현실이었다. 특별한 것 없는 일류무공이 말이다.

그런 상태에서 견본으로 쓸 무공 비급을 구한다는 것은 불가능에 가까웠다. 아무리 상황에 대해 설명해 봤자 누구도 듣지 않을 게 분명했고 말이다.

"본가가 나서면 말이 더 많아지겠지."

눈과 귀를 닫고 오로지 욕심 하나에만 매달리는 게 현 상황이었다. 그런 만큼 그 어떤 말도 통하지 않을 게 분명했다.

"진짜라면 그나마 다행이지만 만약 천년마교의 음모라면 반드시 막아야 하는데……."

제갈현은 벽우진이 왜 여기까지 한달음에 달려왔는지 알고 있었다. 그리고 그 역시 그곳이 의심되기에 망설이지 않고 온 것이었고.

"말 그대로 진퇴양난이로구나."

제갈현이 깊은 한숨을 내쉬었다. 이러지도, 저러지도 못하는 상황이 너무나 답답해서였다.

마음 같아서는 몰래 만천무제의 무덤에 들어가 조사라도 하고 싶지만 그러기에는 위험 부담이 너무 컸다. 지금만 하더라도 언제 무너져도 이상하지 않은 상황이어서였다.

"후우."

"클클! 고민이 많은 모양이야."

"방주님."

"자네도 한잔할 텐가?"

창문에 걸터앉은 개왕이 손에 들고 있던 호리병을 흔들었다.

하지만 제갈현은 고개를 저었다.

"저는 차면 됩니다."

"가끔 자네를 보면 무슨 재미로 사나 하는 생각이 들어."

"나름 즐길 거리가 많습니다. 심심하지도 않은 편이고요."

"심심함을 느끼는 것도 인생의 묘미인데 말이지."

개왕이 엉덩이를 털며 방 안으로 들어왔다. 그러고는 책상 가득 펼쳐져 있는 조감도를 슬쩍 쳐다봤다.

"머리가 복잡하지?"

"아니라고 말하고 싶지만, 그러기가 힘드네요."

"슬슬 위험할 거야. 아무리 튼튼하게 만들었다고 해도 저렇게 사방팔방에 땅굴을 파면 무너지게 되어 있어."

"말해도 들을까요?"

"귓등으로도 안 듣겠지."

개왕이 피식 웃으며 술을 벌컥벌컥 마셨다. 그러자 독한 화주 냄새가 순식간에 차향을 집어삼켰다.

"왜 아무도 의심을 하지 않을까요."

"의심하는 놈들은 있을 거야. 다만 놓치기가 싫었겠지. 의심하다가 천재일우의 기회를 놓칠지도 모른다고 생각할 테니까. 더구나 무공 비급뿐만 아니라 보물까지 있는데 어느 누가 눈이 안 돌아가겠어? 크게 필요 없는 이도 일단은 달려들고 볼걸? 괜히 다다익선이라는 말이 있겠어?"

"으음."

"이 문제는 우리 손을 떠났어. 우리가 어떻게 할 수 있는 문제가 아냐. 벽 장문인이 나서도 안 되는 일이라고. 오히려 역풍을 맞으면 맞았지. 우리가 집중해야 하는 건 그에 아냐."

개왕이 두 눈을 번뜩였다. 독한 술을 마시는 중이라고 보기 힘들 정도로 개왕의 눈동자는 또렷했다.

"다른 것이라면?"

"왜 만천무제의 무덤을 공개했을까. 무엇을 노리는 것일까. 이걸 생각해야지."

"호오."

"지금 제갈가주는 너무 무인들에게만 집중하고 있어. 그들의 죽음에 대해서만. 물론 그게 나쁘다는 건 아냐. 큰 그림을 그리고 봐야 하는 제갈가주이니 당연히 중원무림의 전력이 약화되는 게 신경 쓰일 수밖에 없지. 그런데 과연 그것만 노릴까? 단순 무식했던 녀석들이 머리를 쓰기 시작했는데."

제갈현의 얼굴이 굳어졌다. 무엇을 말하는 것인지 바로 알아차린 것이었다.

동시에 그의 머리가 빠르게 회전했다.

"확실히 제가 놓치고 있었네요."

"흘흘! 연륜이라는 게 괜히 있는 게 아니지. 물론 나도 죽어가는 이들이 안쓰럽기는 해. 하지만 그 또한 그들의 선택이라는 걸 잊으면 안 돼. 만천무제의 무덤에 들어가는 이들이 죽을지도 모른다는 사실을 모를까? 전혀. 알고서 들어가는 거야. 혹시나 하는 마음에. 그러니 죽는 것에 대해 너무 신경 쓰지 마. 어떻게 보면 자업자득이니까."

"방주님께서는 천년마교라고 생각하시는 겁니까?"

"다른 곳일 수도 있겠지만 개인적으로는 가장 가능성이 높다고 생각해. 그건 제갈가주도 마찬가지지 않나?"

중원은 지금까지 수많은 외세의 침공을 받았다. 불과 얼마 전까지도 말이다.

그리고 그 말은 달리 말하면 몇 곳은 다시 전쟁을 일으킬 여력이 없다는 뜻이기도 했다.

"가장 유력하기는 하지요."

"그러니 생각을 달리 해보자고. 함정은 저쪽만 파라는 법은 없잖아?"

"어?"

제갈현의 두 눈이 화등잔만 하게 커졌다. 망치로 머리를 한 대 맞은 듯한 표정을 지었던 것이다.

"역시 똑똑하다니까. 바로 알아들었네."

"혹시?"

"아, 걱정은 하지 마. 드러난 건 나뿐이니까. 나야 원래부터 뻔질 나게 돌아다녔잖아."

"……위험할 수도 있습니다."

제갈현의 얼굴이 굳어졌다.

상대가 다른 곳도 아니고 천년마교였다. 게다가 현재 개방에는 후개가 없는 상태였고.

때문에 제갈현이 염려가 짙게 서린 눈으로 개왕을 쳐다봤다.

"아닐 수도 있잖아? 내가 괜히 설치는 것일 수도 있고."

"하지만 만약 진짜라면 위험합니다."

"그건 피차 마찬가지야. 마음먹고 알아내려고 하면 제갈가주가 본가에 없는 것도 알아냈을 텐데."

"그렇긴 하지요."

이곳이 제갈세가의 안가 중 한 곳이라고 하지만 마음먹고 알아 내고자 한다면 못 알아낼 것도 없었다. 유동 인구가 갑자기 많아 졌다고 하지만 밤에는 그 많던 사람들이 대부분 사라졌기에 탐색 하면 위치를 찾아내는 건 금방일 터였다.

"그리고 월척을 건지려면 그만큼 위험 부담도 커지는 법이야. 위 험한 장소일수록 큰 물고기를 잡을 수 있으니까."

"위험이 클수록 얻는 것 역시 커지게 마련이니까요. 반대의 경우도 적지는 않지만."

"할 수 있는 건 다 해보자고. 여기까지 왔는데 만천무제의 무덤만 구경하고 가는 건 좀 그렇잖아? 멀리 귀주성까지 왔는데."

"그래도 조심하셔야 합니다. 방도들을 생각하셔야지요."

"안 그래도 후개 때문에 골치가 아파. 마음에 드는 녀석이 좀처럼 보이지 않네. 인재 중의 인재를 고르고 싶은데……."

개왕이 미간을 좁혔다.

죽은 제자를 생각하면 천천히 구하고 싶지만 현재 상황이 그리 좋지 않았다. 언제 천년마교가 쳐들어올지 모르는 상황이었기에 개방 역시 만반의 준비를 해야 했다. 후개를 찍는다고 일이 끝나는 것도 아니었고 말이다.

"급할수록 돌아가라는 말도 있지 않습니까. 차분히 찾다 보면 좋은 아이를 만날 수 있지 않을까 생각합니다."

"벽 장문인은 2년 만에 구룡급으로 키워내지 않았나."

"그건 특별한 경우이지 않습니까."

제갈현이 어색하게 웃었다. 시간이 꽤 지났음에도 어째서 후개가 정해지지 않았는지 한순간에 이해되었던 것이다.

"내 생각은 조금 달라. 준비만 제대로 된다면 나도 할 수 있을 것 같아."

"응원하겠습니다."

"물론 쉽지 않다는 걸 알지만, 제갈가주도 알다시피 우리는 그리 여유롭지가 않잖아."

"그렇지······."

제갈현의 두 눈이 부릅떠졌다.

그런데 그건 개왕도 마찬가지였다. 방금 전가지 익살스럽게 말하던 이가 맞나 싶을 정도로 개왕 역시 화들짝 놀란 표정을 지었다.

"마기!"

개왕이 부르짖듯 소리쳤다.

그러나 그 순간에도 안가에서 잡일을 하던 이들의 생기(生氣)는 빠르게 사그라졌다. 갑작스러운 암습에 속절없이 죽어갔던 것이다.

"이놈들!"

비명도 지르지 못하고 죽어가는 이들의 기척에 제갈현이 노성을 터뜨렸다.

그러고는 곧장 창문 밖으로 몸을 날렸다. 계단으로 내려갈 시간도 아까워서였다.

"감히!"

제갈현에 이어 개왕 역시 몸을 날렸다. 무인도 아닌 평범한 양민을 아무렇지 않게 도륙하는 마인들의 행태에 그 역시 흥분한 것이었다. 그 사실을 증명하듯 개왕의 전신에서 아지랑이가 피어올랐다.

평소에는 웃음 많은 옆집 거지지만 그는 엄연히 오왕 중 한 자리를 차지했던 고수였다.

··· 제9장 ···

# 오는 건 마음대로 와도 가는 건 아냐

"어, 라……?"

하루 일과를 마치고 잠자리에 들기 전 소변을 볼 요량으로 뒷간으로 가던 아이가 순간 고개를 갸웃거렸다. 분명 앞으로 걸어가고 있었는데 이상하게 시야가 비틀어지는 것 같아서였다.

쿠웅.

하지만 그 생각은 더 이상 이어지지 못했다. 목에서부터 잘린 머리가 바닥에 떨어져서였다.

"역시 어린아이의 피는 너무나 향긋하다니까."

"즐길 여유 없다. 우리가 무엇 때문에 제갈세가의 안가에 온 것인지 잊지 마."

"선명하게 기억하고 있다. 그냥 싹 다 죽이면 되는 거 아냐."

"개왕을 네가 잡으려고?"

어디서나 흔하게 구할 수 있는 흑의 무복을 입고 있던 남자가 혀를 차며 동료를 쳐다봤다.

그러나 목에서 솟구치는 피 분수에 코를 벌렁거리던 사내가 히죽 웃었다.

"못 잡을 건 뭐야?"

"그럼 네가 혼자 나서는 걸로."

"치사하게 그럴 거냐. 같이 잡아야지."

"정신 똑바로 차려. 같이 있는 구절서생은 결코 만만한 놈이 아니니까."

"그래 봤자 칼에 찔리고 머리가 터지면 뒈지는 건 똑같아."

사내가 키득거렸다.

아무리 칠성 중 기성(奇星)이라 불리는 제갈현이라고 해도 사람인 것은 똑같았다. 그리고 사람은 심장이 파괴되거나 머리가 박살나면 죽는 건 마찬가지였다.

"맞아. 사람인 이상 뒈지는 건 똑같지. 다만 좋게 죽느냐, 고통스럽게 뒈지느냐가 다를 뿐."

"컥!"

창졸간에 사지 육신에 구멍이 뚫린 사내가 바닥으로 허물어졌다.

그러고는 신음하며 벌레처럼 바닥을 기었다. 고통으로 인해 가만히 있을 수가 없었던 것이다.

"누, 누구냐!"

난데없이 들려오는 음성에 아직까지는 두 다리로 멀쩡히 서 있던 남자가 버럭 소리를 질렀다.

그러면서 주변을 황급히 두리번거렸다. 검을 더욱 강하게 쥐고서 금방이라도 휘두를 것처럼 살기를 내뿜으며 소리쳤던 것이다.

"그 말은 내가 물어야 할 것 같은데. 마교에서 왔느냐?"

스르륵.

어둠을 가르듯이 전각 사이에서 청년 하나가 모습을 드러냈다. 초승달처럼 날카로운 눈매가 인상적인 청년이 뒷짐을 진 채로 남자 앞에 나타났던 것이다.

"너, 너는?"

"역시 천하무림 비무 대회가 크긴 컸나 보네. 바로 날 알아보는 걸 보면."

"어떻게 여기에?"

"그건 알 거 없고."

서늘한 안광과 함께 벽우진이 히죽 웃었다.

그리고 그게 남자가 본 마지막 광경이었다.

"사형!"

"역시 오길 잘한 거 같다. 안 왔으면 이놈들 못 만났을 거 아냐?"

검을 든 채로 달려오는 서진후를 쳐다보며 벽우진이 히죽 웃었다.

그런데 그 미소가 너무나 섬뜩했다. 얼굴은 웃고 있는데 이상하게 몸이 떨려온다고나 할까.

"숫자가 생각보다 많습니다."

"상관없어. 대신 피해가 커지지 않게 해. 가급적이면 무공을 익히지 않은 이들이 죽지 않게. 나도 신경 쓸 거지만 그래도 혹시 모르니까."

"알겠습니다."

"간부급 보이면 살려두고, 자결만 못 하게 해."

"예."

서진후의 안광이 서슬 퍼렇게 빛났다.

천년마교에 복수심을 불태우는 건 벽우진만이 아니었다. 오히려 벽우진보다는 그의 복수심이 훨씬 크고 깊었다.

벽우진이 얘기로 들은 것과 달리 그는 곤륜파가 불타고 무너지는 걸 직접 목도한 이였다.

"가자."

차분했던 지금까지와는 너무나 다른 사제의 모습이었지만 벽우진은 이해했다. 자신과 달리 곤륜파의 흥망성쇠를 전부 다 본 사람이 바로 서진후였다.

그렇기에 벽우진은 서진후의 어깨를 한번 두드려 준 후 가장 마기가 강렬한 곳으로 몸을 날렸다.

서걱! 푹!

벽우진이 떠나간 뒤로 곳곳에서 섬뜩한 파육음이 들려왔다.

그러나 비명소리는 들리지 않았다. 제대로 훈련을 받은 듯 검에 찔려도 누구 하나 비명을 지르지 않았던 것이다.

"조용해서 좋군."

"어, 어떻게?"

"뭘 어떻게야? 네놈들이 약해 빠진걸."

서진후는 어금니가 훤히 드러날 정도로 웃었다. 그 서늘하고 차가운 괴소(怪笑)에 하나같이 똑같은 흑의 무복을 입고 있는 이들이 몸을 떨었다. 입고 있는 옷은 도복인데 살기는 웬만한 살귀들

저리 가라 할 정도로 농밀해서였다.

"죽어!"

"그건 네놈들이고."

서진후의 검이 춤을 췄다. 평소의 그답지 않게 살기를 줄기줄기 뿜으며 허공에 쉴 새 없이 피를 뿌렸다.

그런데 의외로 죽은 이는 없었다.

콰앙! 쾅!

날 듯이 허공을 가로지르던 벽우진이 장원의 한 공터에 내려섰다.

그런 그의 눈에 잔뜩 흥분해서 날뛰는 제갈현과 개왕의 모습이 눈에 들어왔다.

특히 개왕의 기세가 심상치 않았다. 의족을 착용했다고는 믿기 힘들 정도로 살벌하게 날뛰고 있었는데 지팡이를 마치 타구봉처럼 쓰며 흑의 무인들을 개 패듯이 때려잡고 있었다.

"저놈이 우두머리인 모양이군."

쓰러진 이들까지 합치면 무려 서른 명이 넘는 인원이 두 사람을 공격하고 있었다. 협공하며 둘을 끈질기게 밀어붙였던 것이다.

하지만 벽우진의 시선은 차륜전을 펼치는 흑의 무인들이 아닌 홀로 여유롭게 구경하는 중년인에게로 향했다.

스윽.

벽우진의 시선을 느낀 듯 싸움 구경하듯 느긋하게 격전을 쳐다보던 중년인이 고개를 돌렸다.

그러더니 이내 두 눈을 크게 떴다. 한눈에 벽우진을 알아본 모양이었다.

"아니, 너는?"

"날 아는 것 같은데, 도망치지 않는군."

"어떻게 여길? 아니, 운이 좋군. 구절서생과 개왕으로 만족하기에는 아쉬웠는데 이런 대물이 걸릴 줄이야."

"대물?"

도망치기는커녕 오히려 눈을 번뜩이는 중년인의 모습에 벽우진이 재미있다는 표정을 지었다. 이런 반응은 정말 오랜만인 것 같아서였다.

"대물이지. 패선이라면 소림무제, 무당권제, 제왕검과 비교해도 떨어지지 않으니까."

"그 정도라도 생각해 줘서 고맙다고 해야 하나?"

"영광으로 알아야지. 이 몸이 기억하고 있다는 것이니까."

"후후후!"

벽우진이 웃음을 흘렸다. 들으면 들을수록 기가 막혀서였다.

하지만 한편으로는 마음이 들기도 했다. 이처럼 호기롭게 말하는 이가 요즘에는 드물어서였다.

"그러니 소문대로의 실력을 보여주었으면 좋겠군."

"그토록 원하니 확실하게 알려주지. 물론 대가도 확실하게 받을 거야."

벽우진의 신형이 사라졌다.

둘 사이에는 상당한 거리가 있었지만 벽우진에게는 해당 사항이 없었다.

"어?"

한순간에 사라지는 기척에 중년인이 두 눈을 부릅떴다. 두 눈으로 똑똑히 보고 있었음에도 기척을 놓쳤다는 게 믿기지가 않아서였다.

동시에 그의 머릿속에서 경종이 울렸다. 본능적으로 위험 신호를 감지했던 것이다.

"어딜 가려고?"

벽우진과 마찬가지로 뒷짐을 지고 있던 중년인이 황급히 손을 풀었다.

하지만 벽우진이 먼저였다. 어느새 뒤로 돌아간 벽우진이 막 발을 떼려던 중년인의 어깨를 붙잡았던 것이다.

"흡!"

그와 동시에 중년인이 몸을 돌리며 쌍장을 뿌렸다. 창졸간에 장강을 내뿜으며 벽우진을 공격했던 것이다.

터어어엉!

마기로 이루어진 공격이라는 것을 보여주려는 듯 기분 나쁜 새까만 강기가 벽우진을 강타했다.

아니, 강타한 것처럼 보였다.

"네놈들은 모를 거야. 내가 얼마나 네놈들을 보고 싶어 했는지 말이야."

"……!"

중년인의 동공이 못 본 것을 본 것처럼 확대되었다.

반사적으로 뿌린 것이기에 전력은 아니라고 하지만 그래도 8할 이상의 힘이 실린 공격이었다. 그런데 그 쌍장을 벽우진은 너무나 태연하게 받아내고 있었다.

"그래서 말인데. 나에게도 네놈이 대물이었으면 좋겠군."

"큭!"

중년인이 다급하게 몸을 날렸다. 일단은 거리를 벌려야 한다는 생각이 들어서였다.

이대로는 자세가 좋지 않았기에 제대로 된 힘을 실을 수 없었다. 또한 생각을 정리할 시간도 필요했다.

'이 정도라고? 패선이?'

중년인의 동공이 격렬하게 흔들렸다.

한 차례의 공방이었지만 중년인 역시 고수인 만큼 단번에 알아차렸다. 벽우진이 자신 못지않은 고수라는 사실이 말이다.

아니, 인정하기 싫었지만 어쩌면 그 이상일지도 몰랐다.

'그럴 리 없다!'

자기도 모르게 떠오른 생각에 중년인이 고개를 크게 저었다.

고작해야 중원에서, 그것도 다 망해가던 곤륜파의 후인이 천년 마교를 떠받치는 여섯 개의 기둥 중 하나인 진명마가(眞明魔家)의 이인자인 자신보다 강할 리가 없었다. 그건 말도 안 되는 소리였다.

'본교 서열 30위 안에 들어가는 고수가 바로 이 몸이다!'

중년인은 다시 한번 말도 안 되는 생각을 털어냈다. 방금 전에 움직임을 놓친 건 단순히 방심이라고 치부하면서 말이다.

너무 오랫동안 본산을 떠나 왔기에 감이 무뎌진 것이라고 생각했다.

"눈빛이 아주 마음에 들어. 건방지고 오만한 게 딱 천년마교의 주요 인사처럼 보여. 웬만한 간부급 이상인 느낌이랄까."

"이곳을 네 무덤으로 만들어주마!"

"자기 할 말만 하는 것도 좋아. 그 정도 패기는 있어야 사로잡을 맛이 나지."

"미친놈."

중년인이 어처구니없다는 표정을 지었다. 감히 자신을 앞에 두고 사로잡느니 마니 하는 게 우스웠던 것이다.

"내가 바라는 건 딱 한 가지야. 자결하지만 말라고."

"그럴 일 없다. 네놈이 내 손에 먼저 죽을 테니까!"

쿠르르릉!

중년인의 전신에서 검은 아지랑이가 피어올랐다.

동시에 무지막지한 위압감이 사방을 휩쓸었다. 그의 몸에서 흘러나온 마기가 사방을 짓눌렀던 것이다.

파아앗!

단지 공력을 끌어 올리는 것만으로 압도적인 존재감을 줄줄이 내뿜으며 중년인이 달려들었다. 쌍수에 강기를 일으킨 채로 벽우진에게 쇄도했던 것이다.

쑤아아앙!

이윽고 거대한 장인이 벽우진의 머리 위에 나타났다. 힘으로 찍어 누르겠다는 듯이 무시무시한 기세로 떨어져 내렸던 것이다.

'단숨에 짓이겨주마!'

중년인이 두 눈을 부릅떴다. 아까 전의 실수를 반복하지 않기 위해서였다.

그런데 벽우진의 선택은 그의 예상과 달랐다.

피할 거라 생각했던 벽우진은 정면으로 중년인의 공격에 맞섰다.

쩌어엉!

검지 하나를 펼쳐 중년인의 거대한 장인을 막아냈던 것이다. 손바닥도 아니고 검지 하나로 자신의 공격을 밀어내는 모습에 중년인이 멍한 표정을 지었다. 지금 보고 있는 게 현실인지 환상인지 구분이 가지 않았던 것이다.

하지만 그의 몸은 머리보다 판단이 빨랐다.

츠츠츠츠!

벽우진이 일장을 막아내기 무섭게 왼손이 뻗어 나갔다. 어느새 쥐어진 주먹이 벽우진의 안면을 노리고 파고들었던 것이다.

후우웅!

일권과 함께 묵직한 풍압이 벽우진을 짓눌렀다. 아직 권강이 닿지 않았음에도 권풍이 벽우진의 움직임을 봉쇄했다.

'이번 것은 막지 못할 거다!'

중년인이 득의양양한 표정을 지었다.

본능적인 대응이었지만 중요한 것은 이 공격이 너무나 시기적절했다는 것이었다.

특히 벽우진은 건방지게도 아직도 뒷짐을 지고 있는 상태였기에 중년인은 자신했다. 이번 일격에 벽우진이 치명적인 상처를 입을 것이라고 말이다.

'운 좋게 한 번은 막아냈을지 모르지만, 두 번은 불가능하지.'

언제 긴장했냐는 듯이 중년인이 입가에 거만한 미소를 머금었다.

그래서 그는 보지 못했다. 벽우진의 한쪽 입꼬리가 계속해서 올라가는 것을 말이다.

꽈아아앙!

이윽고 중년인의 권강이 벽우진을 강타했다. 시원스럽게 안면에 작렬했던 것이다.

그런데 중년인의 표정이 이상했다. 제대로 일격을 꽂았음에도 얼굴이 굳어 있었다.

슈아아앗!

그리고 그 순간 폭발 사이로 너무나 새하얀 손이 뻗어 나왔다. 방금 전의 폭발에는 아무런 영향을 받지 않았다는 듯이 활짝 펼쳐진 손이 중년인에게 쇄도했다.

"흐읍!"

그 모습에 중년인이 다급하게 뒤로 물러났다. 본능이 쉴 새 없이 경고를 하고 있었기에 고민하지 않고 뒷걸음질 쳤던 것이다.

하지만 그의 노력에도 불구하고 벽우진의 손은 어렵지 않게 중년인의 멱살을 잡았다.

"안 되지, 안 돼. 어딜 도망가려고."

한 줄기 바람에 폭발로 인해 일어난 먼지구름이 단숨에 가셨다.

그리고 공격을 받았다고는 믿기 힘들 정도로 멀쩡한 모습의 벽우진이 나타났다.

분명 제대로 일권을 맞았음에도 벽우진의 옷에는 그을린 자국도 없었다. 호신강기로 완벽하게 막아냈음을 모습으로 보여주었던 것이다.

'이런 말도 안 되는……!'

그 모습에 중년인이 믿을 수 없다는 표정을 지었다.

진명마가의 이인자인 자신이 벽우진의 상대도 되지 못한다는 사실이 믿기지가 않아서였다.

아니, 인정할 수가 없었다.

"죽어! 죽어라!"

한순간에 도출된 결론을 인정하기 싫다는 듯이 중년인이 악귀처럼 얼굴을 일그러뜨리며 쉴 새 없이 쌍권을 내질렀다.

멱살을 잡을 정도로 가까운 상태였기에 망설이지 않고 마구잡이로 주먹을 내질렀던 것이다.

하지만 광분해서 날리는 주먹질 치고는 위력이 대단했다.

절륜한 마기를 잔뜩 머금고 있었기에 파괴력이 무시무시했던 것이다.

콰앙! 쾅! 꽝!

그러나 무지막지한 마기를 머금은 공격도 벽우진에게는 소용없었다. 얇은 호신강기 하나로 중년인의 맹렬한 난타를 모조리 막아냈던 것이다.

심지어 벽우진은 뒤로 밀리지도 않았다. 충격마저도 완벽하게 소화했던 것이다.

"으아아아!"

이번이 마지막 기회라는 것을 알기에 중년인은 멈추지 않았다.

지금 끝내지 못하면 위험하다는 것을 본능이 아니더라도 알 수 있었기에 중년인이 악을 쓰며 공격을 퍼부었다. 두 손뿐만 아니라 두 발도 전부 이용하면서 말이다.

그러나 그 어떤 공격에도 벽우진은 굳건했다.

쿠웅!

오히려 너무나 쉽게 그를 들어 올린 후 바닥에 내려찍었다. 마치 어린아이를 들듯 너무나 손쉽게 들어 올린 후 그대로 바닥에 내리꽂았던 것이다.

"커억!"

등짝에서 느껴지는 어마어마한 고통에 중년인이 입이 저절로 벌렸다. 아찔한 고통에 자기도 모르게 신음을 내뱉었던 것이다.

하지만 이건 시작에 불과했다.

콰앙! 쾅!

벽우진은 중년인을 무인으로 대하지 않았다. 짐짝처럼 그냥 들었다가 내려찍기를 반복했다.

그런데 그 단순한 공격에 중년인은 아무런 반항을 할 수가 없었다.

'고, 공력이……!'

등짝에서부터 시작되는 고통도 고통이지만 중년인은 신체 내부를 휘젓고 다니는 사나운 기운에 아무것도 할 수 없었다. 공력을 끌어올리려고만 하면, 반항하려고만 하면 그 사나운 기운이 자신의 혈맥을 갈가리 찢어놓아서였다.

"끄으 으윽!"

멱살에서부터 시작된 알 수 없는 기운이 순식간에 전신으로 퍼져 나가며 혈맥을 찢어발겼다. 말 그대로 무인으로서의 중년인을 사정없이 망가뜨렸던 것이다.

"벌써 지치면 재미없는데. 네놈들이 저지른 짓을 떠올려 봐. 네놈들의 손에 죽은 이들이 열 명이 넘어."

"흐으! 흐으!"

고통에 신음하던 중년인이 이를 악문 채로 벽우진을 노려봤다.

얼마나 강하게 이를 악물었는지 이빨은 비틀려져 있었고 잇몸에서는 피가 줄줄이 흘러나왔다.

하지만 독기만은 여전했다.

"상관없다고? 하긴. 천년마교 놈들은 원래부터 글러 먹었다고 얘기를 많이 듣기는 했지."

"크큭! 네놈이 이겼다. 하지만 그 기쁨도 잠시뿐이다. 곧 네놈의 눈앞에 지옥이 도래할 것이다."

전신의 혈맥이 모조리 찢어졌기에 중년인은 더 이상 무인이라고 할 수 없었다.

또한 제대로 걷지도 못할 터였다. 근육 역시 갈가리 찢어놓았으니까.

한데 그럼에도 중년인은 조소를 멈추지 않았다.

"그전에 네가 먼저 지옥에 떨어질 것 같은데 말이지."

뿌득!

더 이상 붙잡고 있을 필요가 없기에 벽우진은 멱살을 놓았다.

대신 발로 중년인의 어깨 한쪽을 지르밟았다.

"커헉!"

육신은 망가졌지만 그렇다고 신경마저 끊어진 것은 아니었다. 게다가 고통은 적응이 되는 것이 아니었기에 어깨뼈가 분질러지자 중년인이 반사적으로 비명을 내질렀다.

하지만 벽우진은 그런 중년인에게는 신경도 쓰지 않고서 뒷짐을 지고 있던 손 하나를 풀어 허공에 지풍을 날렸다.

쌔애액! 쌔액!

건성으로 날린 지풍이었지만 위력은 무시무시했다.

제갈현과 개왕에게 차륜전을 펼치던 흑의 무인들이 갑자기 날아온 지풍에 팔다리가 꿰뚫리며 바닥에 고꾸라졌다.

"장문인!"

"주둥이는 많으면 많을수록 좋으니까."

벽우진의 갑작스러운 공격에 합격진이 허물어졌다. 가까스로 유지되던 합격진이었기에 한 축이 무너지자 한순간에 무너졌던 것이다.

"이놈들!"

뒤이어 개왕이 노익장을 과시하며 흑의 무인들을 제압했다. 알아내야 할 게 많기에 죽이진 않았던 것이다.

"이제 좀 정신이 들어온 거 같은데."

"크크! 이 몸이 네놈이 원하는 걸 말해줄 것 같더냐? 본교는 중원 놈들에게는 굴복하지 않는다."

빠르게 전장을 수습하는 제갈현과 개왕을 일별한 벽우진이 다시 중년인을 쳐다봤다.

하지만 벌레처럼 꿈틀거리는 게 전부임에도 중년인의 눈빛은 죽지 않았다. 오히려 더욱 악에 찬 눈빛으로 벽우진을 쏘아봤다.

"그렇다고들 하더라고. 난 겪어보지 못했지만."

"날 이겼다고 기고만장하지 마라. 교주님에 비하면, 아니, 가주님과 비교해도 난 보름달 앞의 반딧불 정도도 안 되니까."

"오, 다행인데? 사실 티를 안 내서 그렇지 나 많이 실망했거든. 진짜 이 정도 수준이 천년마교의 마인인가 싶었거든."

"건방진 녀석!"

"그건 네놈이고."

벽우진이 피식 웃으며 반대쪽 어깨로 짓밟았다.

그러자 다시 한번 처절한 비명 소리가 공터를 갈랐다.

"허억! 헉!"

"괜찮으십니까, 장문인?"

"제갈가주보다는 멀쩡해. 상처가 제법 깊은 것 같은데?"

벽우진에게로 제갈현이 다가왔다.

그런데 상태가 썩 좋지 않았다. 의복은 군데군데 찢어져 있었고, 그 부위에서 새빨간 피가 계속해서 흘러나오는 중이었다.

"생각보다 실력들이 뛰어나서요. 예상 밖의 수준이었다고나 할까요."

"지혈부터 하고 금창약 발라. 바깥도 정리가 다 된 모양이니까."

멀리서 달려오는 서진후를 확인하며 벽우진이 말했다.

하지만 제갈현은 고개를 저었다.

"이 정도로 안 죽습니다. 겉으로 보기에 심해 보이는 것뿐 괜찮습니다. 오히려 방주님께서 내상을 좀 입으셨습니다. 저를 지켜주시느라고."

"난 괜찮아. 아직은 정정하니까. 이 정도 상처야 늘 있는 거지. 근데 이 녀석들 잠깐 살펴봤는데 약간 이상해."

"어떤 점이요?"

"무슨 수작을 부린 건지 모르겠는데 공력을 일으키지 않으면 마기가 느껴지지 않아."

개왕의 표정이 심각해졌다.

마인은 마인 특유의 기질이 있었다. 정공과는 달리 역천의 무리로 공력을 쌓았기에 특유의 패도적인 기세가 있었다.

그런데 지금 사로잡은 마인들에게서는 그 특유의 기운이 느껴지지 않았다.

"발전한 건 너희들만이 아니다. 오히려 너희들보다 우리가 더 빠른 편이지."

"개선했다는 말이렸다?"

"맞아. 마공을 연구하는 건 우리도 마찬가지니까. 장담컨대 죽어라 고생해도 찾지 못할 거다. 스스로 드러내기 전에는. 크흐흐흐!"

누워 있던 중년인이 키득거렸다. 당황한 두 사람의 모습이 너무나 재미있다는 듯이 말이다.

그러나 한 사람만은 달랐다.

"아직 네 주제를 깨닫지 못한 것 같은데."

"마음대로 해. 어차피 내 끝은 죽음일 텐데. 고문? 분골착근? 다 해봐. 근데 분명히 말해두는데 내 입에서 원하는 걸 얻을 수는 없을 거야."

"그건 두고 보면 알겠지."

"크크큭!"

이미 자신이 이겼다는 듯이 중년인이 기분 나쁜 웃음을 흘렸다. 세 사람을 보며 비웃음을 머금었던 것이다.

"참고로 주둥이는 너만 가지고 있는 게 아냐."

"도구는 도구일 뿐이지. 검이 말하는 걸 봤나?"

중년인의 시선이 무상검으로 향했다.

그러자 제갈현의 얼굴이 굳어졌다.

"네놈만 그렇게 생각할 수도 있지. 딴생각하는 놈이 한 명도 없을까."

"없다. 비록 반쪽짜리라도 본교의 가르침을 배운 아이들이다. 네놈들에게 실토하는 일은 없을 것이다."

"두고 보면 알겠지."

장담하는 중년인을 점혈하며 벽우진이 개왕을 쳐다봤다. 아무래도 이쪽은 자신이나 제갈현보다는 개왕이 전문가일 것 같아서였다. 게다가 정보력도 가장 뛰어나고.

"제가 보조하겠습니다."

"필요한 거 있으면 바로 말하고."

"최대한 서둘러서 알아내겠습니다. 만천무제의 무덤도요."

제갈현에 이어 개왕이 믿음직스러운 얼굴로 대답했다.

전투에는 큰 도움이 되지 못했지만 이쪽은 달랐다. 그렇기에 개왕이 가슴을 탕탕 치며 호언장담했다.

"부탁해."

"맡겨주십시오."

"청범이는 사로잡은 놈들 인수인계하고."

"예, 사형."

벽우진은 장내를 빠르게 정리했다. 알아낼 것도 많았지만 부상을 입은 자들의 치료 역시 중요해서였다.

특히 아무 이유 없이 죽은 이들의 시신을 수습해야 했기에 벽우진은 서진후와 함께 서둘러 움직였다.

거대한 석조 기둥이 줄지어 천장을 떠받치고 있는 널찍한 대전의 태사의에 한 명의 장년인이 앉아 있었다.

가만히 앉아 있는 것만으로도 만인을 찍어 누르는 듯한 무거운 존재감에 호출을 받은 흑의 복면인이 마른침을 삼키며 머리를 조아렸다.

"육반수에 있던 아이가 지시를 어겼다며?"

"예, 제갈세가주와 개왕을 잡기 위해 독단적으로 움직인 것으로 파악되었습니다."

흑의 복면인이 독단적이라는 단어에 힘을 주었다. 자신과는 연관이 없음을 확실하게 전달하고자 했던 것이다.

"독단적이라. 왜 그랬을까?"

"파, 파악 중입니다."

"근데 구절서생과 개왕 둘이서 그 아이를 쓰러뜨릴 수 있나? 내가 기억하기로 진명마가주의 동생이 거기 책임자로 갔다고 들었는데."

유리알처럼 투명한 눈동자가 흑의 복면인에게로 향했다.

순수하게 궁금해서 묻는 말이었다. 하지만 그 말에 엎드려 있던 흑의 복면인은 몸을 떨었다.

"맞습니다. 진명마가주의 하나뿐인 동생이 총책임자입니다. 그리고 파악하기로 혼자라면 모를까 육반수에 투입된 전력을 감안하면 구절서생과 개왕 둘만으로는 버거운 게 사실입니다."

"근데 왜 반대의 결과가 나왔을까?"

"……."

장년인이 재차 물었다.

그러나 흑의 복면인은 대답할 수 없었다. 아직 확실하게 파악된 것이 아니기에 가정을 말할 수는 없어서였다.

"아직도 제대로 파악하지 못한 것이냐?"

"서, 서두르겠습니다."

"그럼 확실하게 파악한 것들만 말해봐."

"육반수에 심어두었던 기반이 모두 와해되었습니다. 개방의 주도하에 무너졌는데 알아낸 것은 전무할 것으로 예상합니다."

"근데 총책임자가 붙잡혔잖아? 아직까지 소식이 없다는 건 죽었거나 사로잡혔다는 뜻인데."

몇 년 동안 만들어둔 기반이 무너졌음에도 장년인은 조금도 아쉬워하지 않았다.

애초에 장난삼아 만들기도 했고, 크게 기대를 하지 않았었기에 잃어도 그만인 곳이었다. 나름 재미있게 잘 구경하기도 했고 말이다.

"사로잡혔다고 해도 개왕이나 구절서생이 알아낼 수 있는 것은 없을 것입니다."

"호오. 이번에는 확신하네?"

"반적우 역시 자랑스러운 본교의 교도이지 않습니까. 자긍심을 아는 자이니 함부로 발설하지는 않을 것입니다."

"맞아. 재능은 부족해도 긍지를 아는 녀석이기는 했지."

장년인이 고개를 주억거렸다.

아주 오래전 기억이지만 희미하게 떠오르기는 했다. 재능에 비해 욕심이 많기는 했어도 잔머리를 굴리는 성격은 아니었었다.

"하지만 지금 중요한 건 그게 아니다. 어째서 그런 결과가 나왔는지를 알아보도록."

"존명."

"더불어 장난감 역시 날려 버려. 마지막은 성대하게 장식해 줘야지. 안 그래, 은마각주?"

"그리하겠습니다."

장년인이 옅은 미소를 지었다.

미끼를 물지 않았지만 상관없었다. 어차피 크게 달라질 것은 없었으니까.

애초에 크게 기대하지도 않았고 말이다.

'말 그대로 장난감이었으니까. 오히려 걸려들지 않아서 다행이라고나 할까.'

잠시나마 무료함을 잊게 해줄 장난감. 장년인에게는 육반수가 딱 그 정도였다.

그래서 그는 무릎걸음으로 대전을 나가는 은마각주를 보며 이내 육반수에 대한 생각을 지워 버렸다.

··· 제10장 ···
# 구해주세요(1)

난장판이 된 안가를 모두 정리하니 어느새 동이 터왔다.

규모는 그리 크지 않지만 모든 흔적을 지우다 보니 시간이 제법 소요되었던 것이다.

하지만 날밤을 샌 네 사람은 조금도 피로해 보이지 않았다. 오히려 그 어느 때보다 강렬한 안광을 뿌리고 있었다.

"둘 다 고생하네."

"아닙니다."

"당연히 해야 할 일인데요."

잠은 못 잤어도 말끔하게 씻고 옷도 갈아입은 제갈현과 개왕을 향해 벽우진이 직접 차를 우려내어 따라주었다.

그러자 기다렸다는 듯이 두 사람이 차를 들이켰다.

"역시 장문인께서 우려주시는 차가 제일 맛있는 것 같습니다. 공력으로 달여서 그런가 똑같은 재료인데 저와는 맛이 다릅니다."

"갑자기 웬 칭찬이야. 다도는 제갈가주의 경지가 훨씬 높은 것으로 아는데."

"허허. 기술의 차이가 다르다는 걸 저 자신이 잘 아니까요. 저는 평가하는 쪽에 치우쳐져 있는 것 같습니다."

"신소리는."

마지막으로 서진후에게도 차를 따라준 벽우진이 마지막으로 찻잔을 들었다. 그러고는 은근한 눈빛으로 개왕을 쳐다봤다.

"우선 사과부터 드려야 할 것 같습니다."

"사과?"

"예."

방으로 들어올 때부터 그리 좋지 않았던 개왕이 얼굴 가득 송구스러운 표정을 지었다. 자신했던 것과 달리 알아낸 것이 전혀 없어서였다.

"역시 그런가."

"광신도라 그런지 아주 독종입니다. 그 어떤 고문에도 입을 열지 않습니다."

"그럴 거라 예상하기는 했어."

포로들이 보여주는 일반적인 모습과는 사뭇 달랐기에 벽우진인 고개를 주억거렸다. 그 역시 쉽지만은 않을 거라고 생각했었다.

"죄송합니다."

"개왕이 사과할 게 있나. 그놈이 유별난 건데. 그리고 애초에 광신도 놈들은 미치광이잖아. 말이 통할 리가 있나. 근데 입은 그놈 하나뿐이 아니잖아?"

"고문이 통하기는 하는데, 아는 게 없습니다. 철저하게 점조직으로 이루어져 있어 아는 정보의 한계가 뚜렷합니다."

"주변 인물을 파보는 건?"

"방주님께서 포로들을 상대하는 동안 개방도들의 도움을 받아서 육반수를 샅샅이 뒤졌습니다. 그런데 책임자가 행방불명되는 순간 따로 조치를 취하기로 되어 있는지 모든 것들이 불타 있었습니다."

제갈현이 무거운 어조로 입을 열었다.

나름 서두른다고 서둘렀는데 이미 그때는 모든 것이 불타 버린 후였다. 작은 흔적도 남기지 않겠다는 듯이 불을 질렀던 것이다.

물론 서두른 덕분에 몇몇 이들을 더 사로잡기는 했지만 역시나 알고 있는 것은 별로 없었다.

"쓸데없이 치밀해졌네. 그냥 예전처럼 힘만 믿고 달려들지."

"……그래서 더욱 걱정입니다. 아무래도 이번 교주는 역대 교주들과는 성향이 많이 다른 것 같아서요."

"비슷할 수도 있고, 군사 역할을 하는 이가 생겼을 수도 있잖아. 가능성은 전부 다 열어놓자고. 아직 확실한 것은 없으니까."

"만약 그렇다면 진짜 큰 문제인 것 같은데요."

개왕의 표정도 심각해졌다.

천년마교에 제갈현 정도의 역량을 가진 책사가 있을지도 모른다고 생각하자 벌써부터 골치가 아파 왔다.

단일 세력으로는 최강이라 불리는 곳이 천년마교인데 거기에 뛰어난 책사까지 함께한다? 그야말로 호랑이 등에 날개가 달린 것이나 마찬가지였다. 가뜩이나 중원무림은 이래저래 전력의 손실이 상당한 상태인데 말이다.

"그럴 수도 있다는 거지. 최악을 상정해서 나쁠 것은 없으니까."

"맞습니다."

"일단 꼬리를 잡았다는 것에 의의를 두자고. 그토록 찾았음에도 찾지 못했던 꼬리이잖아. 아, 만천무제의 무덤에 대해서는 물어봤어?"

"그건 순순히 대답해 주었습니다. 자신들의 장난질이 맞다고요."

"그럼 그 부분부터 해결하자고. 더 이상의 피해는 없게 만들어야지."

벽우진이 다행이라는 듯이 말했다.

그러나 개왕의 표정은 퍼지지 않았다. 사로잡은 중년인이 했던 말이 아직도 뇌리에 선명하게 남아 있어서였다.

"……천년마교의 음모라고 해도 달라질 건 없을 것 같습니다."

"그놈이 그래?"

"예, 그리고 제 생각도 마찬가지입니다. 이미 눈이 돌아간 상태라 무슨 말을 해도 듣지 않을 겁니다."

"무공 비급에 장난질을 해놓았을 가능성이 있는데?"

"아닐 수도 있으니까요. 이미 목숨을 걸고 만천무제의 무덤에 들어간 이들이지 않습니까. 게다가 확실한 것도 아니고요. 그리고 놈이 말했는데 만천무제의 무덤인 것은 확실하답니다. 자기들도 원래 있던 것을 발견한 것이랍니다."

벽우진의 미간이 좁혀졌다. 진실과 거짓이 교활할 정도로 교묘하게 뒤섞인 것 같아서였다.

"후우. 일단은 천년마교가 중원에 암약하고 있었다는 사실부터 밝히자고. 그게 우선이니까. 지금은 할 수 있는 것부터 생각하자."

쿠르르릉!

갑자기 건물이 뒤흔들렸다.

마치 지진이라도 난 것처럼 크게 들썩이는 상황에 벽우진은 물론이고 제갈현과 개왕 그리고 서진후가 눈을 부릅뜨며 중심을 잡았다. 그러고는 황급히 창밖을 쳐다봤다. 이게 무슨 일인가 싶어서였다.

"저기는……."

갑작스러운 지진에 다급히 창밖을 살피던 제갈현이 침음을 흘렸다. 먼지구름이 솟구치는 곳은 그가 너무나 잘 아는 곳이어서였다. 방금 전까지 얘기를 나누기도 했고.

"설마?"

벽우진의 동공이 흔들렸다. 지진과 함께 먼지구름이 솟구치자 하나의 추측이 뇌리를 강타해서였다.

그리고 그건 다른 세 사람도 마찬가지인 듯 얼굴이 참혹하게 일그러졌다.

"아닐 겁니다. 이렇게 빨리 터뜨렸을 리 없습니다."

"일부분만 무너졌을 수도 있습니다."

"일단 가보자."

서진후와 개왕의 말에도 벽우진의 얼굴은 굳어져 있었다. 하늘 높이 솟구치는 먼지구름의 규모가 결코 작지 않아서였다.

언뜻 보기에도 산 하나는 전부 다 감쌀 정도였기에 네 사람은 무거운 발걸음으로 이동했다.

사방이 꽉 막힌 작은 석실에 양선이 홀로 앉아 있었다.

빛이라고는 작은 횃불이 전부였는데 그마저도 초췌한 안색의 그녀를 제대로 비춰주지 못했다.

"후우."

깊은 한숨과 함께 양선이 두 눈을 감았다.

자다가 일어나 보니 이곳에 와 있었다.

팔다리는 마음대로 움직일 수 있었지만 탈출은 꿈도 꿀 수 없었다. 어떤 수법을 사용한 것인지 점혈을 완벽하게 해놓았기에 해혈은 꿈도 꿀 수 없었다.

"소리를 질러도 아무런 반응이 없고."

분명 원하는 것이 있었기에 자신을 납치했을 터였다.

하지만 정해진 시간에 감자 두 개를 넣어주는 것 말고는 아무것도 하지 않았다. 심지어 심문조차 하지 않는 모습에 양선은 시간이 갈수록 불안해졌다. 차라리 고문이라도 했으면 마음은 편했을 텐데 그것도 없었다.

"도대체 왜 날 납치한 거지? 무슨 이유로? 그리고 왜 가만히 놔두는 거지?"

창문이 없었기에 시간 감각은 진즉에 사라진 지 오래였다.

그나마 문 아래에 있는 작은 구멍을 통해 들어오는 감자 두 개가 아니었다면 날짜조차 세지 못했을 터였다.

'오늘로 5일째인가.'

특별한 점혈을 했는지 공력만 사용하지 못할 뿐 움직이는 건 마음대로 움직일 수 있었다.

물론 그렇다고 해서 두터운 철문을 쪼개거나 날려 버리는 것은 불가능했지만, 적어도 육체적으로는 멀쩡했다.

다만 문제는 정신적인 부분이었다.

'스스로 무너지게 만들려는 속셈인가.'

심문과 고문에 대해서는 그녀 역시 일가견이 있었다. 경험이 많기도 했고.

그러나 이런 방식은 처음이었다.

'시간이 그렇게나 많나?'

사람은 함께 사는 존재였다.

소외될수록, 시간이 흐를수록 강인한 정신력을 가지고 있는 이도 서서히 무너질 수밖에 없었다. 외로움이라는 괴물은 의외로 무서운 놈이었기 때문이다.

하지만 효율을 생각하면 썩 좋은 방법은 아니었다.

'그것도 아니면 무언가를 기다리는 건가.'

벌써 열 개가 넘는 감자를 내려다보며 양선이 눈매를 좁혔다.

처음에는 독이 있을까 싶어 먹지 않았지만 나름의 확인 끝에 감자에는 아무런 수작도 부리지 않았다는 걸 알고는 필요한 만큼만 먹었다. 언제 탈출할 수 있는 기회가 올지 몰랐기에 최소한 체력만큼은 유지했던 것이다.

'근데 어디지? 이 정도로 은밀하게 날 납치할 수 있는 곳은 그리 많지 않은데.'

생각이 꼬리에 꼬리를 물었다.

역순으로 차근차근 생각하며 자신을 납치할 만한 가능성이 있는 곳들을 곱씹었다.

그러나 어느 곳 하나 확신이 들지 않았다.

'중요한 건 나를 아는 사람이 연관되어 있어.'

양선이 고개를 저었다. 시작점이 잘못된 것을 뒤늦게 깨달은 것이었다. 이렇게 비밀리에 자신을 납치하려면 실력도 실력이지만 자신의 위치를 정확히 알고 있어야 했다. 그리고 그 말은 그녀의 측근 중 한 명이 이번 일과 관련이 있다는 것을 뜻했다.

"……내가 그렇게 못난 상관이었나."

하오문의 결속력이 그리 강하지는 않다고 하지만 그것 또한 상대적이었다.

소수는 가족 못지않은 끈끈함을 가지고 있었다. 양선은 자신의 측근들과는 적어도 그 끈끈함을 가지고 있다고 믿었고.

그런데 결과는 지금의 모습이었다.

"아니면 정을 너무 많이 줬나……."

두 눈을 감으며 양선이 중얼거렸다. 대모이자 문주인 설향의 한마디가 문득 떠올라서였다. 사람을 너무 믿지 말라는. 마지막의 마지막까지 의심하라는 그 말이 말이다.

저벅저벅.

그때 멀리서 발걸음 소리가 들려왔다. 무공을 익힌 듯 규칙적인 소리였다.

한데 그 소리에 양선의 미간이 좁혀졌다. 아직 식사할 시간이 되지 않아서였다.

끼이익.

양선이 의아해할 때 열쇠가 자물쇠에 파고드는 거친 마찰음이 들렸다. 그리고 처음으로 철문이 열리기 시작했다.

"미리 말해두는데, 허튼짓은 하지 않는 게 좋아. 하더라도 상관은 없는데, 대신 그 대가는 스스로 치러야 할 거다."

"……말은 하는군요. 아무 말도 하지 않을 줄 알았는데."

"지금은 해도 되거든. 상부에서 허락이 떨어졌지. 물론 그 외의 것도. 상처만 크게 없으면 된다고 하더군."

보는 순간 냉혈한이라는 단어가 떠오를 정도로 냉막한 인상의 사내가 두 눈을 번들거리며 양선을 쳐다봤다.

바늘로 찔러도 피 한 방울 나오지 않을 것 같은 인상이었는데 의외로 두 눈에는 감정이 떠올라 있었다.

"원한다면 줄 수 있는데."

"말이 잘 통해서 좋은데, 아쉽군. 안타깝게도 내게 주어진 시간이 그리 길지 않아서 말이야."

눈동자 깊은 곳에서 번들거리는 붉은 기운이 무엇인지 양선은 너무나 잘 알았다. 그래서 슬쩍 상의를 만지작거리며 은근한 표정을 지었는데 사내는 넘어올 듯하면서도 넘어오지 않았다.

"아무리 시간이 없어도 일각 정도도 없을까요?"

"응, 없어."

"반각도?"

어두운 석실 안에서 뽀얀 어깨가 모습을 드러냈다. 상처 하나 없이 매끈한 어깨와 쇄골에 이어 새하얀 젖가슴이 살짝 드러났다.

그러나 남자라면 환장할 수밖에 없는 유혹에도 사내는 피식 웃으며 몸을 돌렸다.

"나와라. 널 기다리는 분이 계시니."

"……"

음욕을 한순간에 가라앉히는 모습에 양선의 얼굴이 굳어졌다. 생각했던 것보다 더 대단한 조직인 것 같아서였다.

'대체 어디지? 본문과 적대적인 곳은 현재 딱히 없는데……'

무안함을 느낄 새도 없이 옷매무시를 바로 하며 양선이 사내를 따라 걸었다.

이윽고 복도를 지나 방 안에 도착한 양선의 두 눈이 부릅떠졌다.

"다행히 건강해 보이는구나."

"무…… 흡!"

널찍한 방에 수행원 하나 없이 홀로 앉아 있는 설향을 본 양선이 반사적으로 그녀를 부르려다가 두 손으로 입을 막았다. 굳이 자신이 설향의 신분을 확인시켜 줄 필요는 없다고 생각해서였다.

"괜찮다. 내가 하오문주인 것을 다 알고 있으니."

"……서, 설마?"

양선의 두 눈이 급격하게 흔들렸다. 흩어져 있던 조각들이 설향을 보자 한순간에 맞아떨어졌던 것이다.

동시에 그녀가 힘없이 바닥에 주저앉았다.

"분타주 자리를 거저먹은 건 아닌 모양이야. 몇 마디 안 했는데도 알아차린 걸 보면."

낯선 음성에 양선의 고개가 번개 같이 돌아갔다. 본능적으로 지금의 상황을 만든 이가 목소리의 주인이라는 걸 느껴서였다.

하지만 아무리 봐도 누구인지 알 수가 없었다. 수많은 강호명숙을 알고 있는 그녀인데 말이다.

'누구지?'

귀공자라고 해도 이상하지 않을 정도로 잘생긴 외모였지만 양선의 눈에는 그 외모가 들어오지 않았다.

오히려 뱀과 같은 눈이 가장 먼저 뇌리에 박혔다.

뱀을 닮지는 않았는데 이상하게 뱀이 연상되었던 것이다.

"눈빛도 보통이 아니고, 하오문의 분타주는 아무나 앉는 게 아닌 모양이야."

"능력이 없는 이는 앉을 수 없지요."

"그런가. 근데 하오문에는 인재가 없지 않나?"

거만하게 앉아 있는 청년의 말에 설향은 그저 웃어 보였다. 양선이 붙잡힌 순간부터 주도권은 저쪽이 쥐고 있기에 최대한 자극하지 않은 것이었다.

그러나 머릿속만은 그 어느 때보다 빠르게 회전하고 있었다. 청년이 누구인지는 설향 역시 궁금했던 것이다.

"말을 아끼는군. 하긴, 하오문주씩이나 되는데 그 정도는 되어야지. 너무 못나면 여기까지 온 내가 너무 없어 보이잖아."

"저를 찾으셨다고 들었습니다."

"맞아. 좋게 말했는데 좀처럼 나오지를 않더라고. 그래서 어쩔수 없이 강압적인 방법을 쓸 수밖에 없었지."

"이제라도 나왔으니 저 아이는 풀어주시는 게 어떠신지요."

설향은 청년의 심기를 거스르지 않으며 넌지시 말했다.

겉으로 보기에는 멀쩡해 보이지만 그래도 혹시 몰라서였다. 게다가 어떤 고초를 당했는지도 아직은 알 수 없었고.

"글쎄. 아직은 좀 이른 것 같아서 말이지. 자리만 만들어진 것뿐이지 아직 본론은 꺼내지도 않았으니까."

"앞으로도 선이가 필요하신 모양이군요."

"맞아. 문주가 어떻게 하느냐에 따라 말이지. 대화가 잘 되면 무사히 문주에게 돌아갈 수 있을 거야. 하지만 어그러진다면."

스윽.

양선을 데리고 왔던 사내가 무표정한 얼굴로 그녀의 뒤에 섰다.

그런데 사내의 손에는 어느새 서늘한 빛을 발하는 단검이 쥐어져 있었다.

"더 이상은 말하지 않아도 알겠지? 하오문주씩이나 되는 인물이 이렇게 말했는데 이해를 못 하지는 않을 거 아냐?"

"충분히 이해했습니다."

"좋아. 이제야 허심탄회하게 대화할 준비가 된 것 같군."

청년이 흡족한 표정을 지었다. 확실히 인질이 있어서 그런지 말귀를 잘 알아듣는 것 같아서였다.

"말씀하시지요."

"내가 문주를 보자고 한 건 다름이 아니라 한 가지 협조를 좀 해주었으면 해서 말이지."

청년이 빙그레 웃었다.

하지만 설향은 웃을 수가 없었다. 말은 협조라고 하지만 그녀에게는 협박으로 들려서였다.

"협조 말씀이십니까."

"응, 하오문주에게는 크게 어려운 일이 아닐 거야. 내가 알고 있는 하오문의 역량을 생각하면 말이지. 크게 위험하지도 않고."

이상하게 청년의 말이 설향에게는 반대로 들렸다.

별거 아니라는 식으로 말했지만 그녀는 본능적으로 알았다. 지극히 위험한 일을 자신에게, 그리고 하오문에게 시키려고 한다는 것을 말이다.

'이 정도 실력자들을 데리고서 우리에게 부탁한다는 것 자체가 말이 되지 않지.'

설향의 머릿속이 복잡해졌다.

여기까지 오면서 그녀는 많은 것을 느낄 수 있었다. 무공을 익히지 않아 명확하게 알 수는 없었지만 지금껏 쌓아온 안목과 연륜으로 그녀는 파악했다. 이곳이 용담호혈이라는 것을 말이다.

"아마 지금쯤이라면 우리의 정체도 눈치챘을 거라고 생각하는데."

"제가 무공을 익히지 못하는 몸이라."

"모른다?"

"짐작만 할 뿐입니다."

"말해봐."

청년이 다리를 꼬았다. 그러고는 기대한다는 표정으로 설향을 주시했다. 마치 아랫사람을 보듯 말이다.

"천산에서 오신 분들이지 않습니까."

"후후! 밑바닥에서 굴러서 그런가. 단어 선택이 현명한데."

청년이 히죽 웃었다.

중원인들이 자신들을 천년마교 혹은 마교도라고 부른다는 사실을 알았다. 그런데 설향은 자신들이 그런 표현을 싫어한다는 것을 아는지 다른 단어를 선택했다.

"처신을 특별히 잘해야 하는 자리인지라."

"그런데도 우리의 연락을 그렇게 피했단 말이지."

"제대로 알지 못했으니까요."

"하긴."

청년이 금방 수긍했다.

아무래도 정체를 숨기면서 움직여야 했기에 설향 입장에서는 충분히 그럴 수 있었다. 다만 개인적으로 짜증이 났을 뿐.

"하온데 협조라면 어떤 것을 말씀하시는 건지요."

"아주 간단해. 패선 알지? 곤륜파의 장문인."

"……예."

"알아본 바에 의하면 패선과 상당히 가까운 사이라며?"

청년이 의미심장하게 웃었다. 마치 모든 걸 다 알고 있다는 눈빛과 표정으로 설향을 쳐다봤다.

하지만 그런 청년의 표정에도 설향은 담담한 신색을 유지했다. 당황한 기색 없이 시종일관 옅은 미소를 지었던 것이다.

"꼭 그렇지만도 않습니다. 우연찮게 몇 번 만나본 게 전부입니다."

"중요한 건 대면이 가능한 사이라는 거지. 다른 곳과는 만난 적이 없잖아?"

"저는 만나고 싶어 했으나 상대 쪽에서 원치 않았었죠."

"자꾸 쓸데없는 말을 하는군. 내가 묻는 건 그게 아닌데."

부르르르!

얌전히 둘의 대화를 듣고 있던 양선이 몸을 떨었다.

뒤에 있던 사내가 왼손으로 그녀의 마혈을 짚었던 것이다. 별다른 지시가 떨어지지도 않았는데 말이다.

"……무엇을 원하시는지요."

"이제야 바로 알아듣는군. 역시 좋게 말하면 알아듣지를 않는다니까. 좋게 말해주니까 나와 대등한 입장이라고 생각하는 건가? 그런 거야?"

청년의 안광이 강렬해졌다.

마안(魔眼)에서 뿜어져 나오는 기운이 마치 바늘처럼 육신을 찌르는 듯한 느낌에 설향은 애써 웃으며 입을 열었다.

"그럴 리가요. 전 그런 의미로 말한 게 아니었습니다."

"흥."

저자세로 나오는 설향의 모습에 청년이 코웃음을 쳤다. 여전히 못마땅한 눈으로 그녀를 쳐다봤던 것이다.

"기분 나쁘셨다면 죄송합니다."

"문주가 해줄 일은 하나야. 패선의 움직임을 낱낱이 파악해서 나에게 알려줘야겠어. 내가 문주에게 바라는 건 딱 그거 하나야."

"저보고 첩자가 되라는 말씀이십니까?"

"고작 행적을 보고하는 것 가지고 첩자라니. 조그만 협조지, 이 정도면."

"……."

설향의 얼굴이 굳어졌다. 역시나 짐작했던 대로 협조를 빙자한 협박임을 알 수 있어서였다.

그런데 청년은 그런 그녀의 심정을 아는지 모르는지 재수 없는 미소를 지으며 말을 이었다.

"공짜로 부려먹을 생각은 없어. 대가는 충분히 치를 거야. 그것도 문주가 충분히 만족할 만한 대가를 말이지. 그리고 막말로 이건 기회라고. 나에게 잘 보이면 하오문의 미래 역시 바뀔 수 있어. 더 이상 밑바닥만 전전하지 않아도 된다고. 내가 소교주가 되는 순간 하오문의 앞날 역시 꽃길이 펼쳐질 거야. 내가 또 아랫사람의 노고를 잊는 사람이 아니거든."

청년이 다리를 꼰 채로 거들먹거렸다. 이미 설향이 받아들인 것처럼 말이다.

"……만약 제가 거절하면 어떻게 되는 겁니까?"

"뭐야? 설마 거절할 생각을 한 거야? 이 자리까지 왔는데?"

실실 웃었던 청년의 표정이 삽시간에 달라졌다. 더없이 싸늘한 얼굴로 그녀를 노려보았던 것이다. 그뿐만 아니라 그의 전신에서는 서늘한 살기가 줄기줄기 흘러나왔다.

"……궁금해서 여쭙는 것입니다."

"나는 이리저리 재는 사람을 좋아하지 않는데 말이지. 하지만 궁금하다니 말은 해줘야겠지. 그럴 일은 없다고 생각하지만 만약 문주가 내 부탁을 거절한다면 아주 슬픈 일이 생길 거야. 본인도 마찬가지지만……."

청년의 시선이 사내에게로 향했다.

그러자 사내의 검이 조금의 망설임도 없이 양선의 왼쪽 귀를 갈랐다. 한 번에 자르지 않고 정확히 반만 베어냈다.

"끄윽!"

마혈을 점혈당한 상태였기에 피하지도 못하고 귀가 베인 양선이 몸을 부르르 떨었다.

하지만 갑작스러운 고통에도 양선은 비명을 참았다. 자신이 비명을 지르면 설향이 힘들어할 것임을 너무나 잘 알아서였다.

'그럴 수는 없어! 나 때문에 여기까지 오셨는데!'

양선은 설향을 보는 순간 알았다. 자신을 인질로 삼아 설향을 꾀어냈다는 것을 말이다.

'차라리 내가 죽었다면……'

양선도 귀가 있었기에 청년이 말하는 게 무엇인지 단박에 알아들었다. 아니, 이해하지 못하는 게 이상했다.

그래서 그녀는 너무나 죄송했다. 만약 자신이 자결했다면 설향이 여기까지 오는 일은 없었을 테니까.

"양선아."

"……."

"괜찮다. 눈을 뜨거라."

"무, 문주님."

항상 들어왔던 인자한 음성에 양선이 자기도 모르게 질끈 감았던 두 눈을 떴다.

그러자 부드러운 미소를 머금고 있는 설향의 모습이 두 눈 가득 들어왔다.

"참으로 보기 좋아. 근데 이왕이면 둘이 같이 오래오래 함께 사는 게 좋지 않을까?"

절절한 두 사람의 눈빛에 청년이 히죽 웃었다.

그러나 입에서 나오는 말들은 하나같이 섬뜩하기 짝이 없는 협박이었다.

"죄, 죄송해요."

"네가 죄송할 것 없다. 불가항력이었다는 것을 알고 있으니."

"흐흑!"

귀에서 흘러나오는 피가 얼굴을 타고 내려가 옷을 적셨다.

하지만 양선은 그것을 느끼지 못하는지 서글프게 울기만 했다.

"난 말이지. 더 이상의 피는 보지 않았으면 좋겠어. 얼마든지 좋게 좋게 이야기를 끝낼 수 있잖아? 고민할 것도 없는데 나는 왜 문주가 고민을 하는지 모르겠어."

천연덕스러운 청년의 음성을 들으며 설향이 눈을 감았다.

그러나 고민은 하지 않았다. 청년의 협박을 들은 순간부터 결정을 내렸기 때문이다.

물론 흔들리지 않은 건 아니었지만 그래도 결정이 바뀌지는 않았다.

'목숨은 지킬 수 있겠지. 하지만 내 목숨을 대가로 문파는 미래를 잃겠지.'

당장의 안위를 생각한다면 청년의 부탁을 받아들이는 게 맞았다. 하오문의 능력이라면 몰래 정보를 제공하는 것 정도는 어렵지 않으니까. 조작하는 것 역시 하오문이 잘하는 것 중 하나였고,

하지만 상대가 벽우진이었다.

모두가 무시하고 경시할 때 오직 벽우진만이 편견 없이 그녀를 한 명의 사람이자 문주로 대해주었다.

또한 자신은 주고받는 관계라고 했지만 설향은 알았다. 알게 모르게 벽우진이 하오문을 신경 써주었음을 말이다.

'밑바닥 인생들이 모여서 만들어진 문파라고 신의를 모르는 것은 아니지.'

설향이 두 눈을 떴다.

마지막까지 그녀를 고민하게 만든 것은 양선이었다. 자신이야 이미 살 만큼 살았고 이곳에 올 때 이미 각오를 하고 왔었다. 그러나 양선은 달랐다.

"문주님."

눈물을 흘리던 양선이 무언가를 느낀 듯 다부진 표정을 지었다. 별다른 말을 하지 않았음에도 그녀는 설향의 생각을 알아차린 것 같았다.

"너에게는 정말…… 미안하구나."

"아니에요. 제가 죄송해요. 저 때문에……"

"지금 무슨 말들을 지껄이는 거지?"

청년의 싸늘한 음성이 방 안을 갈랐다. 두 여인의 대화가 심상치가 않아서였다.

"늦었지만 대답하겠습니다. 죄송하지만 협조해 달라는 부탁은 들어드리기 힘들 것 같습니다."

"……그 선택이 어떤 결과를 초래할지 알고 말하는 것이냐?"

"예."

"혼자만 죽는 게 아닐 텐데?"

청년이 매서운 눈빛으로 설향을 노려봤다.

하지만 설향은 그런 청년의 시선을 피하지 않았다.

"비천한 천녀라고 해서 신의를 모르는 것은 아니지요. 또한 저역시 중원인입니다."

"크큭! 크하하하!"

설향의 대답에 청년이 파안대소했다. 설마하니 이런 대답이 나올 줄은 몰라서였다.

그러나 그 웃음은 얼마 가지 않았다.

이내 싸늘한 얼굴로 설향을 쏘아봤다.

"의외야. 이해타산적인 성격이라고 해서 말이 잘 통할 거라 생각했는데. 이렇게 어리석은 선택을 할 줄이야."

"그렇게 보일 수도 있겠네요."

"네년의 선택으로 저년의 미래 역시 결정되었다."

"알고 있습니다."

서걱.

양선의 손가락이 날아갔다. 사내가 거침없이 양선의 새끼손가락을 잘라 버렸던 것이다.

그러나 양선은 약지가 날아갔음에도 입술을 꾹 깨물었다.

"쉽게 죽일 거라 생각한 것은 아니지?"

청년이 비릿한 표정을 지으며 말했다.

그러자 설향은 두 눈을 감았다.

"어허! 눈을 감으면 쓰나."

스슥!

설향의 등 뒤로 귀신처럼 한 명의 남자가 나타났다. 그러고는 손가락을 이용해 강제로 설향의 두 눈꺼풀을 들어 올렸다. 양선이 고문당하는 걸 똑똑히 보게 만들었던 것이다.

서걱. 슥.

그러는 사이에도 사내의 손은 계속해서 움직였다. 손가락은 물론이고 발가락과 발목, 무릎, 손목, 팔꿈치 어깨 등등 느릿하게 양선의 육신을 썰었다. 과다 출혈로 죽지 않게 꼼꼼히 혈도를 짚으면서 말이다.

"끄으윽!"

으드득!

자신이 비명을 지르면 지를수록 설향이 힘겨워한다는 걸 알기에 양선은 이를 악물었다.

그러나 이를 악무는 건 그녀만이 아니었다. 설향 역시 어금니를 앙다물고서 푸줏간의 고기처럼 썰어지는 양선을 똑똑히 바라봤다. 두 눈에서는 피눈물을 흘리면서 말이다.

"역시 계집들이라 그런가. 독기가 제법인데. 이 정도면 웬만한 놈들도 곡소리를 내게 마련인데."

순식간에 방 안이 피로 홍건해졌지만 청년은 눈 하나 깜빡이지 않았다. 오히려 사뭇 감탄한 표정을 지었다.

분골착근이 극악할 정도의 고문이라고 하지만 그래도 육신을 절단 내는 것만큼은 아니었다. 그런데 그 고통을 양선은 미약한 신음만으로 버텨내고 있었다.

"아니면 본인은 멀쩡해서 그런 건가."

설향의 두 눈에서 피눈물이 쉴 새 없이 흘러내리고 있음에도 청년이 비릿하게 웃으며 턱짓했다.

그러자 또 다른 장정이 나타나 설향의 손목을 잘랐다. 나타난 것과 동시에 소검으로 단숨에 손목을 끊어버렸던 것이다.

"끅!"

그러나 설향 역시 움찔거리며 미약한 신음만 흘릴 뿐 비명을 지르지 않았다. 오히려 한결 편한 표정을 지었다. 자신만 멀쩡히 있는 게 너무나 미안했었는데 이제는 좀 마음이 놓였다.

'적어도 혼자 보내지는 않으마.'

모두가 다 마찬가지지만 양선은 더욱 그녀에게 있어 딸과도 같은 아이였다.

처음에는 말썽도 많이 피웠지만 누구보다 그녀를 따르고 챙겨주던 아이가 바로 양선이었다.

그런 양선이 고통스럽게 죽어가는 게 설향은 너무나 마음 아팠지만 어쩔 수 없었다.

만약 청년에게 협조한다고 한들 크게 달라지는 없을 터였다.

'오히려 이용당할 대로 당하고 양쪽에서 공격당하겠지.'

쓸모가 다하면 토사구팽할 게 분명했다. 그리고 중원무림은 배신자라 손가락질하며 복수할 터였고.

때문에 양선은 최선의 선택을 했다.

'하지만 여기서 죽는다면 그래도 신의는 지킬 수 있다. 어쩌면

복수를 해주실지도 모르고.'

까칠하고 퉁명스러운 벽우진이었지만 적어도 매정하거나 비정한 사람은 아니었다. 오히려 알려진 성격으로 인해 다정한 면모가 가려졌다고 보는 게 옳았다.

그래서 설향은 아주 조금 기대했다. 어쩌면 벽우진이 조금이라도 하오문을 도와주지 않을까 하는.

'이렇게 생각하는 것마저도 계산적인가.'

그르르르

설향의 몸이 사시나무 떨리듯이 떨렸다. 사지가 잘리고 내장이 드러날 정도로 상반신이 난자된 양선이 결국 피거품을 물며 죽었기 때문이다. 그런데도 양선은 마지막까지 그녀를 탓하지 않았다. 오히려 끝까지 웃으려고 했다.

'양선아……'

서서히 잦아드는 양선의 떨림을 부릅뜬 눈으로 보며 설향이 피눈물을 흘렸다. 그녀가 느꼈을 고통을 자신이 조금이라도 대신 짊어지겠다는 듯이 말이다.

"그년도 죽여."

"존명."

싸늘히 식어가는 양선의 시신에는 시선 한 번 주지 않은 채로 청년이 건성으로 말했다. 둘의 죽음 따위는 아무런 감흥이 없다는 듯이 말이다.

이윽고 설향의 머리 역시 바닥으로 굴러떨어졌다.

"쯧! 쉽게 풀리나 했더니."

청년이 얼굴을 찡그렸다.

자기 사람을 극진히 챙긴다기에 그는 하오문을 이용할 계략을 짰다. 벽우진의 일거수일투족을 파악한 다음에 자리를 비울 때 제자나 사형제들을 인질로 사로잡을 계획이었던 것이다. 그렇게 되면 패선이라 불리는 벽우진도 별수 없을 거라고 생각했다.

"패선의 목을 따면 두 사형들을 제치는 것도 불가능은 아닐 것 같은데."

청년이 계속해서 아쉽다는 듯이 입맛을 다셨다.

현재 천하제일인에 제일 근접해 있는 이가 패선이니만큼 그를 사로잡거나 처치하면 입지가 수직 상승할 게 분명해서였다.

"아니지. 아직 포기하기는 일러."

턱을 쓰다듬던 청년이 눈을 빛냈다.

최선의 방법은 틀어졌지만 그렇다고 계획이 아예 엎어질 정도 는 아니었다. 조금 돌아가야 했지만 방법은 아직 남아 있었다.

"야."

"예, 주군."

"저 늙은이한테 제자가 있다고 했지? 하나뿐이라던가?"

"설아린이라고, 소문주라고 합니다."

"그럼 그년이 이제 문주겠네?"

to be continued